新装版

喪《うしな》われた道

内田康夫

祥伝社文庫

目次

プロローグ

店の前の通りを虚無僧《こむそう》が通って行くのを、客が教えてくれた。

「あら、あの人……」

小さく、驚いた声を上げた。ドライブ帰りに立ち寄ったらしい、若い女性の独り客《ひと》である。わさび漬を三つ、べつべつに包んでくれと注文して、ほかの土産物《みやげ》を物色しながら、ふと、自分の車のほうに視線を送ったらしい。車の向こうを、天蓋《てんがい》をいくぶん前に傾けかげんにしながら、黒衣の虚無僧が通り過ぎるところだった。

「あれ、虚無僧じゃないかしら?」

大きく見開いた目を、チラッとこっちに向けて訊《き》いた。

「ええ、そうですね」

永井敏江《ながいとしえ》は愛想《あいそ》よく答えた。虚無僧を見ても、若い女性が驚いたほどには、奇異な感じを抱《いだ》かなかった。

「このへん、多いんですか、ああいう虚無僧って?」

「いいえ、そんなことはありませんけど」

「でも、おばさん、あんまり珍しくなさそうだわ」

「ああ、そういえばそうですね。やっぱり歳《とし》のせいかしら」

「じゃあ、昔は沢山《たくさん》いたの？」

「あら、いくら歳だからって、そんな昔でもありませんよ」

敏江は笑いながら、首をかしげた。

「そう言われてみると、昔は虚無僧も珍しくなかったような気もするし……でも、どこかで出会ったとか、はっきりした記憶はありませんわねえ。ただ、知り合いの方に、趣味で尺八《しやくはち》を吹く人がいて、何かの催《もよお》しのときに、真似事《まねごと》に虚無僧の恰好《かっこう》をするのを見たことはありますけど。でも、本物の虚無僧はどうだったかしら……」

敏江は、包装の手を止めて、あらためて虚無僧の姿を目で追った。

虚無僧は霧のような雨の中を、ゆっくり歩いて行く。

黒い衣も、くすんだ茶色の天蓋も、しっとりと雨に濡《ぬ》れている。泥にまみれた脚絆《きやはん》と草鞋《わらじ》。胸前には、「明暗」と書かれた食箱《けばこ》。天蓋の下端からは、雨を避けるように差し込まれた尺八が、わずかに覗《のぞ》いていた。

侘《わび》しげで、しかし厳粛《げんしゆく》で、いかにも求道《ぐどう》の人——という印象を受ける。

考えてみると、いまどき虚無僧が通るなどというのは、およそ珍しく、むしろあり得ないといっていいことにちがいない。それなのに、客が言ったように、敏江はそのことをさほど不思議には思わなかった。昔から見慣れた風景のように受け取っている。かといって、過去に虚無僧を見たことがあるかといえば、いくら記憶の中をまさぐっても、どこにも見つからない。映画やテレビの時代劇に出てきたシーンを、現実と錯覚しているのか、それとも、日本人の原風景のひとつとして、無意識のうちに、心の中に植え付けられているのかもしれない。

虚無僧は大仁《おおひと》の方角からやって来て、下田《しもだ》街道を天城《あまぎ》峠の方角へ歩いて行く。下田街道は、昔とは少しルートが変更され、三島《みしま》から修善寺《しゅぜんじ》までは国道一三六号線、修善寺を過ぎるところで枝分かれして国道四一四号線となった。道は完全舗装され、新しい天城トンネルも出来て、バスやマイカーがひっきりなしに行き交《か》うけれど、かつて伊豆《いず》の踊り子が通り、川端康成《かわばたやすなり》が歩いた道である。

永井敏江の店は、修善寺から湯《ゆ》ケ島《しま》へ行く街道に面した土産物店だ。道路脇《わき》に駐車スペースを設《もう》けて、その隅にこぢんまりした店を開いた。土産物店といっても、主としてわさびを材料にしたものを扱っているだけだから、それほど広いスペースも、売り子の数も必要としない。

敏江の店にかぎらず、修善寺をはじめ、湯ケ島、長岡《ながおか》といった中伊豆の観光土産物の店は、総じて小さい。もともと、中伊豆の名産品といっても、わさびと梅と竹細工ぐらいなものである。その他のもろもろも、土地の産物を土地の人間がコツコツと作って、売る。熱海《あたみ》や箱根《はこね》といった大観光地の大型店が、ズラリと品ぞろえしているのとは好対照で、どことなく家内産業ふうだが、それだけに良心的といえる。

「雨の中、傘もささずに、たいへんね」

女性客は優しいことを言った。

「ほんと、えらいもんですねえ」

気象庁はいったん梅雨《つゆ》明け宣言をしたのに、昨日から小雨が降り続いていて、気温もかなり下がった。おまけにウィークデーとあって、行楽客《こうらく》は少ない。敏江は朝からずっとひまを持て余していたから、若い女性客ののんびりした買物も、面倒には思わなかった。お客と一緒に店先まで出て、長いこと虚無僧を見送った。

「ああ、そういえば、今日は頼家《よりいえ》様の命日だから、それかもしれません」

敏江は思いついて、言った。

「ヨリイエさまって、源《みなもとの》頼家のこと?」

「ええ、そうです」

「ふーん、そうなんですか、頼家の命日なんですか……」

妙に感心しているところをみると、そういう歴史には詳《くわ》しいにちがいない。

源頼家ほど不運な将軍は、後にも先にもいないといわれる。頼朝《よりとも》の嫡男《ちゃくなん》であり、れっきとした鎌倉《かまくら》幕府第二代将軍でありながら、わずか二十三歳で謀殺された。しかも、その二年前には嫡子《ちゃくし》一幡《いちまん》も北条《ほうじょう》家の陰謀によって焼き殺されている。

謀略渦《うず》巻く北条家の中心人物は、いうまでもなく政子《まさこ》——つまり頼家の実母である。その実の母親が頼家殺害計画を命じたというのが定説なのだから、想像しただけでも恐ろしい。

その、源頼家が煮え滾《たぎ》った漆《うるし》を浴びせられて、非業《ひごう》の死を遂《と》げたのが、七月十八日。この日、修善寺では、頼家の霊を慰める催しがいくつか行なわれる。虚無僧もまた、頼家の霊を弔《とむら》うためにやって来たのかと、敏江は漠然と思った。

「虚無僧って、ほんとにいるんですね」

虚無僧の姿が見えなくなったとき、女性はしみじみした口調で言った。

「だけど、虚無僧って、お坊さんなのかしら?」

「僧っていうくらいだから、やっぱりお坊さんなんでしょうね」

正直なところ、敏江にその知識はなかったが、知ったかぶりでそう言った。

「そう、ですよねえ」

若い女性客は無意識に駄洒落《だじゃれ》を言って、あとで気がついて「あははは」と笑った。

虚無僧が通った翌日、梅雨は完全に上がり、真夏の太陽がカーッと照りつけて、中伊豆の盆地は本格的な暑気に覆《おお》われた。

第一章　青梅梅郷《おうめばいごう》殺人事件

1

慢性的な睡眠不足のせいか、朝食のトーストが一枚余分だったせいか、浅見《あさみ》は自室に戻ってワープロの前に坐《すわ》ったとたん、眠気に襲われた。かといって、居候《いそうろう》の身分としては、寝てしまうわけにはいかない。朝っぱらから寝ているところを母親の雪江《ゆきえ》未亡人にでも見つかったら、また何を言われるか分かったものではない。

（それにしても――）と、浅見は思う。

（いったい僕は、いつから居候になったのだろう？――）

この家で生まれ、一年浪人して受かった三流大学を卒業したころまでは、たしかに浅見家の住人として、自他ともに立派に認知されていたはずである。それから会社勤めを始めて、三月《みつき》ともたずに辞めたあたりから、怪しくなった。「自」のほうはともかく、「他」の思惑《おもわく》が気になりだした。

いくつかの勤め先をしくじり、どうやら協調性や社会性を必要とするような職業は、何をやっても長続きしないことに気づいたころには、自分でも肩身が狭く、家の中を歩くたびに、すべての部屋の敷居を高く感じるようになってきた。そして、どこからともなく「居候」の声が聞こえてくる幻覚を抱くようにもなったのである。

しかし、考えてみると、生まれ育った家にそのまま居《い》ついていることが、どうして居候なのか――と、文字どおり居直る気持ちもないではなかった。

（そうなのだ、いったいいつから居候に変質しなければならなかったのか？――）

家長制度が絶対性をもっていた旧憲法下ならともかく、現在は親子関係でさえ対等平等を原則としている。何も次男坊だからといって、必ず家を出なければならない理由も義務もないはずだ。女性の場合には「嫁《い》き遅れ」だの「嫁かず後家《ごけ》」だのという、ひどい呼び名があるけれど、概していえば、彼女の不運に対しては、家族からも世間からも同情的に扱われる。なのに、男子と生まれた者がいつまでも家を出ないでいると、自立心のなさや無能を謗《そし》られ、あげくの果ては不能のレッテルさえ貼《は》られかねない。

そうして彼は、押しも押されもしない、堂々たる居候の地位を獲得することになる。

浅見はすでに三十三歳。結婚適齢期と呼ぶには、いささかトウが立ち過ぎた。女性週刊誌のアンケートなどに表われる、若い女性が望む結婚相手の条件――一流大学卒業、年収一千万円以上、家つきカーつきババア抜きのエリートサラリーマン——には、どう逆立《さかだ》ちしたってなれっこない。せいぜい食い扶持《ぶち》を入れ、ソアラのローンの払いに汲々《きゅうきゅう》とする、いま現在のこの生活を維持するのがやっとの身分である。

フリーのルポライターというと、知らない者は「かっこいい」などと言う。いつも縁談を持ってくる中西《なかにし》夫人もそう信じていたフシがある。だから、最初のころは、○○会社重役令嬢、老舗《しにせ》のお嬢様といった良縁を運んできた。だが、このごろはワンランクどころか、ツウランクもスリーランクも落としたとしか思えない相手に紹介したがる。そんなケースでも、「坊《ぼ》っちゃまにはもったいないくらい」などと恩着せがましいことを言って、雪江未亡人のイライラをつのらせるのである。

浅見だって、（なんとかしなけりゃ——）と切実に思っている。出来の悪い次男坊の行く末《すえ》を見極《みきわ》めなければ、母親だって死にきれない……いや、穏《おだ》やかな老後すらおぼつかないにちがいないのだ。

ワープロの前に坐っても、眠気と雑念の狭間《はざま》で、キーを叩《たた》く気分にもなれない。仕事は旅行雑誌から依頼された、温泉場を紹介する提灯《ちょうちん》持ちのルポルタージュで、取材したわけでもなく、パンフレットを見ただけの、ほとんどがデッチ上げみたいなものである。

窓の外の野放図《のほうず》に明るい空を見上げながらぼんやりしていると、お手伝いの須美子《すみこ》が

「電話です」と呼びに来た。「藤田《ふじた》編集長さんからですよ」と、嬉《うれ》しそうである。

浅見家の次男坊にかかってくる電話の中で、唯一、須美子に評判のいいのが、『旅と歴史』の藤田からのものだ。藤田は風貌《ふうぼう》も性格も地上げ屋のようなくせに、女性に対してだけは妙に優しい口をきく。

対照的に口の悪いのは、須美子が「軽井沢《かるいざわ》のセンセ」と軽《かろ》んじて呼ぶ、浅見の友人である推理作家の内田《うちだ》で、「おたくのヒマジン、います?」などと、須美子の気持ちを逆撫《さかな》でするようなことを平気で口走る。

そこへゆくと藤田はソツがない。「お忙しいところ、いつも恐縮ですが、浅見ちゃん、いますか?」と丁寧《ていねい》だ。須美子は藤田に会ったことがないから、俳優の高橋英樹《たかはしひでき》のような顔を想像している。それに何といっても次男坊にとっては大切な「お得意様」という認識がある。

「またお仕事の依頼みたいです」

「ふーん、よく分かるね」

「そりゃ分かりますよ。編集長さんは『浅見ちゃん』ておっしゃってましたもの。『浅見ちゃん、いますか?』って」

じゃあ、また安い仕事だ——と、浅見は浅見で思った。割のいい仕事(そんなものは一年に一度あるかないかだが）のときは「浅見クン」である。猫撫《ねこな》で声で「浅見ちゃん」と言うときはろくなことがない。

「やあ、ひまそうだね」

藤田はいきなり言った。先手必勝こそ編集者の極意——ぐらいに考えている。

「どう、ひまつぶしに、うちの原稿、書いてみない？」

あくまでも、どっちでもいいような言いぐさだ。

「ひまなんかじゃないですよ」

浅見はブスッとした声で抵抗した。

「へえ、そうなの、どこの仕事？」

「中央公論と文藝《ぶんげい》春秋と、それから朝日ジャーナル……」

「はははは、そいつは豪勢だが、その合間にうちのも入れてくれる？」

「まあ、やらないこともないですが、今度は何ですか？」

「タイトルは『謎《なぞ》の黄金ルート』というのだがね。要するに、甲州《こうしゅう》金山から江戸《えど》へ抜ける秘密のルートがあって、そこのどこかに江戸城明け渡しの際の埋蔵金があるというのだ」

「ほんとですか、それ？」

「ばかなこと言わないでよ、ガセに決まってるじゃない。そんなものが本当にあるなら、浅見ちゃんなんかに頼まないで、おれが行ってますよ」

「なんだ、ばかばかしい。ガセと分かっていて、いったい何を書けっていうんです？」

「ガセだろうと何だろうと、話としては面白《おもしろ》いと思わない？　それにさ、甲州から江戸への抜け道があるというのは、かなり本当のことなのだから」

「甲州から江戸に来る道といえば、甲州街道に決まっているじゃないですか」

「いや、それがそうでないの。青梅《おうめ》街道の先を辿《たど》ると、大菩薩峠《だいぼさつとうげ》を抜けて甲州に達する道があるのさ。つまり甲州裏街道と呼ばれる所以《ゆえん》だね。しかもだよ、江戸幕府が出来てまもなく、八王子《はちおうじ》に代官所が置かれるのとほとんど同時に、代官大久保長安《おおくぼながやす》は青梅にその出先機関であるところの陣屋を設けたのだ」

「ほうっ……」

大久保長安と聞いて、浅見はようやく真面目《まじめ》な反応を示した。大久保長安といえば、徳《とく》川《がわ》初期の金山開発事業に偉大な足跡を残した人物として知っている。

「へへへ、浅見ちゃんもやる気を起こしたみたいだね」

藤田はこっちの気配を察して、揉《も》み手でもしているような声を発した。それがどうも気に入らない。誰も引き受け手のない、よほど条件の悪い仕事にちがいない――と、浅見は警戒する気分になった。

「それはまあ、ことと次第によっては受けてもいいですが、しかし、なんだって僕みたいな、およそ金に縁のない男のところにおハチが回ってきたのですか？」

「金には縁がないだろうけどさ、金山には詳しいんじゃないの？」

「僕が？　金山にですか？　どうして？」

「だって浅見ちゃん、たしか佐渡《さど》の金山に行ったはずじゃないの」

「ああ、あれ……」

浅見は思い出した。言われてみれば、たしかに佐渡を舞台にしたオドロオドロしい事件の捜査で、佐渡へ渡ったことがある。佐渡金山のトンネルの中で犯人を追い詰めた。

「しかし、あの事件は金山には直接関係はありませんよ。べつに金山の研究を必要としたわけでもないし」

「なに、どっちにしろ、金山にもぐったという貴重な体験の持ち主であることに変わりはないさ。とにかく頼みますよ。天気はいいし、青梅なら、浅見ちゃんのソアラ嬢でひとっ飛びだよね」

最後は歯の浮くような台詞《せりふ》を言って、一方的に電話を切った。

持て余しているほどではないが、ひまであることは事実だ。浅見は書庫に入って、大久保長安の資料を探した。この書庫は父親の代に造ったものだ。戦前戦後を通じて大蔵省のエリート官僚だった父親は、日本の経済史に関する資料を収集していた。子供のころの浅見は、あまり外遊びをせずに、よく書庫に潜《もぐ》り込んでは、難しい歴史書を広げたものである。もちろん、内容をきちんと理解できたものは少ないのだが、それなりに、脳味噌《のうみそ》の片隅にこびりついたような記憶は、ちゃんと残っている。

思ったとおり、大久保長安の資料はちゃんと憶《おぼ》えていた場所にあった。

大久保長安は金春《こんぱる》座の猿楽《さるがく》師・大蔵大夫《おおくらだゆう》という者の次男として生まれた。ほとんど埋もれたような、名もない家柄の出だが、才能を認められて武田《たけだ》氏に仕《つか》え、甲州金山の採掘や計数管理を評価され、家老と同じ土屋《つちや》姓を許された。のちに天目山《てんもくざん》で武田氏が滅亡すると徳川家康《いえやす》に仕え、大久保忠隣《ただちか》の配下となって、やがて大久保の姓を許された。金山ばかりでなく、石見《いわみ》銀山など多くの鉱山の採掘事業で成功を収め、家康の寵愛《ちょうあい》を受けて石見守《いわみのかみ》に任ぜられた。

だが、大久保長安の権勢は、徳川家のために利潤を上げているあいだだけのことで、各地の鉱山金山の産出量が減少するのと同時に、まさにバブル経済の破綻《はたん》と同様、一転して地に落ちることになる。

慶長《けいちょう》十八年四月二十五日、大久保長安が六十九歳で世を去ると、家康は遺族に対して過酷な扱いを行なった。長安の葬儀を許さず、まるで言い掛かりのように、長安の生前の不正を指摘し、さらに幕府転覆の陰謀があったとして、膨大《ぼうだい》な財産を没収、七人の子供たちに切腹を命じた。

その大久保長安の陣屋が青梅にあったというのが事実だとすると、藤田編集長が言う甲州裏街道を通って金が運ばれたことは当然、あり得る。また、七人の子が死罪に処せられたほどだから、よほどの不正があったと考えてよさそうだ。それが金山にからんだ話だとすれば、街道の途中のどこかに埋蔵金が眠っている可能性も、まんざら、単なるガセとばかりはいえないかもしれない。

浅見は窓の外に視線を送った。いまいましいが、藤田が言っていたとおり、天気のいいのは事実だ。窓の向こうは真夏の太陽が照りつけている。

ソアラ嬢の火照《ほて》った体を冷《さ》ますには、水をぶっかけてから出掛けたほうがいいかな――と、浅見はいつのまにか、青梅の緑豊かな奥多摩《おくたま》渓谷に思いが向かっていた。

2

まだ本格的な夏休みは始まっていないらしく、中央高速道の下りは思ったより空《す》いていていたが、八王子インターを下りると、国道一六号線は例によって、トラック便などで慢性的な渋滞であった。

浅見は抜け道を通って秋川《あきがわ》街道に入った。秋川街道は八王子の市街から西北西に進む道で、かつては、竹林のあいだを縫《ぬ》うような、渓流に沿った風情《ふぜい》のある細道だったけれど、いまは味も素っ気もない、二車線のアスファルト道路になってしまった。それでも、左右には牧歌《ぼっか》的な風景がふんだんに残っていて、ドライバーの目を休ませてくれる。

五日市《いつかいち》町を抜け、日《ひ》の出《で》町に入る。かつて日の出村だったころ、日本の首相がアメリカ大統領を招待した山荘があることで、いちやく有名になったところだ。それにしても、軽井沢や箱根ならともかく、何の変哲もなさそうな山間《やまあい》の村に、なぜ?——と、不思議な感じがした記憶がある。アメリカ大統領もさぞかし驚いたことだろう。

日の出町の真ん中を過ぎたあたりで、秋川街道から左に逸《そ》れる道に入った。この道は梅《うめ》ケ谷《や》峠で境界線を越え、青梅市域の中心に入ってゆくことになる。もっとも、それは地図の上で仕入れた知識であって、浅見がこのルートで青梅に行くのははじめての経験だ。一般にはあまり知られてないコースらしい。実際、曲がり角付近には何の標識もなく、あやうく行き過ぎそうになって、慌《あわ》ててウインカーを出した。

本道を曲がってすぐ、かなり険《けわ》しい登り坂にかかる。道幅は一応、二車線だが、あまりゆとりがなく、注意して走らなければならない。通行量もよほど少ないとみえ、行き交《か》う車はなかった。登り坂は短く、じきに峠を越えた。

下りにかかってまもなく、渋滞にぶつかった。鬱蒼《うっそう》とした杉木立《こだち》に包まれたような山中で、信号などはなさそうなところだ。

（事故かな？――）

停《と》まっている車の数はさほどでもなく、ゆるやかに屈曲《くっきょく》した道だが、行列の先頭が見えている。しかし、車はいっこうに動く気配はなく、浅見の後ろに一台、また一台と後続車が繋《つな》がった。

まもなく、パトカーが赤色灯を回しサイレンを鳴らして登ってきて、慌《あわ》ただしく通り過ぎて行った。秋川街道からこの道に入る車を規制するのだろう。知らずに入ってしまった車は不運をかこつよりほかはない。

三、四台前のトラックから運転手が降りて、「しようがねえなあ」と大きく伸びをしている。その様子から察すると、かなり長いこと、そうやってストップを食らっているのだろう。狭い道だから、トラックはUターンもままならないにちがいない。

このあたりは尾根の北側の斜面で、こんもりした杉林が陽射《ひざ》しを遮《さえぎ》ってくれる。真夏の日盛りだというのに、奥多摩の谷を渡る風も吹いていて、窓の外は爽《さわ》やかだ。

浅見も車を出て、トラックの運転手に近寄り、「事故ですか?」と訊《き》いてみた。

「いや、事故ならいいんだけど、事件みたいだね」

運転手は退屈をまぎらわす相手を歓迎するのか、ごつい顔に似合わず、愛想のいい口調で答えた。

「事件……」

浅見はがぜん興味を惹《ひ》かれて、現場のほうに視線を送った。

「ああ、さっきお巡りが来て、この先で事件が発生したので、実況検分《じっきょうけんぶん》をするから、しばらく待ってくれって言ってたよ」

事件の実況検分となると、足跡や遺留品の捜索、それに鑑識作業など、事故の場合と異《こと》なって慎重に行なわれる。それにしても――と、浅見は周囲の深い森を見回した。車のほかには人っ子一人通るはずもない、寂《さび》しい山道である。もちろん、付近には人家などはない。こんな場所で、いったいどんな事件が発生したというのだろうか?

浅見は車に戻ると、道端の草地に左側のタイヤを踏み込み、ギリギリまで車を寄せて停めた。これなら、車の通行には、それほど支障をきたすことはないだろう。

駆け足で坂を下ると、一〇〇メートルあまり先のカーブを曲がったところが事件現場であった。道路の真ん中にパトカーを置き、ロープを張って停止線を設《もう》け、その向こうで、制服私服とりまぜて、大勢の警察官が蠢《うごめ》いていた。ロープのこっち側では車を出た野次《やじ》馬《うま》が十数人、不安そうにその様子を眺めている。

浅見は、背中を向けて立つ警察官の耳元に口を寄せて、「死体遺棄《いき》ですね？」と小声で訊いた。警察官はびっくりして振り返った。近くの野次馬も「死体」と聞いて驚いたように、こっちを向いた。

「どうして知っているんです？」

警察官は眉《まゆ》をひそめた。

「いや、知っているわけじゃないですが、こんな場所でスリや万引きがあるとも思えませんからね」

浅見は周囲の森を眺め回しながら、真面目《まじめ》くさってジョークを言った。ついでに「死体を棄《す》てるにはうってつけの……」と言いかけたが、若い警察官の真剣そのもののような顔を見て、慌てて口を噤《つぐ》んだ。

「ちょっとあんた」

警察官は浅見の腕を摑《つか》み、少し離れたところにいる同僚を手招いた。同じ制服組で、年頃も似たようなものに見えるけれど、そっちのほうの階級章は星が三つの、巡査部長のものだ。

「この人が死体遺棄のことを知っているみたいなのですが」

「ほう……」

若い巡査部長は、浅見の頭の先から爪先《つまさき》までを見上げ見下ろしして、「こっちへ来てくれませんか」と、道路を遮断《しやだん》しているロープを引き下げた。

浅見は迷惑そうに頭をかきながら、ロープを跨《また》いで、巡査部長のあとをついて行った。野次馬たちは「余計なことを言うばかなやつだ」という目で見送っている。

少し歩くと、実況検分の中心部が見えてきた。道路左の森、二歩ばかり入ったところに、青いビニールシートを被《かぶ》せたものがある。行動服の捜査員が三人、シートをめくって何やら話し合っている。事件発生からまだそれほど時間が経過していないらしく、現場周辺ではたったいま、遺留品の捜索が始まったような気配だ。

巡査部長は、比較的遠くから現場を眺めている私服の刑事に事情を説明して、浅見の身柄を引き渡した。

「名前と住所を聞かせてくれますか」

刑事は四十前後の丸顔の男だ。さっきの巡査部長とのやりとりを見た印象では、どうやら階級は同じ部長刑事らしい。

浅見は名乗って、名刺を渡し、ついでに免許証を見せ、「名刺には肩書を印刷していませんが、職業はフリーのルポライターです」と言った。

「ふーん、こっちが何も訊いていないのに、やけに手回しがいい答え方ですな」

刑事は皮肉をこめた言い方をして、一見、眠ったように見える目を、ジロリと浅見の顔に向けた。

「で、あんた、ホトケさんの身元を知っているのですか？」

「とんでもない、知りませんよ」

「しかし、いま聞いたところによると、死体のことを知っているそうじゃないですか」

「いや、僕はただ、『死体遺棄ですね』と言っただけです」

「ふーん……それにしたって、どうして死体遺棄と分かったのかね？」

「ですから、こんな場所でスリや万引きは起きないだろうと……」

「だからといって、いきなり死体遺棄とは穏やかでないじゃないですか」

「それじゃ刑事さんにお訊きしますが、こんな、誰も通らないような山の中で起きた事件というと、ほかにどういう事件が考えられますか？　まさか山賊が出現したわけじゃないでしょう？」

「うん？　それは……」

刑事は絶句して、しばらく天を仰《あお》いでいたが、「あははは」と笑いだした。

「なるほど、あんたの言うとおりかもしれませんな。まあいいでしょう、行ってくれても構いませんよ」

「はあ、ありがとうございます」

浅見は丁重《ていちょう》に頭を下げてから、訊いた。

「ところで、死体の主はどういう人物なのですか?」

「ん?……」

刑事は反射的に浅見の名刺を見て、「ああ、あんた、ルポライターでしたね」と苦笑した。

「まあ、いずれ分かることだから言いますがね、ホトケさんは虚無僧ですよ」

「虚無僧?……というと、あの虚無僧ですか? 天蓋を被った」

「そう、あのバケツみたいな編笠、あれは天蓋というのでしたか。あまり詳しくないのですがね。しかし虚無僧の恰好であることだけは確かです」

「死体は誰が発見したのですか?」

「ここの住人ですよ。この坂下の集落に住んでるおじいさんが、散歩でこのあたりまで登ってきて、偶然、発見したそうです」

「それで、死因は何ですか? あ、その前に、殺人ですか?」

「いや、そこまでは教えられませんな。というより、まだ特定できていないというべきですけどね」

いささか喋《しゃべ》り過ぎたことを反省するのか、人の好《よ》さそうな刑事も、最後は素っ気ない態度でそっぽを向いた。

捜査員は実況検分が終わって、遺体の運搬作業にとりかかった。坂の下のほうから救急車がバックで登ってきて、シートにくるんだ遺体を担架《たんか》ごと車内に運び入れると、すぐに走り去った。

その一部始終を眺めてから、浅見はソアラに戻った。まもなく通行止めが解除になって、行列を作っていた車が動きだした。

3

事件があったのは山の中のような場所だが、地番でいうと青梅市梅郷《ばいごう》一丁目である。梅ケ谷峠から、梅郷の東端に沿った坂道を下りきると吉野《よしの》街道にぶつかる。梅郷はここから左——西の方角に向かって一丁目から六丁目まであって、それだけ聞くと都会のように思えるけれど、実際の佇《たたず》まいはほとんどが山林と畑と梅林に占《し》められているようなものだ。ことに一、二、四、六丁目は面積の九割までが山林といっていい。青梅市は東京都の西の端に近い、人口およそ十万、地方都市としてならば中堅クラスだが、奥多摩渓谷に深く入り込んだ風景は、いわば避暑地のような印象を受ける。

実際、青梅は多摩川が武蔵野《むさしの》に出てくるあたりの、デルタ状台地に広がる市街地を除《のぞ》けば、ほとんどが多摩川を挟む急峻《きゅうしゅん》な谷と山林といっていい。東京都の中では、小笠原《おがさわら》などの島をべつにすれば、もっとも自然に恵まれた行楽《こうらく》地だ。多摩川の上流には東京の水ガメ、奥多摩湖があって、まもなく、夏休みになると観光客がドッと押し寄せる。

青梅の梅郷――というくらいだから、この付近は江戸時代から梅の名所として有名だった。明治の中頃、この一帯に桜の樹を植え、梅と桜の名所にした。大和《やまと》の吉野にあやかろうと、「吉野村」と名付け、そこを貫通する道を「吉野街道」と名付けた。吉野街道は、多摩川を挟んで対岸の青梅街道と平行しながら、上流へ向かう。

浅見は梅ケ谷峠から下りてきて、突き当たった吉野街道を左に、梅郷の集落の中心の方角へ曲がった。

市役所などのある市街地は右折して二、三キロのところにある。取材で最初に訪れるのは、大抵《たいてい》の場合、地元の役所が手っ取り早い。今回も大久保長安の陣屋を調べるには、まず市役所の観光課や教育委員会の社会教育課を訪れるのが常道なのだが、浅見の関心はすでに「事件」のほうに向かってしまった。

青梅に来ると、浅見はいつもこの渓谷に漂《ただよ》う静謐《せいひつ》の気配を感じるのと同時に、訪れるたびごとに、その気配がしだいに失われてゆく寂しさを感じる。

かつては一面の梅畑だった梅郷も、道路沿いの付近にはどんどん家が建ち並んで、果樹園の中に新築された今ふうの家も少なくない。そうはいってもまだ畑や空《あ》き地も多く、牧歌的な雰囲気はたっぷり残ってはいた。

車をゆっくり走らせると、二人一組の刑事らしい男たちが、炎天の下を歩いているのを見掛けた。早くも、聞き込み捜査が開始されたらしい。

警察の捜査にはいくつものパターンがあるけれど、総じていえば、どの方式も地味で地道なものだ。ことに聞き込み捜査というやつは、文字どおり足を頼りに歩き回る、もっとも刑事らしい作業といっていい。

聞き込み捜査の目的は、もちろん目撃者探しが中心である。不審な人物や車を見ていないか——。あるいは不審な物音や悲鳴などを聞かなかったか——。被害者の身元が特定できていない場合には、行方《ゆくえ》不明者などが出ていないかも聞き込みの対象になる。

この事件では、死んでいたのが「虚無僧」というごく特殊な人物らしい。この界隈《かいわい》の住人とは思えないが、付近を徘徊《はいかい》していたとすれば、当然、人目につかないはずがない。

しかし、擦《す》れ違った刑事の浮かない顔から推察すると、聞き込みの手応えはまったくなさそうだ。

といっても、収穫がなければないで、それもまた重要なデータになる。つまり、遺棄された死体は外部から持ち込まれたものであるという事実が判明するからだ。そうして捜査の範囲は波紋のように、しだいに広がってゆくわけだ。

浅見は道路脇《わき》の空き地に車を停めた。

事件が発生したことは、概《おおむ》ね住民たちの耳に届いているらしい。集落のそこかしこで、何人かずつの人々が額《ひたい》を寄せるようにして話し合っているのを見掛けた。島崎《しまざき》商店というコンビニエンスストアふうの店の前に、小さな人だかりが出来ている。浅見は車を出て、その輪に近づいた。

話題はやはり事件のことであった。浅見が近づくと話は中断したが、その前に「虚無僧ですってよ」「いまどき珍しいわねえ」と言っているのが聞こえた。

「ちょっと伺《うかが》いますが」と浅見は噂話《うわさばなし》の中に首を突っ込んだ。

「そこで人が死んでいるのを発見したのは、ご近所の方だそうですね」

「ええ、そうですけど……」

三人いるおばさんたちの中では、もっとも年長らしい、五十歳前後のおばさんが、仲間に同意を求めるように、左右に顔を振ってから、言った。

「たしか、散歩の途中に見つけたのだそうですが、どちらの方かご存じですか？」

「山下《やました》さんのおじいさん……」

おばさんは言いかけて、「あら、こんなこと言っちゃって、いいのかしら？」と躊躇《ためら》った。

「おたく、刑事さんじゃないんでしょう？」

「ええ、違います。こういう者で、ルポライターをやっています」

浅見は慇懃《いんぎん》に名刺を差し出した。おばさんは名刺と浅見の顔を見比べるようにしていたが、肩書のない名刺より、浅見の真面目そうな顔のほうを信用したらしい。

「山下さんていって、あそこの町屋《まちや》川の橋を渡った左側の、大きな梅の木があるお宅のご主人ですよ。でも、あれですよ、郷土史家か何かやってて、ずいぶん気難しい方だそうですからね、おいそれと会ってくださるかどうか、知りませんけど」

山下老人にあまり好意を持っていないような口調で言った。

浅見は車を置いたまま、吉野街道を少し後戻りして、小さな川の橋を渡った。

左側はかなり広い、まるで果樹園そのもののような庭である。その道路と隣家に面した側を生け垣で囲《かこ》って、純和風の屋敷が建っていた。川原石をコンクリートで固めた門柱《もんちゅう》の大きな表札に「山下善十郎《ぜんじゆうろう》」と武士のような名前が書いてあった。

門を入って玄関に近づいたとき、ちょうど刑事が二人出てくるのとぶつかった。玄関の奥から「こっちは発見者であって、犯人じゃないんだ。いいかげんにせんかい」と、怒鳴り声が飛んできた。声の主は山下老人らしい。二人の刑事は苦笑しながら玄関の中に向けてお辞儀をして、こっちに向き直った。

「あ、あんた、さっきの……」

刑事の年配のほうが、浅見を見て驚いた。ついさっき、事件現場で話をした、丸顔の部長刑事だ。

「あ、さきほどはどうも」

浅見は愛想のいい笑顔を見せた。

「どういう?……」と、部長刑事はもう一度、山下老人のほうを振り向いて、何か問いたげな様子だった。

浅見は「では」と軽く会釈《えしやく》して、刑事に摑《つか》まらないうちに――そしてドアが閉まらないうちに、刑事と入れ替わるように、玄関に入った。

目の前の式台に、老人が仁王《におう》立ちして、こっちを睨《にら》んでいた。文字どおり、仁王のような顔であった。浅見は不動の姿勢を見せて、「お邪魔《じやま》します」と最敬礼した。

「ん？　あんた、また刑事か」

「いえ、僕はこういう者です」

浅見は「旅と歴史編集部」の肩書を刷《す》り込んだほうの名刺を差し出した。時と場合によって、こっちの名刺を使う。

「ほう、『旅と歴史』ですか。わしも愛読しておりますよ」

予想どおりの結果であった。山下老人は最前の怒声とはうって変わった口調で言い、笑顔さえ見せた。郷土史家の山下老人なら、たぶん『旅と歴史』ぐらいは知っているであろうというのは、浅見の勘《かん》である。

「じつは、次号の『旅と歴史』で、青梅にあったという大久保長安の陣屋と、甲州裏街道のことを取り上げることになりまして、つきましては、山下先生にぜひお話をお聞かせいただきたいのですが」

「ほう、陣屋と裏街道ですか。なるほど、それは面白そうな企画ですな」

老人は満足そうに頷《うなず》いて、「まあ、お上がりなさい」と言ってくれた。

4

造りは農家ふうで質素だが、広い屋敷であった。山下家はたぶん古くからの地元の人間で、この付近にはかなりの土地を持っていたにちがいない。

廊下を二度曲がって、庭に面した二十畳敷きほどもある客間に案内された。

「まあ楽にしてくださいや」

老人は浅見に座布団《ざぶとん》を勧《すす》め、奥のほうに向かって「おーい、麦茶を入れてくれんか」と声をかけた。遠くで「はい」と答える女性の声がした。

部屋にはクーラーを備えているけれど、作動していない。開け放った窓から流れ込む風が、谷の冷気を運んでくる。縁側の先の庭には、形のいい梅の木がうち重なって、はるか奥多摩の山々に溶け込んで見える。

「何かお取り込み中ではなかったのでしょうか？　さきほど、刑事がどうしたとかおっしゃっておられましたが？」

浅見はとぼけて、訊《き》いてみた。

「ああ、あれですか。さよう、あんたと擦《す》れ違いに出て行った二人連れがいたでしょう。

あれが刑事ですよ。しつこいしつこい」

「はあ……」

「けさがた妙な事件に出くわしましてな。つまりその、変死体を発見したのです」

「えっ、変死体を、ですか？」

「さよう。それで警察に連絡したのだが、ああいうものはなるべく関わり合いになりたくないものですなあ。しつこく何度も同じことを質問しおって、まるでこっちが容疑者みたいなものじゃ」

目の前にいる浅見が刑事でもあるかのように、また険《けわ》しい顔になった。

「何度訊かれたってだ、わしが死体に出くわしたのは、まったくの偶然にすぎないのですからな」

うんざりだ――と言いたげに、首を横に振った。

「亡《な》くなっていたのは、ご存じの方だったのですか？」

「いいや、とんでもない。虚無僧ですよ虚無僧」

「ほうっ、虚無僧ですか、珍しいですね」

「そうですな、たしかに、近頃はあまり見掛けない恰好ですな。しかも、死体のあった場所が、ついそこの、梅ケ谷峠のほうへ登って、山の中みたいなところだもので、てっきり、修行のために山道を歩いて、行き倒れたのかと思いましたよ。しかしまあ、ひと目見て、もはや亡くなっていると分かったもので、急いで警察に知らせたが、どうやらそれが殺されたのだそうでしてね」

「えっ、殺人事件ですか?」

浅見は精一杯、演技して驚いてみせた。

「そうですな、いま聞いたところだが、首を絞《し》められたような形跡があったそうだから、間違いなく殺人事件ですな。えらいものに関わってしまいましたよ。しかし、それにしても、なんだってあんなところで亡くなっていたのか……」

山下老人は首をひねって、ふと思いついたように、遠くを見る目をして、言った。

「そうか、ひょっとすると、鈴法寺《れいほうじ》にでも来ていたのかもしれないな」

「レイホウ寺といいますと?」

浅見は聞きとがめて、訊いた。

「あ、いや、青梅の古い寺の名前ですが」

老人はテーブルの上に指で「鈴法寺」と書いて、「正確にいうと鈴法寺跡《あと》というべきでしょうな。いまは何もないところです」

「しかし、山下先生は、鈴法寺に来たというふうに言われましたが、その何もないところに、虚無僧が来ていたというのは、どういう意味でしょうか？」

「鈴法寺というのは、もともと虚無僧寺の総本山といった性格の寺であったのです。そこにお参りにでも来たのかもしれない」

「それは青梅にあるのですか？」

「そうです、青梅の市街地の真ん中にありますよ。もっとも、わしの子供のころは、あのあたりは人家は疎《まば》らで、畑や雑木林ばかりの土地でした。そこの草ぼうぼうのところに、頭の丸い墓がまるで死骸のように転がっていた。わしの叔父《おじ》の家がその近くにあって、遊びに行くたびに、墓の死骸《しがい》のように転がっていた。子供心に世の無常《むじょう》のようなものを感じたものです」

山下老人は遠い昔を懐《なつ》かしむ目を、奥多摩の山に向けた。

「墓の死骸」という表現は、浅見にもよく理解できた。以前、和泉式部《いずみしきぶ》の墓というのを取材に行って、荒れ野にいくつもの五輪塔《ごりんとう》が転がって、風化している光景に出合ったことがある。あれはまさしく「墓の死骸」というように相応《ふさわ》しい。人間は二度死ぬ——というような、ひどく不吉な想いを抱《いだ》いたものだ。

ほっそりとした初老の女性が冷たい麦茶を運んで来た。「家内です」と山下老人は照れ臭《くさ》いのか、ぶっきらぼうに紹介した。髪は白いものが目立っているが、和服姿が涼しげで、上品な感じだった。

夫人が「ごゆっくり」と言って引っ込むのを待っていたように、老人は話のつづきを再開した。

「鈴法寺跡はいまはただの街の一角の小さな公園でして、申し訳のような小屋を建て、坊さんの墓を五、六基並べてあります。年に一度、供養《くよう》の日があるのだが、あまりポピュラーな催しではありませんな。ただ、虚無僧姿の人たちが集まって、尺八《しやくはち》を吹いているのを見たことはあるが」

「警察にはそのことを教えたのですか？」

「いや、鈴法寺のことに気づいたのは、たったいまですからな、警察には鈴法寺のことは言わなかった。もっとも、わしが教えるまでもなく、警察も鈴法寺のことは知っているでしょうよ。鈴法寺跡は、警察からそう遠いところじゃないですからな」

「殺された虚無僧は、どこのお寺から来たのですかねえ？　そうそう、その前に、虚無僧寺というのは、全国にいくつぐらいあるのでしょうか？」

「は？　ははは、あなた、虚無僧寺などというものはどこにもありませんよ」

山下老人はおかしそうに笑いながら、言った。

「えっ、虚無僧寺はないのですか？　しかし、さっき、鈴法寺のことを虚無僧寺の総本山だとか……」

「ああ、あれは昔はそうだったと言ったのですよ。現在は虚無僧寺はもとより、虚無僧そのものが存在しないのです」

「えっ、虚無僧そのものが？……ちょっと待ってください。しかし、現に殺されたのは虚無僧なのでしょう？」

「いや、虚無僧と言ったが、それは姿がそうであったという意味であって、本物の虚無僧であるというわけではないのです」

浅見が何か言いかけるのを、山下は「まあまあ」と制しておいて、言った。

「どうやらあなたは、虚無僧のことについてはあまり詳しくないようですな」

「はあ、それはまあ、お恥ずかしいかぎりですが、詳しいどころか、ぜんぜんといっていいくらい、何の知識もありません」

「それでは、普化《ふけ》宗のことも？」

「はあ、名前ぐらいは聞いたことがありますが」

「なるほど、あなたのような『旅と歴史』のライターでも、その程度の知識しかないというわけですか」

山下老人は慨嘆《がいたん》したが、若い者に昔の話をすることは、あまり苦にしていないというより、何やら楽しげでさえあった。

「普化宗というのは、簡単に言うと禅《ぜん》宗の一派でしてな。虚無僧はその教義に従って修行をする者の姿と考えればよろしい。そうだ、さっき、念のために広辞苑を見たら、なかなか要領のいい簡潔な説明がしてありました。あなたもお読みになるとよろしい」

老人は席を立って、広辞苑を持って来た。そのページにちゃんと栞《しおり》が挟《はさ》んである。

〔虚無僧〕（室町《むろまち》時代の普化宗の僧朗庵《ろうあん》が宗祖普化の風を学んで薦《こも》の上に坐《ざ》して尺八を吹いたから、薦僧《こもそう》と呼んだという。また一説に、楠木正成《くすのきまさしげ》の後胤正勝《こういんまさかつ》が僧となり虚無と号したからともいう）普化宗の有髪《うはつ》の僧。深編笠をかぶり、絹布《けんぷ》の小袖《こそで》に丸ぐけの帯をしめ、首に袈裟《けさ》をかけ、刀を帯し、尺八を吹き、銭を乞《こ》うて諸国を行脚《あんぎや》した。普化僧。

「これを見るかぎりでは、虚無僧はともかくとして、普化宗という宗派は現在も存在するように思えますが？」

「ところが、普化宗は明治四年の太政官布告《だいじようかんふこく》によって廃宗の憂《う》き目を見ることになるのですな。要するに廃仏毀釈《はいぶつきしやく》の最大の犠牲ということができる」

「どうして普化宗が廃宗になったのですか？」

「それは虚無僧のせいです。というより、虚無僧が普化宗の象徴のようなものなのだから、虚無僧を一掃《いっそう》することは、つまり普化宗そのものを瓦解《がかい》させることにほかならないわけですよ」

「はあ……」

「虚無僧の多くは、武士の犯罪者のなれの果てであるのと同時に、幕府の隠密《おんみつ》の隠れ蓑《みの》であったというのが定説になっております」

「まるで時代劇映画の世界ですね」

深編笠をかぶった不穏な武士の群れ――というのは、映画やテレビの時代劇でお馴染《なじ》みだ。

浅見は笑いながら言ったが、山下老人はしごく真面目に、「そのとおりなのですよ」と頷いた。

「あなたは笑ったが、虚無僧および虚無僧寺は、徳川幕府の隠密組織に従事していたために、明治新政府にとっては目の敵《かたき》だったことは事実なのです。映画で虚無僧姿の浪人どもが、忍者もどきに跳梁《ちょうりょう》するというのがよくあるでしょう。あれもまったくの絵空事《えそらごと》とはいえないということですな。その証拠に、全国二百カ所ほどあったという虚無僧寺は、おしなべて諸国と江戸を結ぶ街道の拠点にあった。たとえばここ青梅の鈴法寺も、まさに甲州方面から江戸に入る、甲州裏街道の喉仏《のどぼとけ》みたいな場所でしょうが。あなたが取材しようとしている青梅の陣屋、甲州裏街道、そして虚無僧寺の鈴法寺、これらはけっして無関係ではないのです」

「なるほど、おっしゃるとおりですね」

　事件の話題が虚無僧の話に転じたかと思ったら、こんどは思いがけず、本来の取材目的に結びついてきた。浅見は老人の話に引き込まれて、思わず膝《ひざ》を乗り出した。

「甲州裏街道——つまり、現在の青梅街道の前身は、大久保長安が徳川家康に抜擢《ばってき》され、八王子代官に任ぜられた直後に、整備された道でしてな。当時は関東の中心は鎌倉で、江戸はまだ、ただの葦《あし》が生《お》い茂《しげ》る野っ原に家が建ちはじめたばかりだったころです。青梅街道はおろか、江戸へ通じる街道なんか、ろくすっぽ整備されていなかった。それ以前に、青梅から甲州へ行くには、さっきの事件現場である梅ケ谷峠を越え、いったん八王子へ出てから、小仏《こぼとけ》峠を越えて甲州へ行くルートしかなかったのです。

　ところで、大久保長安は、徳川家に仕えるようになって、まず手始めに甲州金を発掘して家康の信頼を得たのだが、その黒川《くろかわ》金山があったのは、現在の山梨《やまなし》県塩山《えんざん》市です。青梅街道で奥多摩湖畔《こはん》を行くと、まもなく山梨県の丹波山《たばやま》村に入るが、そこを抜けたところが、まさにその塩山市にほかなりません。黒川金山からの産出量は、武田時代だけでも黄金四十八万両といわれるほどだから、きわめて優良な金山であった。大久保長安が青梅に陣屋を設置した時代になって、甲州から江戸へ金を運ぶために、甲州裏街道が整備されたと考えてよろしいでしょうな。そんなことから、青梅には昔から埋蔵金伝説のようなものがあるのです」

「えっ、ほんとにあるのですか?」

「は?　埋蔵金が、ですか?　ははは、まさか……何の根拠もない話ですよ。ただし、話としては面白いですなあ」

山下老人は、久し振りに郷土史の蘊蓄《うんちく》を傾けて、いかにも気分がよさそうだ。

第二章　埋蔵金伝説

1

署に引き揚げてからしばらく経《た》って、谷沢《やざわ》部長刑事はふと、さっき山下家の玄関先で擦《す》れ違った男のことを思い出した。

事件現場に好奇心いっぱいの顔を見せて、事件の内容を「死体遺棄」と言い当てた、たしか浅見とかいった。このあたりでスリや万引きがあるとは思えない――と、人を食ったようなことを言っていた。

そのときは思わず笑ってしまったが、考えてみると、スリや万引きはともかく、強盗だとか婦女暴行といったたぐいの犯罪なら、あの場所で発生しても不思議はない。にもかかわらず「死体遺棄」――それも殺人事件とは言わず「死体遺棄」とのみ断定したのは、相当な飛躍だ。

おまけに、第一発見者の山下老人のところを訪ねている。そのときは、また物好きに嗅《か》ぎ回っている——ぐらいにしか思わなかったから、そのまま引き揚げたのだが……。

（やつは何か、事件のことについて知っているのかな？——）

谷沢はドキリとした。

急いで山下家に電話をしてみた。山下老人は「まだ何かありますか」と、突慳貪《つっけんどん》に応対した。

「さきほど浅見さんという人が行きましたね？　あの人はまだいますか？」

「いや、もう帰りましたよ」

「浅見さんは何の用事だったのですか？」

「何って……警察には関係ないでしょう」

「まあ、そうおっしゃらずに教えていただけませんか。ちょっと事件の現場付近で見掛けた人物なものですからね」

「ん？　現場で見掛けた？……そう、でしたか……」

老人は少し意外そうな気配だ。

「用件は、青梅の歴史のことを聞きにきたのです。青梅の陣屋だとか、甲州裏街道のことなんかを話しましたよ」

「それだけですか？」

「ついでに虚無僧のことも話しました。けさの事件のこともですな」

話しているうちに、だんだん不愉快そうになってきた。声を荒らげて、「もういいでしょう、面倒なことになるなら、関わりたくありませんよ」と、一方的に電話を切った。

「何を怒っているんだ、このじいさん」

谷沢も腹が立って、切れた受話器に向かって悪態をついた。

あの男をそのまま解放するべきではなかったのかもしれない。もしそうだとすると、自分の処置は怠慢《たいまん》だったことになる。

（ちきしょう、もうちょっとハタいてみるんだったか――）

少しずつ、怒りが収まるにつれて、悔《く》いが頭をもたげてきた。

浅見というあの男が、事件は死体遺棄にちがいないと考えた根拠は、いったい何だったのだろう？

山の中で起こった事件だから、スリや万引きであろうはずはない――という、しごく当然の出発点から始めたとして、いきなり死体遺棄という結論を引っ張り出せるはずはない。その結論に達するまでには、かなりいろいろな選択肢があり可能性がある。それをすべてネグって、「死体遺棄」と言ってのけるのは、よほどの推理力の持ち主でなければ不可能としか思えない。

あの男は車で通りすがりに、事件現場に遭遇したということだ。警備の者に連れてこられるまでは、現場の様子を垣間見《かいまみ》てさえいなかったらしい。なのに、その時点で「死体遺棄ですね?」と言ったそうだ。

谷沢は自分があの男と同じ条件で、事件の内容を類推することになったとして、はたして「死体遺棄」という答えを引き出せるかどうかを思った。

答えは「否《いな》」だ。しゃくにさわるけれど、それだけのデータでは結論など出しようもない。いや、あのいかにも素人《しろうと》っぽい男にしたって、何も根拠なしに、そんな芸当ができるとは思えない。

(やつは、事件の背景について、何か知っているのでは?――)という疑惑は、谷沢の頭の中でどんどん膨《ふく》らんでいった。

谷沢は刑事課の部屋を見回した。ひょっとすると、取り返しのつかないミステークをやらかしたのかもしれないが、勤続二十一年のベテラン部長刑事としては、いまさら誰かに相談するのも気がひける。

谷沢は「浅見光彦《みつひこ》」という、肩書のない名刺をもう一度睨《にら》んでから、ポケットの中に放り込んだ。

住所は東京都北区《きた》西《にし》ケ原《はら》三丁目――免許証の記載と同じであることは確認してある。妙なことに、浅見は自《みずか》ら進んで免許証を提示したのだった。そういうところを見ると、疑う余地はなさそうだが、逆に何となく作為《さくい》を感じないでもない。いずれ追及しなければならない相手ではある。

そんなことを思いながら、疑うのが商売の刑事稼業に、谷沢はほんの少し、嫌気を覚えていた。

それにしても、テレビの時代劇でもあるまいに、被害者が虚無僧というのは、まったく変わった事件である。

青梅警察署の刑事課で、通信指令センターからその事件の連絡を受けたとき、谷沢は「コムソウですか?」と訊き返してしまった。もっとも、宿直明けで、あと二時間もすれば帰宅できるという、いくぶん弛緩《しかん》した気分で、緊張感に欠けていたせいかもしれない。

「虚無僧って、あの虚無僧ですか?」

「ああ、ほかにどういう虚無僧がいるっていうのかね」

通信指令センターは熟練の警部が担当している。じれったそうに、「とにかく、早く現場に急行しなさい」と横柄《おうへい》に言って、素っ気なく電話を切った。

たしかに被害者は虚無僧であった。死体を発見し、一一〇番通報をした山下老人が「いや、本物の虚無僧ではないでしょう。虚無僧の恰好していることは確かですが」と注釈を加えたとおり、本物の虚無僧ではないにしても、少なくとも常識として知っている虚無僧の姿ではあった。

第一発見者である山下老人の話によると、ふだんの朝の散策は、吉野街道を吉川英治《よしかわえいじ》記念館まで往復するのだが、たまたまけさにかぎって、山道を歩いてみたのだそうだ。この日は朝から陽射《ひざ》しがきついので、日陰でなるべく涼しそうな、北側の斜面に登ってみたということらしい。まあ、あの山道を散歩したというのは、ちょっと不自然だが、さりとて、べつに山下老人を疑うべき要素はない。

そして、山下老人は道端の森の中に変死体を発見することになる。

森の中といっても、道路からほんの二歩ほど入っただけのところだ。しかし、藪《やぶ》に沈み込んでいる死体は、車で通過したのでは発見できないだろう。山下老人が左右の風景を眺めながらのんびり歩いていたために、たまたま気がついたということだ。

樹木の根方《ねかた》あたりは昼なお暗いとはいえ、遺体の恰好はきわめて特徴的ですぐに目につく。黒と白の衣服が見えたとき、山下老人はすぐに虚無僧だと分かったと言っている。

この日は快晴だが、前日の朝まで降っていた梅雨のなごりの雨のおかげで、森の中の下草や地面、それに被害者の衣服もたっぷりと水を含んでいた。

被害者は、身元を示すような品物をまったく所持していなかった。虚無僧の衣服を身にまとっているのと、近くに天蓋、尺八、「明暗」と書かれた黒い箱が散らばっていた。

懐中には、三百四十円の現金。そしてハンカチとティッシュペーパーがあった。いくら虚無僧姿でも、いまどき、これっぽっちの所持金で歩き回るはずもないだろうから、それ以上の現金を所持していたと考えていい。だとすると、犯人は小銭だけを残して、有り金を攫《さら》って行ったと考えられる。

捜査本部は当面、強盗殺人事件と見て、捜査を開始することになった。

被害者の年齢は六十歳から七十歳程度。中肉中背で、白い布製の手甲《てっこう》をつけた腕が衣の袖《そで》から長々と突き出されていた。

死因は——後頭部に鈍器様《よう》のもので殴《なぐ》られたような痕跡《こんせき》が見られるが、これは被害者を失神させた程度の効果しかなかったにちがいない。直接の死因は絞殺による窒息《ちっそく》。頸部《けいぶ》にロープで絞められたと思われる痕《あと》が歴然としている。ただし、凶器となったロープは、現場には残されていなかった。

死亡推定時刻は現場での検視の際に、ほぼ十八日の昼——正午から三時ごろではないかと判断されたが、後の解剖《かいぼう》結果でも、十八日午後二時を中心とする前後一時間——と、概ね似たような結果であった。

また、現場付近には争ったような形跡は見られない。死体周辺の地上に足跡も残っていないので、おそらく犯人は車で死体を運んで来て、道路から突き飛ばすようにして遺棄して行ったものと考えられる。

以上がこれまでの経過で分かった事実である。午後には青梅署内に捜査本部が設置され、警視庁からも応援が来て、百五十人体制で捜査を展開することになった。

午後五時から開かれた捜査会議で、各自の役割分担が指示された。捜査本部が開設されると、捜査本部長は青梅署署長が任に当たるけれど、実際上の指揮は警視庁捜査一課の警部の手に委《ゆだ》ねられる。

所轄の青梅署の刑事はその指揮下に入ることになるのだが、日常、管内で発生する事件にも対応しなければならないので、所轄署の刑事は、概ね地元の聞き込み作業に投入される。といっても、すでに一通りの聞き込み捜査は行なっており、今後、新たな収穫が出る見込みは薄そうであった。地元での目撃者はまったく現われていない。犯人は現場近くの山の中か、あるいはどこか遠方で被害者を襲い、車で死体を運んで来た公算が強い。

「虚無僧が殺された事件なんて、おれの刑事生活でもはじめての経験だな」

会議を終えて刑事課の部屋に引き揚げて来ると、谷沢部長刑事は誰にともなく言った。谷沢は四十一歳になる、ここの部屋では、もっとも経験豊富な刑事だから、他の連中たちにしたって、むろん経験のある者はいない。虚無僧どころか、坊さんの事件でさえ経験のない者ばかりだ。

「坊さんを殺すと七代崇《たた》るって言うが、これで、迷宮入りなんてことになると、刑事にも崇るかもしれねえな」

「やめてくださいよ」と、若い川村《かわむら》刑事がいやな顔をした。

「自分は幽霊だとか、そういうの弱いんですから」

「ははは……」と谷沢は笑ったが、真剣そのものの川村を見ると、いくぶん薄気味が悪くなってきた。実際、現場を見た連中は、誰だって虚無僧姿の被害者の異様さには、不気味なものを感じたにちがいなかった。

「ま、崇られないように、早いとこ事件を解決したいもんだよな」

冗談めかして言ったが、それは本心から出た言葉ではあった。

2

被害者の素性が虚無僧という、変わり種だったことから、身元の割り出しは容易と考えられたがその予想どおり、その日中には、早々と、被害者の身元に関する情報がもたらされた。

東京・新宿区《しんじゆく》の法竜寺《ほうりゆうじ》という寺の住職からの問い合わせで、「もしかすると、その人物は当寺が主宰する虚無僧研究会にゆかりのある人物であるかもしれない」というものだ。しかも、被害者と歳恰好《とし》の似ている研究会会員の家族から、同会員の消息についての問い合わせがあったばかりだというのである。

ただちに住職と、虚無僧研究会の会員の家族を呼んで、遺体の確認をしてもらうことになった。

法竜寺の住職は松永清達《まつながせいだつ》といい、禅宗の和尚《おしよう》だそうだ。目玉のギョロッとした頑丈そうな体軀《たいく》で、さながら叡山《えいざん》の荒法師といった感じだ。その松永和尚に引率されるようにして、「行方不明者」の身内が四人、不安そうに出頭してきた。

行方不明になっているのは、羽田栄三《はねだえいぞう》という人物だという。出頭した家族は、羽田の妻の幹子《みきこ》（67歳）と長男の一昭《かずあき》（44歳）、次男の正伸《まさのぶ》（42歳）、一昭の娘の記子《きこ》（20歳）である。とにかく、その五人に遺体を見てもらった。五人とも驚きと恐怖で顔色を変え、あとはお定まりの愁嘆場《しゆうたんば》であった。谷沢ほどのベテランになっても、遺体と身内の人々の対面は、いつもながら辛《つら》いものだ。

とりわけ、羽田の妻の幹子はよほどショックが大きかったのだろう、霊安室の台に横たわる夫にとりすがったまま、腰が抜けたようになって、呼吸も乱れ、急いで病室に運ばれる騒ぎで、しばらくは事情聴取にも応じられない状態になった。

被害者の素性は、東京都世田谷《せたがや》区在住の会社役員・羽田栄三(68歳)——であることが判明した。

家族の話によると、羽田栄三は七月十八日の朝、出掛けたきり戻らず、何の連絡もないために心配していた矢先のことだという。

羽田が出掛けた、その目的地がどこなのかは、家族もはっきり知らないそうだ。

「主人が行く先を言わないで出掛けることは、珍しくありませんでした。小旅行でも、日帰りでしたら黙って出掛けます。ときには、夜になって、とんでもない所から電話してきて、今夜は泊まるから——とか。ですから、あの日だって、最初は会社へ行ったものと思っておりました。ただ、虚無僧の道具を持って出ましたので、帰りにでも法竜寺さんのほうへ参ったのかと……先月の例会が六月の十八日でしたので、てっきり、虚無僧研究会へ参ったものと思っておりました」

事情聴取に当たった谷沢部長刑事に対して、羽田の妻・幹子はそう言っている。虚無僧の道具というのは、天蓋の中に衣服と尺八を詰めて、風呂敷包《ふろしきづつ》みにしたものだ。天蓋は大きいけれど、見た目よりは軽いらしい。

「それで、法竜寺の和尚様にお電話したところ、今月の例会は二十三日に行なわれるというお話でしたので、どうしたものかと……」

「そうすると、虚無僧の恰好で家を出られたわけではないのですか?」

「まさか……自宅を出るときはふつうのスーツ姿です。主人は外出する際は、夏の暑い盛りでも、ほとんどダークスーツを制服のように着ておりました。虚無僧研究会へ行くときもそうでした。わたくしをはじめ家の者は、主人の虚無僧姿など、見たこともございません。ですから、青梅で虚無僧姿で殺された人がいるというニュースを見ても、よもや主人のこととは思いませんでした」

法竜寺の住職であり虚無僧研究会の会長でもある松永清達も、同じことを言っている。

「羽田さんにかぎらず、みなさん、会にお出になるときには、ふつうの服装でおいでになって、寺に着いてから、持参した法服に着替えられます」

「そうすると、羽田さんはどこで虚無僧姿になられたのですかね? 車の中で着替えられたのでしょうか?」

谷沢が言うと、夫人は「いいえ、主人は車の運転などいたしません」と否定した。

ではいったいどこで着替えたのか?――という想像は、羽田夫人にとっては、あまり愉快な方向に向かいそうもないのだが、捜査の上からは、その点がもっとも興味を惹かれる部分だ。

「どこか、着替えをするような、適当な場所があったのではないでしょうか?」

谷沢は無表情を装って、訊いた。

「適当な場所とは、どのような場所のことを申すのでしょうか?」

羽田夫人は険しい目つきで反問した。あれほどのショックがありながら、こういう問題が生じると、いくつになっても女性は強いものであるらしい。

「たとえばですね、ごく親しい友人であるとか、あるいは、たとえばですよ、失礼かもしれませんが、ご主人に特定のご婦人がおられるとか、ですね……」

「そういうことはございません。主人にかぎって」

夫人は唇《くちびる》の端を痙攣《けいれん》させて、きっぱりと断言した。さすがにそれ以上の質問を重ねるのは、谷沢部長刑事としても、躊躇われた。

「ところで、虚無僧研究会というのは、どういう組織なのですか?」

谷沢は質問の矛先《ほこさき》を法竜寺の松永住職に向けた。

「それは読んで字のごとしです」

松永は重々しく言った。

「ご承知かもしれませんが、虚無僧――つまり普化宗は明治の廃仏毀釈の際に廃宗させられました。しかしながら、普化宗の精神は生き続けています。没已《ぼっき》に徹し漂泊のうちに悟りを求めるの道であります。われわれ禅家の者も含めて、葬式宗教に堕《だ》してしまったわが国仏教の中において、本来の普化宗こそは達磨《だるま》大師の精神を踏襲《とうしゅう》する、もっとも真摯《しんし》な宗派と申すことができましょう」

松永自身が達磨大師のような大きな眼をしている。その眼をギョロつかせると、なかなか迫力がある。谷沢はいくぶん辟易《へきえき》しながら訊いた。

「なるほど、それは分かるような気もしますが、研究会というのは？……」

「ですから、その虚無僧の精神を学び、悟道《ごどう》を進もうとする志《こころざし》ある人々が集《つど》い、たがいに切磋琢磨《せっさたくま》し合う場です。と申しても、実際には、尺八を愛好する人たちの集まりといったところですがね。現在は月例会のほかに年に一度、大きな会を催し、全国的に組織づくりをしております」

「羽田さんはその会には、毎回出席されていたのですか？」

「もちろんです。羽田さんは会員の中でも、ことに熱心であられた」

「羽田さんが最後に法竜寺に行かれたのは、いつのことですか？」

「羽田さんは前回の月例会以降、見えておりません。あれは六月十八日のことでしたから、ちょうど一カ月になりますか……あのときはお元気で尺八を聴《き》かせていただいたのだが……」

その羽田がいまは冷たい骸《むくろ》と化していることに、松永和尚も無常を感じているのだろう。しばらくは天井を見つめて、感無量という様子であった。

強盗殺人の疑いが強かったのだが、警察は一応、怨恨《えんこん》等による犯行の可能性についても考慮に入れて、事情聴取を行なった。しかし、羽田栄三が誰かに殺されるような恨《うら》みを買っていたかどうかについては、松永和尚も羽田家の人々も、何も思い当たることがないということだ。

羽田の家族は、翌日遺体の解剖が済むのを待って、遺体と一緒に世田谷の自宅に引き揚げ、夕刻から通夜が執《と》り行なわれた。

その通夜の席は、捜査員にとっては、恰好の事情聴取の場でもある。参会者たちの中から、家族の紹介で、とくに故人と関係の深かった人々を別室に呼んで、事情を訊いた。

羽田は東京・品川《しながわ》にある電子機器のメーカーで、非常勤の取締役という地位にあった。二人の息子と娘が一人いるが、いずれもすでに中年といっていい年配だ。現在は長男の一昭夫婦と孫娘と一緒に暮らしていた。

次男の正伸一家は妻と二人の息子の四人家族で、横浜《よこはま》在住。

長女の佳子《よしこ》は夫の勤務先の関係で現在は名古屋《なごや》に住み、一男一女の母親である。

二人の息子も娘の夫も、それぞれ優良企業の中間管理職。生活は経済的にも精神的にも安定した状態であり、何の不安もない。羽田栄三としては、仕事も気儘《きまま》なものだし、妻や長男の家族に囲まれ、いわば悠々自適できる境遇といってよかった。

「あの羽田さんを恨《うら》むような人間がいるとは、到底《とうてい》考えられませんなあ」

通夜の参会者たちは、異口同音《いくどうおん》にそう言っていた。羽田が取締役を務めていた中央電子化学工業《ちゅうおうでんしかがくこうぎょう》株式会社からは、社長以下、重役連中が何人か部下を帯同して訪れたが、その人々も、おしなべて同じ意見を述べた。

羽田栄三は終戦の年――昭和二十年――に中央電子化学工業伊豆工場の前身である天城鉱業《こうぎょう》に入社。十三年前に天城鉱業が中央電子化学工業に吸収合併された時点で、その年の九月に東京・品川の中央電子化学工業本社に移り、以来、非常勤の取締役として遇《ぐう》されている。

「きわめて温厚な人でした」

社長の坂崎泰三《さかざきたいぞう》はそう述懐《じゅっかい》した。

「技術畑出身でありながら、幅広い教養を持って、人望もあり、労務管理などにもじつに精通しておられた」

そういう人柄や能力を買って、長く取締役に任じていたという。

事情聴取の結果だけを総合すれば、当初の印象どおり、強盗殺人の色合いが濃厚だったが、どうしても割り切れない疑問が一つだけあった。

それは、羽田栄三がいったい、どこで虚無僧姿に変身したか——である。

羽田が自宅を出てからの足取りは、最寄りの東急新玉川線《とうきゅうしんたまがわ》の地下駅までは辿《たど》ることができた。駅員の一人も、顔見知りの羽田が電車に乗り込む姿を目撃している。だが、そこから先、羽田栄三の行方《ゆくえ》は杳《よう》として途切れてしまうのである。

幹子夫人がその存在を強く否定した、「特定の婦人」かどうかはともかくとして、羽田が虚無僧姿に着替えた場所はどこかになければならない。そこには着替えたダークスーツが残されているはずなのだ。

捜査員の中には、どこかの駅のロッカーではないか——と主張する者もいた。中高校生などが、学生服をカジュアルな服装に着替えて街で遊ぶため、ロッカーを利用することは多い。中には多少、変質者的な変身願望癖《へき》のある人間が、女装の衣服やアクセサリーを隠しておくケースもあるそうだ。

しかし、駅のロッカーで変身するにしては、虚無僧姿の場合には、あまりにも目立ちすぎるし、天蓋が厄介《やっかい》な存在である。

結論として、どこかに秘密のアジトがあって、そこで着替えを済ませていたとするほうが、妥当と考えられた。だとすると、いったい羽田栄三は、どこで虚無僧に変身し、どのようにして青梅に来たか——あるいは運ばれたのだろう？

それに、そういうアジトがあるのなら、当然、そこに関係する人物がいるはずである。その人物がなぜ名乗り出ないのか、それも奇妙なことではあった。公《おおやけ》の場には出てきにくい、何かの事情があるのだろうか？

それらの疑問があるために、捜査当局としては、単純に強盗殺人事件と決めるわけにはいかず、怨恨のセンも含めて捜査を押し進めることになった。

3

浅見光彦にとって、あれからの一週間は、なんともじれったい毎日であった。

新聞やテレビのニュースは事件発生後の二、三日間は、風変わりなこの事件を話題に乗せていた。たしかにいまどき、虚無僧などというアナクロじみた存在だけでも、結構、話のサカナになるところにもってきて、その虚無僧が殺され、死体を棄てられていたというのだから、茶の間に提供する話題としては、申し分ない内容といえた。

当初は事件の意外性、ついで家族の悲嘆や周辺の人々の反応といったことを取り上げ、そもそも虚無僧とは何ぞや——と話の内容が広がってゆく。

その上、殺された羽田栄三という人物は、家人や仲間の知らない場所で、平服から虚無僧姿に「変身」していたというのである。下司《げす》の勘繰《かんぐ》りでなくても、どこかにそれらしい女性の存在を想像してしまう。

会社重役、秘められた恋。変身願望——といった、殺人事件そのものとは懸《か》け離れた方向に、人々の関心は変質してしまった。

しかし、この興趣《きょうしゅ》あふれる話題も、三日間、新聞紙面やテレビの画面を賑《にぎ》わすと、もはや色褪《あ》せたものになってしまうらしい。うつろいやすい人々の関心を繋《つな》ぎとめておくのは、せいぜい三、四日が限度ということなのかもしれない。

その間、ニュースを見るかぎりでは、警察の捜査が大きく進展した気配はなかった。ニュースは終始、事件そのものの猟奇《りょうき》的な面白さだけを報じて、やがてそのまま立ち消えしたように、途絶えた。

浅見にしても、その間、まるで遊んでいられたわけではない。『旅と歴史』に依頼された原稿も執筆しなければならなかった。

青梅の陣屋や甲州裏街道、そして、ありもしない埋蔵金の秘密を、いかにもあるがごとくに掘り起こし、追求し、ことのついでに、虚無僧寺——鈴法寺のことやら、さらには、タイミングよく発生した「虚無僧」の死体遺棄事件まで彩《いろど》りを添えて登場させ、何やら、江戸末期の因縁《いんねん》が世紀末の現代にまで影響を及ぼしているかのごとくに仕立て上げた。

「いいね、いいじゃないの浅見ちゃん」

原稿の催促《さいそく》をしてきた藤田編集長は、浅見から途中報告を聞くと、電話の向こうで躍《おど》り上がる姿が見えるように、声を弾《はず》ませてほめそやした。

「その調子で面白おかしく読物ふうに書いてよ。殺された虚無僧が、埋蔵金の秘密を知っていたとかさ、そんな具合に書いたら、読者に受けること間違いなしだな」

「そんなでたらめ、書けませんよ。遺族の身になって考えてみてくれませんか」

浅見は呆《あき》れて、断わった。

「いいじゃないか。想像するのは自由なんだからさ。いや、浅見ちゃんが書けないというのなら、おれが加筆するからいいよ」

半分冗談めかして言っているけれど、万事につけて強引な藤田のことだ、加筆や改竄《かいざん》程度のことは、本当にやりかねない。

いくら想像は自由だからといって、たったいま起きた虚無僧殺しが、江戸時代の埋蔵金にどう繫がるというつもりなのか——と、浅見は呆れながら電話を切った。

ところが妙なもので、藤田の言った馬鹿げた発想が、まるで悪魔の誘惑のように、折にふれて浅見の耳に囁《ささや》きかける。

埋蔵金
虚無僧寺
甲州金山
裏街道
青梅陣屋
虚無僧の死
大久保長安
金山奉行
一族七人死罪

そういったとりとめのない単語が入れ替わり立ち替わり、浮かんでは消え、消えては浮かぶ。

いつのまにか浅見は、藤田の——というより、悪魔の手に操《あやつ》られるようにして、思いもよらなかった怪しげな物語を、ワープロで叩《たた》き出しはじめていた。

ところが、その気になって調べてみると、大久保長安という人物には、いわば背任横領のような疑惑がかけられていたらしいことが分かった。金を大量に隠匿《いんとく》、私物化したというのだ。一族七人が死罪に処せられたのは、大久保長安に謀叛《むほん》の疑いがあったことによるものとされているが、その遠因には、金の横領の疑惑があったようだ。

その隠匿された金がどうなったかについては、諸説あって、いまだに埋蔵金として眠っているというものも少なくない。早い話が、書き手の気分しだいで、どうにでも解釈できるということだ。

『甲州裏街道に埋蔵金を探る——謎の黄金ルートに消えた虚無僧寺の秘密とは?』

仰々《ぎょうぎょう》しいタイトルを冠した、三十枚のルポルタージュが仕上がった。ずいぶん乱暴な仮説を、いくつも寄せ集めたような内容で、浅見自身、かなり抵抗を感じたが、それに目をつぶりさえすれば、結構面白い読物ではあった。

出来たての原稿を、『旅と歴史』にファックスで送ったのを、まるで見計らったように、青梅署の刑事が訪れた。

「坊っちゃま、警察の方ですけど」

須美子が浮かない顔で呼びに来た。浅見家の次男坊のところに、警察の人間がやって来ると、ろくなことにならない——と信じている。

「また何かなさったのですか?」

「僕が? 何をしたって言うのさ?」

「何でもなければいいのですけれど、大奥様がご心配されるようなことだけはなさらないでくださいね」

いまにも涙ぐみそうに、切々とした口調で言った。

刑事は二人で、思ったとおり、年配のほうはあの部長刑事だった。

「やあ、その節はどうも」

浅見は人なつこい笑顔で迎え、「まあどうぞ、上がってください」と、スリッパを揃《そろ》えてやった。

応接間に通して、須美子にコーヒーを頼んだ。須美子は不満そうな目で次男坊を睨んでから、キッチンへ向かった。

「青梅署の谷沢といいます」

年配のほうが改めて自己紹介をし、若いほうも「川村です」と頭を下げた。表面は一応、丁寧《ていねい》だが、刑事は刑事である。油断がならない。

「立派なお住まいですなあ」

谷沢は部屋の中を見回して、言った。ルポライター風情《ふぜい》には似つかわしくない——という本音が、言外に感じ取れる。

「はあ、まあ……しかし僕の家じゃありませんから」

「といいますと、借家ですか?」

「いや、そうじゃないですが、僕は居候みたいなものです」

「すると、ご親戚《しんせき》のお宅ですか？　表札は浅見さんになってましたが」

「いや親戚というわけでは……まあそんなことよりも、ご用件を聞かせてください」

浅見は兄・陽一郎《よういちろう》のことに話が及ばないように、急いで催促した。

「じつはですね、先日の事件のことで、ちょっとお聞きしたいことがあって来ました。お忙しいところご迷惑でしょうが、よろしくお願いします」

「はあ、それでしたら、迷惑どころか、むしろ僕のほうで聞きたいくらいです。その後、捜査はどうなっているのですか。新聞やテレビは何も報じなくなりましたが」

浅見は皮肉にならないよう、気を配りながら訊いた。

「おっしゃるとおり、まだ捜査はその緒《ちょ》についたばかりでありまして、新聞に発表するような、目新しい事実は何も出ていません。それで、われわれは、こうして、多少なりとも事件に関係のある方々をお訪ねして、何か参考になりそうな話をお訊きしようとしているわけです」

「なるほど……しかし、僕は偶然、車で行き合わせただけで、事件に関係がある人間とはいえませんが？」

「ごもっとも……」と、谷沢部長刑事はもったいぶった顔で頷いた。

「たしかにそうかもしれませんが、たまたま事件現場に居合わせたというのも、何かの縁といえるわけでして。それに、浅見さんとは、その後も妙なところで会いましたな。あれもまた偶然なのでしょうか」

「ああ、そうでしたね、もちろんあれも、まったくの偶然です。山下さんのお宅へ行ったのは、本来の目的のため——つまり、雑誌の取材のためですよ」

「ほほう、それで訪問したところが、偶然、事件の第一発見者だったというわけですか。どうもうまく出来すぎた話ですなあ」

「ほんとですね、恐ろしいほどの偶然て、あるものなのですねえ」

浅見と谷沢は笑顔で睨み合った。

気まずい空気になったところに、須美子がコーヒーを運んで来てくれた。浅見は砂糖を入れたりミルクを入れたりしたが、刑事は手をつけない。

「どうぞ、冷めないうちに」

浅見が勧めた。

「浅見さんと山下さんとは、どういうご関係ですか?」

谷沢は、いったん手にしたカップを、そのままテーブルに戻して、おもむろに訊いた。

「どういう関係って……あの日が初対面ですよ。そのことについて、山下老人からはお聞きにならなかったのですか？」

「ああ、あれっきり、あのじいさんのところには行ってませんのでね」

「えっ、行ってない……どうしてですか？」

「まあ行くには行ったのだが、会えなかったということです。どうも気難しいじいさんでしてね、令状を持って来いとか、すっかりヘソを曲げてしまった。それとも何か話したくない事情でもあるのか……」

　そう言って、谷沢はジロリと浅見を見た。

「たとえば、あなたとの関係を追及されるのが、具合が悪いとかですな」

「ほう……」

　浅見はポカンと丸く口を開けて、嘆声《たんせい》を発した。

「警察はよほど捜査が行き詰まっているみたいですね」

「ん？　どうしてそう思うのです？」

「いや、僕のような人間のところに、わざわざ足を運ばなければならないほど、データ不足なのですから」

「…………」

　谷沢は鼻の頭に皺《しわ》を寄せて、川村刑事と顔を見交わした。

「僕は、事件に関する知識は、テレビと新聞の記事でしか仕入れていませんが」と浅見は言った。「あの虚無僧は、なんでも新宿のお寺にある虚無僧研究会のメンバーだったそうですね。しかも、虚無僧姿のことは、家族は知らなかったということですが、それ以後の捜査はどんな具合なのですか?」

「いや、だいたいマスコミが報じていることがすべてと思っていただいてよろしいでしょうな」

谷沢は吐き出すような言い方をした。

「まさに浅見さんが言ったとおり、捜査は停滞しているのです。もちろん、現在も各方面で進行中であるにはあるが、収穫は上がっていませんよ」

「差し当たり、会社関係の連中とか、虚無僧研究会のメンバーだとか、そのあたりですか、捜査の対象は」

「まあ、そんなところです」

「テレビや新聞の報道によると、被害者の羽田さんが、虚無僧姿にどこで着替えたのか、その場所もまだ特定できていないということですが?」

「そのとおりです。着替え場所については、とくに被害者の女性関係なども洗っていますがね、どうもはっきりしない。というより、羽田さんをよく知る者に聞いたかぎりでは、どうやらそういう女性は存在しないらしいのですな」

「しかし、着替えをしたことは事実なのですから、どこかにそういうアジトみたいなものがあることは確かでしょう。少なくとも、ロッカーか何かに、着替えた服が置いてなければならないはずです。それに、着替えたあと、虚無僧姿で街に現われるのを目撃した人間の一人や二人、どこかに必ずいるのではありませんか？」

「そんなことは浅見さんに言われなくても、警察はちゃんと調べを進めてますよ。警視庁管内はもちろん、隣接県の各警察にも協力を得て、事件前後に虚無僧を目撃した人を探しています」

「そうですか、さすがですねえ。それじゃまもなく目撃者からの通報がありますよ、きっと」

「それはまちがいなく……いや、われわれは浅見さんとこういう話をするために来たわけではないのです」

谷沢は露骨に苛立《いらだ》ちを見せて、「チッ」と舌打ちをした。

「はあ……とおっしゃると、どういう目的で見えたのですか？」

「だから、要するにですな、つまり、あなたと山下善十郎さんとの関係についてです」

「ああ、それだったら、さっきも言ったように、『旅と歴史』という雑誌の取材が目的でお会いしたのです。嘘《うそ》だとお思いなら、まもなく発売される『旅と歴史』を読んでください。定価は五五〇円。なんならお送りしましょうか?」

「いや結構、警察にもその程度の予算はありますからね」

谷沢は憤然として、「それでは、改めて訊きますがね、浅見さんはなぜ最初、あの現場に来た時点で、事件が『死体遺棄』であることを知っていたのです?」

「えっ? またその話のむし返しですか? それだったら、ほかに考えようがないからだと、ご説明したじゃありませんか」

「いや、あんたは、スリや万引きは起きないとは言ったが、だからといって、ただちに死体遺棄に結びつくわけのものじゃないでしょうが。つまりです、あんたは前もって、あそこに死体が遺棄されているのを知っていたのではないか――そう疑われても止《や》むを得ないのではありませんかな?」

谷沢は人差し指を浅見に突き立てるようにして、言った。

「はあ……」

浅見はほとんど感動的な声を発した。

「なるほど、みごとな三段論法ですね。そうすると、あの場所で行なわれるはずのない犯罪の種類を、もっと沢山《たくさん》、列挙《れっきょ》する必要があったわけですか。たとえば詐欺《さぎ》、横領《おうりょう》、私文書偽造《ぎぞう》、贈賄《ぞうわい》、放火、賭博《とばく》、名誉棄損《きそん》、それから……」

「あんた、本官をからかうつもりですか！」

谷沢は怒鳴り、席を立った。

「まあ、いずれ捜査が進めば、あんたも呑気《のんき》に冗談を言ってられなくなるでしょうな」

捨て台詞《ぜりふ》を言うと、荒々しくドアを開けて、部屋を出た。コーヒーには口をつけないままであった。

廊下に出たところに雪江と須美子が来合わせていた。いや、来合わせたというより、須美子が雪江を連れてきたという感じで、二人とも、いきなり現われた客にとまどいを見せている。

「あ、母です。こちら谷沢さんと川村さん」

浅見は部屋の中から慌てて紹介した。

「光彦の母でございます。何ですか、刑事さんとか……」

雪江は仕方なく取り繕《つくろ》って、しかし落ち着いた素振《そぶ》りで会釈した。本人にはその意識はないのだろうけれど、息子の目から見ると、何となく、刑事局長の母親という尊大《そんだい》さが仄見《ほのみ》えるような気がする。

「あ、どうも、青梅署の谷沢といいます」

もはやそれが習性になっているらしく、谷沢は反射的にポケットから警察手帳を取り出しかけたが、さすがに気がついたとみえて、中途でやめた。

「さよですか、青梅から……それはまた、どういう？……」

雪江は谷沢と次男坊とに交互に視線を向けて、首をかしげた。

「はあ、それはですね……」

谷沢がどう答えるか迷っているのを救うように、すかさず浅見は横から言った。

「このあいだ青梅に取材に行ったとき、たまたまお知り合いになったのです。いろいろ、地元のことを教えていただきました」

「まあ、そうでしたの。それはお世話さまでございました。息子のことですから、さぞかしご迷惑をおかけしているのではありませんかしら」

「いえ、そういうことは、まあ……」

谷沢は気圧《けお》された様子だ。はずみで何か、余計なことを言い出さないうちにと、浅見は「どうもお忙しいところをわざわざ」などと取り繕うようなことを言って、二人の刑事を玄関に押し出した。

「青梅署から刑事さんが見えるとは、いったいどういうことなのです？」

玄関からリビングルームに戻ると、雪江は正面のソファに坐って、待ち受けていたように訊いた。

「はあ、何か仕事で出て来たついでに、寄ってくれたのだそうです」

「何かって、いずれ事件捜査なのでしょう」

「はあ、まあ……」

「それで？」

「は？」

「光彦はその事件にどう関係しているの？」

「いえ、べつに関係などは……」

「嘘おっしゃい、どうせまた何か、警察に調べられるようなことをしたのでしょう。分かっていますよ。あの刑事さんがコーヒーに手をつけずに帰ったのは、あなたに気を許していない証拠です。まるで容疑者に対するようにね」

浅見は「鋭《するど》い！」と感嘆詞を発しそうになった。

「いえ、それはお母さんの考えすぎです。彼は胃が悪くて、医者にコーヒーを禁じられているのだそうです」

「おや、そうかしら。顔の色艶《いろつや》もよくて、とても胃弱とは思えませんでしたけどね」

「それがそうではないのです。刑事稼業はきつくて、気の休まることがないと、ボヤいていました。第一線の刑事さんの苦労を、少しは兄さんにも知っておいてもらったほうがいいかもしれませんね」

「お黙りなさい。陽一郎さんは、そのくらいのことは先刻承知していますよ。それより、あなたこそ、日本中の刑事さんの頂点に立つ陽一郎さんの気苦労の万分の一でも理解すべきなのです。そうして、警察のご厄介になるようなことだけはしないでちょうだい。いいですね、光彦」

「はあ、分かりました」

浅見は恐怖の母親に最敬礼した。

4

母親の説教にひたすら恭順《きょうじゅん》の意を表しておきながら、その舌の根も乾かないうちに、浅見は逃げるようにして家を出た。行く先は新宿区若松町《わかまつ》の法竜寺——大日本虚無僧研究会——である。警察の捜査が難航していると聞いては黙っていられない性格だ。

若松町は早稲田《わせだ》大学の近くで、表通りには大きなビルも建ちはじめたが、ちょっと裏手に入ると、商店や小さな町工場や住宅、マンションなどがチマチマと建っている。

このあたりは寺の多いところらしい。法竜寺を尋ね当てるまで、二つの寺を通り過ぎた。清雲山《せいうんざん》法竜寺は、小さいながらも、京都で見掛けるような屋根つきの練塀《ねりべい》に囲まれた、落ち着いた佇《たたず》まいであった。

門脇《かどわき》に「小堀遠州《こぼりえんしゅう》流茶道教授」の看板と並んで、「大日本虚無僧研究会」と書かれた小振りの看板が出ている。

境内《けいだい》に入ると、本堂の右横にしもたやふうの平屋がある。そこが庫裏《くり》であり、住職一家の住まいであった。庫裏のガラス戸を開けて、奥のほうに「ごめんください」と声をかけると、正面の障子が開いて、七十歳前後だろうか、住職らしき坊さんが現われた。坊主頭に銀色の光沢を浮かべ、目鼻口、それに耳たぶが異常に大きく、白木綿《もめん》の粗末な衣装だが、どことなく威厳がある。

「失礼ですが、ご住職の松永さんですか?」

「ああ、わたくしが住職ですが」

松永清達和尚は、大きな目をいっそう大きく見開いて、頷いた。あまり機嫌がよくなさそうであった。

浅見は例によって『旅と歴史』の名が入っているほうの名刺を使った。松永和尚も青梅の山下老人と同様、この、一般にはあまり売れても知られてもいない雑誌をよく知っていてくれた。

「取材にお邪魔したのですが」と浅見が言うと、少し疑わしい目をして、「まさか事件の取材ではないでしょうな」と、いきなり釘《くぎ》を刺された。

「は？　何のことでしょうか？　僕は虚無僧研究会についてお話をお聞きしたくて、参ったのですが。何か事件でも？……」

浅見は大いにとぼけた。

「さようでしたか、ははは、いや、ご存じなければそれでよろしい。なに、ちょっとしたトラブルがありましてな。このところ、毎日のようにマスコミが来て、煩《うるさ》くてたまらんのです。やっと二、三日前から静かになったが、ひどいときには十人を超《こ》える人間が境内に押し掛けていましたよ。二十三日に虚無僧研究会の月例会があったのだが、研究会の会員諸氏には迷惑がかかるし、檀家《だんか》の人たちには文句を言われるし、頭の痛いことでした」

松永和尚はひとくさり、言っても詮《せん》ない愚痴《ぐち》を洩《も》らしてから、「それで、虚無僧研究会についてお聞きになりたいというのは、どういったことですかな？」

「まず虚無僧研究会の活動ですが、会や会員の方は、具体的にはどのようなことをやるのですか？　僕は虚無僧が街を歩いているのを、子供のころ、一度だけ見たことがあるのですが、昔の虚無僧のように、托鉢《たくはつ》というのですか、独りきりであちこちを歩いて修行したりもするのでしょうか？」

「いや、よほど信仰心が篤《あつ》ければ別でしょうが、わたくしのように僧籍にある者でもなければ、托鉢めいたことはしません。そうだ、一度見てもらえばいいのだが、一般の会員たちは、せいぜい月例会の際などに、街を一回り歩いて、デモンストレーションをするくらいなものです。本来的には、会員のほとんどの人は、宗教色はあまりなく、虚無僧そのものというより、尺八の修行が目的といっていいでしょう。そこの本堂で、入れ替わり立ち替わり、半日ぶっ通しで尺八を吹きまくるのです」

「なるほど、そうすると、虚無僧研究会というより、どちらかといえば、尺八愛好会みたいなものなのですね」

「ははは、そう言われてしまうと、なんとなく軽く聞こえますがね。まあしかし、そう見られても仕方がないかな。月例会でも参禅よりも、尺八のリサイタルというか、コンクールというか、独奏やら大合奏やらにばかり熱心のようなところがありますからな。しかし、そうはいっても、単なる仮装行列を演じているわけではない。根幹にあるものは、やはり尺八を通じて一歩でも悟道を歩もうとするの精神ではあるのですから、その辺は誤解しないでいただきたい」

松永和尚は、釘を刺すように言った。

「尺八を吹くことで、悟りの境地に達することができるのですか?」

「普化宗ではそう教えているのですな。一音成仏《いちおんじょうぶつ》という思想です。あなたに難しいことを言ってもしようがないかもしれないが、尺八を吹くことによって無我《むが》の境地に達することは可能でしょう。それと、ごく卑俗《ひぞく》な功徳《くどく》としては、まず健康によろしいし、感性が豊かになる。そして、同好の士との交流を深めることによって、やがては高潔な人格形成に役立つはずです」

「それじゃ、まるで僕のような俗人にはぴったりですね」

「あははは、そうともいえますが、お若いうちは俗もまたよしとすべきでしょう。若いうちから行ないすましたようなのは、薄気味が悪くていけませんな」

話しているうちに、次第に機嫌がよくなってきたのか、松永和尚はよく喋《しゃべ》った。虚無僧研究会について一通りのことを聞くと、浅見は礼を言って、立ちかけながら、ふと思い出したように、言った。

「あ、そうそう、いま気がついたのですが、さっき和尚さんがおっしゃった事件というのは、あれじゃありませんか。青梅かどこかで、虚無僧の死体が発見されたとかいう、たしか、殺人事件だとか、テレビで言っていたような気がしますが」

「ん？……」

松永は一瞬、眉《まゆ》をひそめたが、「そうです、その事件です」と、あまり疑う様子もなく答えた。

「やはりそうなのですか。テレビでは興味本位に『被害者は虚無僧』と断定的な言い方をしていましたが、その虚無僧もやはり本物の虚無僧ではなかったわけですね」

「もちろんです。いや、まあ隠していたわけではないが、じつはあの事件の被害者は、この、つまり、大日本虚無僧研究会の仲間でしてな。羽田さんといって、ごく真面目な会員だったのだが、何があったものか……」

「山の中で殺されていたとか聞きました。だとすると、やはり修行のために托鉢行《ぎょう》でもしていたのでしょうか？」

「どうですかなあ、そんな山の中を歩くとは考えられませんが……それにしても、なんだって殺されなければならなかったのか……警察では強盗の仕業《しわざ》だとか言っているようですがね。それにしても、仮の姿とはいえ、僧形《そうぎょう》の者を殺《あや》めるとは、罰《ばち》当たりなことだ」

「本当に強盗の仕業なのでしょうか？」

「ん？　というと？」

「つまり、たとえばですね、強盗に見せ掛けてはいるけれど、羽田さんに恨みを持つ者の犯行ではないでしょうか？」

「うーん……いいや、違うでしょうなあ。あの人は他人の恨みを買うような人ではありませんからな。警察もそう言っておりましたよ。したがって、おそらく、強盗の仕業であろうと」

「恨みはなくても、利害が対立すると、ときに人は人を殺すものですが」

「それはまあ、そのとおりでしょうな。しかし、羽田さんにかぎっていえば、あの人に、利害の対立で殺されるほどの事情があるとは思えませんなあ。無欲恬淡《てんたん》として、他人と争うようなことは、およそしない人だと思いますよ」

「羽田さんに争うつもりはなくても、好むと好まざるとにかかわらず、利害の対立する世界に巻き込まれないとはかぎりません。たとえば、何らかの理由で、羽田さんの存在が邪《じゃ》魔《ま》になっている人物だとか、何かの不正行為の尻尾《しっぽ》を羽田さんに摑まれている人物とか……ひょっとすると、羽田さん自身、気づいていないような『何か』があるのかもしれませんよ。もしそうだとすると、羽田さんが気づいていないくらいですから、もちろん家族や会社の人たちはそのことをまったく知らないし、したがって、警察もその事実を摑んでいないのです」

「うーん、なるほどねえ、羽田さんご本人が気づいてないですかなあ……」

松永和尚は新しい命題にぶつかったように、難しい顔で腕組みをして、ふと気がついたのか、ジロリと浅見を見た。

「あなた、事件のことは知らなかったはずなのに、妙に熱心ですな」

「は？　いえ、そういうわけではありませんが……」

痛いところを衝《つ》かれ、浅見は少しうろたえたが、すぐに態勢を整えて、むしろ積極的な姿勢に転じて、言った。

「警察が言うように、羽田さんを殺したのが強盗の仕業だとするのは、少し単純すぎはしまいか――と、僕は思うのです。虚無僧姿の羽田さんがどれくらいのお金を持っていたのかは知りませんが、虚無僧といえば托鉢行をしているわけでしょう。つまり、懐中無一物が本来のありようです。殺人という、凶悪にして重大な罪を犯してまで盗むほどのことがあるとは、到底、考えられません。しかも、犯行は出合い頭《がしら》の衝動的なものではないのです。犯人は羽田さんを殴打し、失神したところを首を絞めて殺しているそうです。金を盗むだけが目的であるならば、失神しただけで、充分だったはずです。さらに犯人は、羽田さんの死体をわざわざ青梅の山の中に遺棄している。それも、絶対に見つからないような場所でもないのですから、本気で犯行を隠蔽《いんぺい》するつもりでもなさそうで、犯人の意図がさっぱり分かりません。どう考えても、僕には、これは強盗を偽装してはいるものの、まったく別の目的による殺人事件だとしか思えないのです」

「ふーむ……」

松永和尚は大きな目をいっそう丸くして、感嘆の吐息を洩《も》らした。

「なるほどなあ……そう言われてみると、何やらそれらしく思えてもくるが。しかし、浅見さん、あなたは事件について、あまり知らないようなことを言っていたわりには、なかなかどうして、ずいぶん鋭いことを言われるではありませんか」

「は、いえ、それほどでも……」

「ははは、まあよろしい。あなたもマスコミの一員であることには変わりがないのでしょうからな。それにしても油断がならない」

「あ、それは誤解です。僕は事件を取材しに来たわけではありません。とはいえ、正直なところ、虚無僧殺人事件という、風変わりな事件に対して、無関心でないことも事実です。それに、いまお聞きすると、羽田さんはまるで殺されるいわれのない方だったということ。しかも虚無僧修行をしておられたような、行ない正しい方だとおっしゃるのでしょう。そういう方が殺されなければならない理由とは、はたして何なのか、不思議に思わないほうがどうかしています」

「つまり、好奇心というやつですかな?」

「それもあるかもしれませんが、一人の人間が不当に抹殺《まっさつ》されたのを、知らん顔しているのは罪悪だと思うのです」

「ふーん、罪悪ねえ……しかし、あなたは羽田さんにも事件にも、まったく関わりのない御仁《ごじん》でしょうが。所詮《しょせん》は興味本位の野次馬《やじうま》根性ではありませんかな?」

「そうは思いません」

浅見は和尚の目を真っ直ぐに見つめながら、きっぱりと言った。

「ほうっ……」

松永和尚は浅見の目を見返して、にっこり笑った。

「久し振りですなあ」

「は?」

「いや、あなたのような目をしている青年を見るのは、ですよ。近頃の若者は……いや、若者にかぎったことではないが、みんな、負け犬のように落ち着かない、不安そうな目をしている。そうでない攻撃的な者はといえば、やけにギラギラと、敵意や悪意に燃えた眼《ま》差《ざ》しばかりです。あなたの目は茫洋《ぼうよう》として捉《とら》えどころがないかと思うと、ときとして、大《だい》磐石《ばんじやく》のごとく動かない意志を見せる。面壁《めんぺき》九年の達磨大師もかくやと思わせるものを持っておりますな」

「…………」

浅見は返すべき言葉に窮《きゅう》し、照れて、顔を赤くした。そういう、青年らしいはにかみもまた、松永和尚には好ましく映《うつ》るらしい。会ったばかりのときの不機嫌そうな気配は、すっかり影をひそめていた。

「ところで浅見さんは、知らん顔は罪悪と言われたが、知らん顔をしないで、いったい何をなさるおつもりかな?」

質問した言葉には、この青年を試そうという、茶目っ気と期待感が籠《こ》もっていて、楽しげなニュアンスがあった。

「もちろん、事件の謎を解明して、犯人を捜し出すつもりです」

浅見は真面目くさって答えた。

「ほほう、ほほう……」

松永は口を丸くすぼめて、喜んだ。

「まるで警察のようなことを言われる。いや、警察が聞いたら、気を悪くしそうなことでもありますな。ほっほ……」

「僕は冗談やハッタリで言っているのではありません」

「ん? あ、これは失礼。つい嬉《うれ》しくなって笑ってしまいましたが、冗談だと思ってはおりませんぞ。よくは分かりませんが、あなたなら何かやりそうな予感はしております。しかし、とはいっても、警察という大きな組織を挙《あ》げて調べているものを、いかにあなたが優秀でも、個人の力をもってして、組織に勝《まさ》ることは可能ですかな？」

「警察がいくら巨大な組織でも、組織には心がありませんから」

浅見はポツリと、気負わずに言った。

「心がなければ、心眼《しんがん》を持ちようがありません」

「うん！」と松永和尚は白い衣の膝を、右掌《て》で思いきり叩《たた》いた。

「面白い、じつに面白い。心がなければ、自《おの》ずから心眼もない。けだし名言ですな。心眼をもってすれば、形なきものも見えてこようというわけですか。ははは……」

天を仰いで哄笑《こうしょう》してから、ふいに真顔に戻って、言った。

「浅見さん、あなた、羽田さんのお宅に行ってあげてくれませんか」

「羽田さんというと、被害者の方のお宅ですか？」

「さよう。もちろん警察も何回か行っておるようだが、同じことを何度も訊くばかりで、いっこうに収穫が上がる気配はないそうでしてな。まあ、もともと強盗の仕業と決めてかかっているようなものだからして、通り一遍《いっぺん》のことしかやらんのでしょうが」

松永和尚は慨嘆《がいたん》して、「おまけに例によってマスコミ攻勢がつづいたもので、未亡人は心労のあまり寝込んでしまったきり、食事も喉《のど》を通らないありさまだとか……じつは、先刻も娘さんが見えて、一度、わたくしに説教をしてもらいたいとか言うのだが。しかし、拙僧《せっそう》が行けば引導《いんどう》を渡しに来たと思われかねん。ははは……」

松永の高笑いにつられて、「まさか……」と浅見はかすかに笑ったが、すぐに、「行きましょう」と言った。

第三章　滝落之曲《たきおちのきよく》

1

羽田栄三の家は世田谷区用賀《ようが》にある。高級住宅街の多い世田谷区も、この付近はつい近年になってから農地を宅地に転用したところが多く、現在もまだ営農をつづけている家も少なくない。住宅やマンションに囲まれた、猫の額《ひたい》ほどの土地で、都市化の波に逆らうように、頑固に畑を耕《たがや》している老人の姿を見ることもできる。

羽田家が建ったころは、たぶん周囲には広い土地が余っていたことだろう。しかし、現在は周辺に立派な邸宅が建ち並び、窮屈そうに軒《のき》を接している。

浅見はソアラを路上に駐《と》めておいて、羽田家の門を入った。道路から三段の石段を上がったところに、開け放したままの小さな木戸のような門があり、そこから玄関まではほんの三メートルばかり。左右に、庭とも呼べないような、ささやかな植え込みのある真ん中を石畳《いしだたみ》を踏んで行く。

玄関先には中年の男が出てきた。

「法竜寺の松永和尚《おしよう》さんのご紹介で伺《うかが》いました」

浅見は松永和尚の名刺に、自分の肩書のない名刺を添えて差し出した。男は二枚の名刺を見比べて、しきりに首をかしげた。

「このお名刺には『私の代わりに浅見さんをご紹介します』と書いてあるのですが、法竜寺の和尚さんの代わりとおっしゃると、あなたがお経でも上げてくださるというのでしょうか?」

言いながら、浅見の頭の先から爪先《つまさき》まで見下ろした。どう見ても法事に縁がありそうな風体《ふうてい》ではない。浅見は男の無遠慮な視線に晒《さら》されながら、苦笑した。

「いえ、松永和尚さんは、羽田さんの娘さんに頼まれたとおっしゃっていましたが」

「父の娘?……というと、妹のことを言っておられるのかな? 妹なら、いまは名古屋に住んでおりますが」

そう言われて、浅見は「あっ……」と当惑した。松永が「娘さん」と言ったときには、漠然と二十二、三歳の女性を想像したのだが、殺された羽田栄三の年齢は六十八歳、その娘といえば三十代なかばかもっと上の四十代か、いずれにしても中年の女性にちがいなかった。

「たぶん、その妹さんだと思いますが。法竜寺にいらっしゃったのは今日のことだそうです」

「今日、法竜寺にですか？　ふーん、妹は法竜寺に行ったのですかねえ？……」

羽田一昭は不思議そうに言って、「ちょっと失礼」と奥に引っ込んだ。

それから一、二分待たされた。そう広いとも思えない家の中が、妙に静かなのは、忌《き》中《ちゅう》ということよりも、人気《ひとけ》のないせいなのだろう。遠くからかすかに、電話をしているらしい羽田一昭の声が聞こえてくる。

それにしても、客を遇する態度としては、一昭のそれはあまりにも素っ気なさすぎる。法竜寺の和尚に対して、あまり好意を抱《いだ》いていないのかもしれない。

足音がして、羽田一昭が浮かない表情で現われた。

「いま妹に電話して聞いてみたのですが、妹も法竜寺には行っていないそうです。何かのお間違えではないでしょうか？　うちは法竜寺さんの檀家《だんか》でも何でもなく、ただ、あそこには虚無僧《こむそう》研究会があるというだけのお付き合いですけどねえ」

「しかし、羽田さんの奥さん——あなたのお母さんが心労で寝込んでいらっしゃるので、一度、見舞いに来て欲しいと、松永和尚さんにおっしゃったのだそうですが」

「ふーん、そうですか。たしかに、おっしゃるとおり母は臥《ふ》せっておりますが……あ、そうか、もしかすると……」

何か思いついたらしい。羽田一昭は眉《まゆ》をひそめた。

「しようがないなあ……いや、もしかすると、私の娘が行ったのかもしれません。ずっと母に付き添っていましたからね。大学があの近くだし、いまは夏休みだから、法竜寺さんへ行った可能性はありますよ。しかし、そうですか、そんな余計なことを和尚さんに言ったのですか」

舌打ちするような口調で言って、あらためて名刺を眺めてから、「まあ、とにかくお上がりください」と、ようやく式台の上にスリッパを並べた。

玄関の隣が応接室になっている。応接セットだけでいっぱいになるほどの、小さな部屋であった。

「取り込んでおりますので、何のお構いもできませんが」と一昭は言ったが、それでもまもなく、女性がお茶を運んできてくれた。丸顔の気のよさそうな女性で、「妻です」と一昭が紹介すると、「ごゆっくり」と沈んだ笑顔で愛想《あいそ》を言って、すぐに部屋を出て行った。

「せっかく来ていただきましたが、娘が戻らないと、いったい和尚さんに何をお願いするつもりだったのか、私にはさっぱり分からないのですがねえ」

一昭は当惑ぎみであった。本音を言えば、得体《えたい》の知れぬ客には、早々に帰ってもらいたい気分にちがいない。

「和尚さんのお話によると、警察の捜査は、思うようには進展していないとか」

浅見は相手の思惑《おもわく》を無視して言った。

「ああ、それはたしかにそうらしいですよ。この家にも何度も刑事さんがやって来ますがね。来るたびに同じようなことを繰り返し聞いて行くだけです。あれじゃ、まるっきり無駄足のような気がしますけどねえ」

「警察の捜査とはそういうものみたいですよ。何度も繰り返し、同じことを調べているうちに、うっかり見過ごしていた事実がヒョコッと飛び出したりします。そういうことを期待しているのかもしれません。実際、そうやって成功するケースも多いのです。事情聴取を受ける側も、何度めかに、ふいに思い出したりすることがあります。人間の記憶というやつは、ごく気紛《きまぐ》れなものなのですよ」

「そういうものですかねえ。何だかまだるっこい感じですが。それに、父は強盗にやられたのですからねえ。うちあたりに来て、いろいろ聞いてみても、べつに収穫が上がるわけではないでしょうように」

一昭は憂鬱《ゆううつ》そうに首を振って、ふと気がついたように、「ところで浅見さんのご用件ですが、まさか事件のことで来られたわけではないのでしょうね?」

「いえ、事件のことで伺ったのです」

浅見がケロッと言ってのけたので、一昭は「えっ？」と背を反《そ》らせた。

「しかし、先ほどのお話だと、和尚さんは娘に頼まれて、私の母の心労を和《やわ》らげるために、あなたを代理に立てられたのでしょう？」

「ええ、そのおつもりのようでした」

「だったら、事件とは関係のないことじゃありませんか」

「いや、関係はありますよ。事件を根本的に解決しなければ、みなさんのご心労は解消しないと思いますが」

「それはまあそうですがね。しかし、あなたが来たからって、事件が解決するわけでもないでしょう」

「そんなことはありません」

浅見はほとんど断定的に言った。

「はあ……」

羽田一昭は呆《あき》れたように、真面目《まじめ》くさった浅見の顔を眺めた。

「それじゃ、あれですか。浅見さんが警察に成り代わって、父の事件の真相を探ってくれるというわけですか？」

「ええ、そのつもりです」

「はあ……」

一昭はまた呆れ顔になって、あらためて浅見の名刺を見た。

「あなたはいわゆるその、私立探偵ではないのでしょう？」

「違います、ただのフリーのルポライターです」

「そのルポライターがどうやって事件を調べると言われるのです？」

「分かりません」

「は？……」

「まだ始めたばかりですから、何をどう調べればいいのか、ぜんぜん見当もついていません」

「驚いたなあ。それで事件を解決するなどと……警察の組織力をもってしても、いっこうに埒《らち》があかないような状況ですよ。それをあなたみたいな素人《しろうと》が……」

羽田一昭は話にならん——というように、しきりに首を振った。

「そんなふうに、頭から悲観的に考えてしまわないでください」

浅見は羽田の非礼を怒りもせずに言った。「たしかにあなたのおっしゃるとおり、警察の捜査は組織的に、しかも近代的な捜査技術を駆使《くし》して行ないます。それに対して信頼できないなどとは言いません。しかし、組織がかならずしも絶対だとはかぎりません。現に、羽田さんも、警察の捜査に不満を感じていらっしゃるのでしょう？」

「それはそうですがね、しかし、だからといって、あなたがねえ……」

一昭は少し身を引いて、値踏みするようにして、浅見を眺めた。育ちはよさそうだし、頭も悪くはなさそうだが――という目である。チラッと名刺に視線を走らせて、肩書のないことを再確認して、「無理でしょうなあ」と結論づけた。

「まあ、うちは檀家でもないのに、ただ、父親が虚無僧研究会の会員だというだけで、あの和尚さんがいろいろ気を使ってくださるのはありがたいとは思いますがね。しかし、いくら不満があっても、事件のことは警察に任《まか》せるしかありませんよ。どうぞそっとしておいていただきたいですな。だいたい、今度の事件にしたって、あれです……」

羽田一昭は、少しきつい口調になった。

「つまりですよ、あんな虚無僧の真似事《まねごと》みたいな道楽をしなければ、父もああいうことにはならなかったのでして。その意味からいえば、虚無僧研究会にも責任の一端はあると思っているのですよ」

「ほう、そうだったのですか」と、浅見は目を見開いた。

「お父さんの事件は、虚無僧研究会と関係があるのですか？」

「ん？　ああ、いや、そうは言ってませんけどね」

一昭は、つい口がすべった――というように、慌《あわ》てて否定したが、どうせ言いついでだと開き直ったように続けた。

「しかし、父が虚無僧の恰好《かっこう》で歩き回ったりしなければ、強盗なんかに殺されるようなことはなかったのだし、それに、これは警察に聞いてはじめて知ったのだが、父が虚無僧の恰好に着替えた場所がどこなのか、まったく分からないそうじゃありませんか。私たちはてっきり、法竜寺で着替えたものとばかり思っていたのですがねえ。そんなことからも、なんだか、どうも、胡散臭《うさんくさ》い連中の仲間に引き込まれていたように思えて、じつにいやな気分なのですよ。母はまったくべつのことを想像して、気に病《や》んでいるみたいですがね」

浅見は一昭の興奮が鎮《しず》まるのを待って、静かに言った。

「お父さんが虚無僧研究会に入られたのは、いつごろ、どういうきっかけからなのですか？」

「ずいぶん以前からですよ。ときどき郵便物の中に虚無僧研究会からの通信なんかが混じっているのを見ましたが、いつごろからか、はっきりしたことは分かりません。だいいち、自宅ではああいう恰好をしていませんからね。尺八《しゃくはち》そのものはずっと昔、伊豆にいるころからやっていたのは知ってますが、そのころ、すでに研究会にも入っていたのかもしれません」

「あ、羽田さんは伊豆に住んでいらっしゃったのですか?」

「ああ、十二、三年ばかり前まで、父は勤め先の関係で、伊豆の修善寺の近くに、かれこれ三十年以上住んでいました。私がまだ子供のころ、父は尺八を覚えたのじゃないかな。妙に熱心でしてね、下手《へた》くそなのをよく聞かされたものですよ」

羽田一昭は、懐《なつ》かしそうな目を天井に向けた。

「お父さんの尺八は、下手くそだったのですか?」

「え? ああ、昔はね。私は大学へ入るのと同時に東京に出て下宿しましたから、子供のころに聞いた、下手くそな尺八の音だけが、強烈に印象に残っているのです。もっとも、最近はかなり上達して、人に教えるほどになったようですが」

懐旧談に陥《おちい》りそうになるのに気づいて、一昭は姿勢を正した。

「まあ、そんなのはどうでもいいことです。とにかく、事件のことは警察に任せる方針に変わりはありませんので、どうぞ和尚さんにもよろしくお伝えください」

堅苦《かたくる》しいお辞儀をして、立ち上がった。

浅見も仕方なく立って、廊下に出たとき、玄関ドアが開いて若い女性が「ただいま」と入って来た。宝塚《たからづか》の男役のようなボーイッシュなヘアスタイルの、目の大きな女性だった。その目をいっそう大きく見開いて、見知らぬ客に向けた。

「あ、お嬢さんですね？」

浅見は九回裏の二死無走者で、四球をもらった打者のように、弾《はず》んだ声を出した。

「娘の記子です」

一昭は渋い顔で紹介した。

「キコさんというと、皇族にお嫁入りされた方と同じですね」

「いいえ、残念ながら字が違うんです。日記の記を書くのです。よろしく」

記子が言って、ペコリとお辞儀をした。

「こちらこそよろしく、浅見といいます。じつは……」

浅見が言いかけるのを横取りするように、一昭はきつい声で言った。

「記子、おまえ、法竜寺に行ったんだそうだな」

「うん、行きましたよ」

「行きましたじゃないよ。この方は和尚さんに言われて、お祖母《ばあ》さんのお見舞いにいらしてくださったんだ」

「あ、そうなんですか。ありがとうございます……だけど、和尚さんは？」

不思議そうに浅見に訊《き》いた。

「代わりに行けと言われました」

「代わりにって……じゃあ、浅見さんもお坊さんなんですか?」

「まさか」と浅見は笑った。

「こんな罰当《ばち》たりが、お坊さんであるはずがありません。松永和尚は、自分が行くと引導《いんどう》を渡しに来たのかと思われかねないとおっしゃってました」

「ははは……」

「記子、不謹慎だ!」

父親に叱《しか》られて、記子は「ごめんなさい」と首をすくめた。

「浅見さん、どうぞお引き取りください」

羽田一昭は苦虫《にがむし》を嚙《か》みつぶしたような顔になって、招かざる客にドアを示した。

浅見が羽田家を出て、違法駐車のソアラのところに戻ったとき、記子が走って来るのが見えた。淡いブルーのスカートの裾《すそ》が舞って、形のいい脚がかなり上のほうまでチラチラした。

「ちょっと待って……」と息を切らせながら近づいて、半開きのドアの脇《わき》に佇《たたず》んでいる浅見の前で、両足を揃《そろ》えて立ち止まると、大きく深呼吸をした。

「いま父から聞いたんですけど、浅見さん、事件のことでいらしたのだそうですね」

「ええ、そのつもりでした」

「あの、それって……つまり、祖父の事件のことを警察に成り代わって解決するっていうの、本気なんですか?」

「もちろん本気ですよ」

「だけど、父の話だと、その……」

「信用できない、いいかげんなやつだって、お父さんはおっしゃったのでしょう?」

「あら、分かります?」

「あなたの顔に書いてありますよ」

「えっ、うそ……」と反射的に顔に手を当ててから、「あははは」と、のけ反るようにして笑いだして、記子はまた不謹慎に気づいたように、両方の掌《てのひら》で口を押さえた。祖父の不慮《ふりょ》の死という現実を前にしても、はち切れる若さは抑《おさ》えられないのだろう。

「しかし、お父さんが信用なさらないのは当然のことです。どう見ても、それほど風采《ふうさい》がいいとは思えませんからね」

「あら、そんなことありませんよ」

記子は口を尖《とが》らせて、正直に、値踏みする目でソアラを見た。

「いい車に乗ってるんですね」

「はあ、ローンのかたまりみたいなものですけどね」

「少しドライブしません?」

「えっ?」

大胆な申し出に、浅見は意表を衝《つ》かれた。

「僕は構いませんが、いいんですか? 初対面のどこの馬の骨とも分からぬ男と」

「浅見さんなら大丈夫ですよ。人畜無害《じんちくむがい》ですもの」

「ふーん、よく分かりますね」

「だって、顔に書いてあります」

記子は不謹慎にならない程度に、白い歯を見せて、ほんの少し笑った。

2

浅見は環状八号線をゆっくり走った。もっとも、ゆっくり走るつもりはなくても、環八は慢性的な渋滞である。

「あなたは、早稲田ですか?」

浅見は言った。

「ええ、そうです」

「じゃあ頭がいいんだ。僕は早稲田をしくじった劣等生です」

「そんなの、頭の良さの尺度になんかなりませんよ。父なんか、東大出ですけど、ただのガチガチのサラリーマンで、ちっとも融通《ゆうずう》がきかなくて、面白《おもしろ》くもなんともありません。ところで、浅見さんは私立探偵ではないのでしょう？」

記子は浅見の名刺を引っ繰り返して眺めてから、言った。

「それなのに、どうして事件のことに首を突っ込んだりするんですか？」

「さあ、どうしてかなあ。そう訊かれると困るのですが」

「たとえば、トクダネを摑《つか》んで、新聞社か雑誌社に売り込もうとか」

「いや、そんなつもりはぜんぜんありませんよ」

「だったら、警察から褒賞《ほうしよう》金をもらうとか」

「ははは、警察は交通違反金を巻き上げることはしても、市民にビタ一文も出すはずがありません」

「でも、それじゃどうして……うちだって、犯人を捕まえてくれたからって、たぶんお礼なんかしないと思いますよ」

「ですから、どこからもお礼をもらうつもりはないのです。探偵業を営《いとな》んでいるわけじやないのですからね」

「だけど、仮にも殺人事件でしょう。危険だし、それに、こんなふうにあっちこっち動き回れば、ガソリン代だとか、お金だってかかるじゃないですか」

「そんなこと言ったら、登山も危険だし、お金もかかりますよ。それなのになぜか、人は山に登ります」

「だって、あれは趣味で……あ、じゃあ浅見さんも趣味だっていうことですか？」

「お金にならないことをするのを、おしなべて趣味と呼ぶなら、たしかに趣味なのかもしれません。しかし、せめてボランティアという言い方をしてもらいたかったなあ」

「ううん、違いますね。浅見さんの場合は、はっきり言って趣味の範疇《はんちゅう》に属しているんだわ。まるでファミコンゲームを楽しむのと同じレベルで、事件の謎《なぞ》を解明しようっていうんですよ、きっと」

記子の口調はきつかったが、非難めいた気配が感じられなかったので、浅見もあえて否定はしなかった。たしかに、記子の言うとおり、浅見の「事件捜査」には趣味的な面のあることは事実なのだ。登山のように危険だし、ファミコンゲームのように無償の行為だが、そのどれよりもスリリングで変化に富んでいて、しかも、成功すれば正義を行なったことになる。

もっとも、正義だとか社会的貢献だとかいう言葉は、その文字面《づら》を思い浮かべただけで、浅見は照れ臭くてしようがない。そういう殊勝《しゅしょう》なこととは、まったく無縁なところで、気儘《きまま》な生き方をしている男ではあった。

「そうかァ、そうなんだ、趣味なんだわねえ……」

記子は自分が口にした思いつきを反芻《はんすう》して、妙に深刻そうに考え込んだ。そして、しばらく黙りこくってから、「いいなあ、そういうのって」と、吐息まじりに言った。

「いいって……驚いたなあ、こんな探偵ごっこみたいなものを、そんなに羨《うらや》ましそうに言う人ははじめてですよ」

浅見はチラッと助手席の記子に視線を走らせて、苦笑した。

「羨ましがるどころか、うちの連中には総スカンを食っています。ことに、こんなことをやっているのがおふくろに知れたりしたら、たちどころにカミナリが落ちますね。いま僕は居候《いそうろう》同然の身分ですから、なるべく追い出されないように、忍者もどきにコソコソやっているくらいです」

「あら、そうなんですか？　どうしてお母さん、怒ったりなさるのかしら？　かっこいいし、憧《あこが》れちゃうのに」

「ああ、まあ、おふくろが怒るのには、ある理由があるのですけどね」

「理由って？」

「は？　いや、そんなことより、あなたのお祖父《じい》さんの事件のこと、あなたはどう考えているか、聞かせてもらいたいですね」

浅見は記子の質問をはぐらかすために、逆に問い返した。

「どう考えるかって、祖父は強盗に襲われたのでしょう？」

「いまのところはそう言ってますが、たぶん警察の考え方は変化してくるはずです」

「えっ、じゃあ、強盗の仕業《しわざ》じゃないんですか？」

「僕はその可能性が強いと思ってます。単純な強盗だったら、遺体をわざわざあんなところに運んだりしません。しかも、遺体ばかりでなく、尺八や天蓋《てんがい》まで、まるであの場所で襲ったかのように遺棄《いき》している。これは明らかに、強盗を装った殺人事件ですよ」

「そうなんですか……」

記子は寒そうに肩をすくめた。

「もし仮に、恨《うら》みによる犯行だとして、あなたに何か心当たりはありませんか？」

「心当たりだなんて、そんなもの、あるはずがないですよ。私ばかりじゃなく、うちの者の誰に訊いても、どうして祖父がああいうことになったのか、何一つ思い当たるものがないんですもの」

「本当にありませんか？」

「ええ、ないですよ、ほんとに」

記子は浅見の横顔を睨《にら》みつけるようにして、言った。

「それは不思議ですねえ。お祖父さんが何の理由もなしに殺されるなんて、そんなことは考えられないでしょう？」

「当たり前ですよ。だから、やっぱり強盗に襲われたっていうのが、本当なんじゃないかって思いますけど」

「いや」と、浅見はまっすぐ前を向いたまま、強く否定した。

「今度の事件は強盗だとか喧嘩《けんか》だとか、そういう単純な、いわば行きずりの殺人ではないのです。いわゆる怨恨《えんこん》に基づく計画性を持った犯行であると考えるべきです。いやな言い方に聞こえるかもしれませんが、殺されるについては、お祖父さんの側にもそれなりに、何か理由があったにちがいない」

「えっ、祖父の側にって……それじゃ、祖父にも悪い点があったっていうんですか？」

「悪い点かどうかは知りません。しかし、犯人側にとって、都合の悪い点ではあったでしょうね。いずれにしても、犯行の動機になるような何かがあったことは確かです。それも、あの日、にわかに発生した動機ではなく、ずっと以前からジワジワと進行して、ついに犯行に到《いた》ったような、根の深いものだと思います。お祖父さんだってもちろん、そのことは知っていらしたか、少なくとも何らかの予感めいたものがなかったはずはない。おそらく、深刻な悩みごとがおありだったと思いますよ。それを一緒に住んでいらっしゃる人たちの、誰も気がつかなかったというのが、僕には不思議でならないのですが……お祖父さんは気難しい方でしたか？　たとえば、ご家族とはあまり口をきかないとか」

「そんなことはありません。ことに私のことは可愛《かわい》がってくれて……」

記子はふいに言葉に詰まった。グッとこみ上げてくるものがあったのだろう。浅見はそういうのにはごく弱い人間だから、涙ぐみそうになって、慌てて目をしばたたいた。

「それだったら、必ず、何かしら思い当たることがあるはずですよ。いや、直接的な言い方でなくても、ふとしたときに洩《も》らした言葉だとか、表情だとか……人間は、心に溜《た》まっているものを、親しい人に伝えないではいられない生き物ですからね。お祖父さんに最近、何か変わった様子は見られませんでしたか？　何か気持ちに引っ掛かるような」

「そうですねえ……」

記子はフロントガラスの向こうにその答えを模索するような、遠くを見る目になった。

車は左折して目黒《めぐろ》通りに入った。

「そういえば……」と、記子は呟《つぶや》いた。

「最近ていうわけじゃないんですけど、滝落《たきおち》についておかしなことを言ってました」

「タキオチ、ですか？」

「ええ、『滝落は吹かないんだ』って」

「何ですか、タキオチとは？」

「尺八の曲の名前なんです。正しくは『滝落之曲』——滝が落ちるって書きます」

「はあ……」

「祖父は家でよく尺八を吹奏《すいそう》してましたから、門前の小僧で、私もいろんな曲名を憶《おぼ》えちゃったんです」

「というと、尺八のための特別な曲があるんですか？」

「ありますよ、もちろん、いくつも」

記子は（そんなことも知らないの？——）と言いたそうな、びっくりした目を浅見に向けた。

「そうなんですか。僕はまた、尺八というのは、民謡だとか、演歌だとか、そういうものを吹くのかと思っていました」

「ああ、ふつうはそうかもしれませんね。でも、本格的な尺八は違うんです。日本の伝統的な音楽に、琴《こと》、三味線《しゃみせん》、尺八の合奏形式があって、それを『三曲《さんきょく》』っていいます。その三曲で演奏される曲目には、昔から伝わるものが何百もあって、初伝《しょでん》、中伝《ちゅうでん》、奥伝《おくでん》そして免許皆伝《かいでん》というふうに、それぞれの段階にマッチした曲が揃っているんです。初伝の曲は『黒髪《くろかみ》』だとか、『鶴之声《つるのこえ》』『六段之調《ろくだんのしらべ》』なんか、わりとポピュラーなのがあるし、中伝には『越後獅子《えちごじし》』『竹生島《ちくぶしま》』。奥伝になると『尾上松《おのえのまつ》』『西行桜《さいぎょうざくら》』、そして免許皆伝でようやく『滝落之曲』や『鹿之遠音《しかのとおね》』なんかを吹けるようになるんだそうです」

「へえー、詳《くわ》しいですねえ」

浅見は感心して、思わずチラッと記子の顔に視線を走らせた。

「それに、免許皆伝だなんて、まるで武道ですね」

「ええ、ほんとにそうみたいですよ。とくに虚無僧研究会の人たちは、宗教的な思い入れが強くて、演奏のテクニックよりも、精神的な道を究《きわ》める姿勢なんですって。祖父なんかでさえ、興《きょう》に乗っているときは、ほとんど神がかりの状態に没入してました。祖父はもちろんですけど、聴《き》くほうも威儀《いぎ》を正して聴く姿勢でないと、機嫌が悪いんです。だから父なんかは、さっさと逃げ出しちゃって、でも、私はどういうわけか子供のころから好きでしたから、何曲もリクエストして、おとなしく聴いてました」

「ふーん、それにしても詳しいですねえ。それで、さっき言った『滝落之曲』ですけど、どうして吹かなかったんですか？　お祖父さんは免許皆伝までいっていなかったのですか？」

「まさか、いってましたよ、もちろん」

記子は祖父の名誉のために抗議するように、唇を尖らせた。

「祖父の尺八は伊豆にいるころから、三十年以上もやっているんですもの。『虚空鈴慕《こくうれいぼ》』とか『吟龍《ぎんりゅう》虚空《こくう》』とか、すごい難曲もあざやかに吹きましたよ。だけど、滝落だけはいくら頼んでも吹いてくれなかったんです。だからどういう曲なのか、とうとう知らないままで……」

記子の語尾がまた乱れる。亡き祖父のことを思い出すたびに、記子は感傷的になるらしい。

「なぜなのですかねえ？」

浅見は彼女の感傷に気づかないふりを装って、首をかしげた。

「つまらない曲なのかなあ」

「いいえ、とてもいい曲だって言ってました。滝の落ちる情景をほうふつさせて、しかも滝の音を打ち消すほどの響きを吹き出すことができる曲なんですって」

「だとすると、なぜ吹かなかったのか、ますます謎めいてきますね」

「ええ、たしかに……あまりしつこくリクエストすると、だんだん不機嫌になって、『もう止めた』って言って、尺八をしまっちゃうんです。どうしてなのか、いま考えても不思議ですね」

「そのことは、お宅の中であなたしか知らなかったのじゃありませんか?」

「ええ、たぶんそうだと思いますけど」

「じゃあ、警察も知らないのかな? その話、警察にも話しましたか?」

「いいえ、話しませんよ。だって、たったいま、浅見さんに言われて、あれこれ考えて、それでやっと思いついたことですもの。それに、そんなこと、事件とは何の関係もないことでしょう?」

「さあ、どうか分かりません」

「分かりませんて……そんなの、関係があるわけないですよ」

「はあ、たぶんないかもしれませんが、しかし、いまのところ、お祖父さんに関して聞いた話の中で、引っ掛かりを感じるような事実は、ほかに何もないのだし、少し突っ込んで調べてみてもいいでしょう」

目黒通りから環状七号線に左折して、浅見は少し車のスピードを上げた。

「お祖父さんはたしか、品川区の電子機器メーカーの重役さんでしたね」

「ええ、でも、重役っていっても、非常勤の取締役です。ほんとは、とっくに定年なんだけど、会社のお情《なさ》けで延長してもらっているんだなんて言ってました。ずいぶん気楽にやってるみたいでした」

「ということは、それまでに会社にかなりの貢献をしてきたからでしょうね」

「たぶんそうだと思いますけど、祖父は会社の話、あまりしない人でした」

「十何年か前までは、伊豆の修善寺の近くに住んでおられたそうですが、伊豆には会社の工場か何かがあるのでしょうか？」

「ええ、鉱山の精錬《せいれん》工場か何かだと思いますけど、詳しいことは知りません。父も大学に入る前までは伊豆にいたんですけど、あまり好きじゃなかったらしくて、東京に出て下宿住まいを始めてからは、伊豆にはほとんど帰っていないそうです。私も伊豆時代の祖父のところには、一度も連れて行ってもらった記憶がありません」

「あ、そうか、そのころ、あなたはもう生まれていたわけだ」

「もちろんですよ。父が母と結婚したのが二十一年前で、私が生まれたのが二十年前。私が七歳のときに祖父が東京に出てきてあの家を建てて、それまで公団住宅に住んでいた私たちも、あそこで一緒に住むようになったんです」

「十三年前ですか……お祖父さんが五十五歳のころですね」

浅見はそのころの羽田栄三のことを、あれこれ想像してみた。いまでこそ六十歳定年がふつうのようになってきたが、その当時は五十五歳といえば定年間近のはずである。定年近くになって取締役に抜擢《ばってき》され、東京本社に栄転し、しかも世田谷にあれだけの屋敷を建てたというのは、まずまず恵まれた晩節といえるだろう。

「伊豆はお祖父さんの故郷なのですか？」

「いいえ、祖父は新潟《にいがた》の出身です。でも、詳しいことは知りませんが、東京の学校を出てまもなく、伊豆で鉱山関係の仕事に就《つ》いて、伊豆に三十年以上も住んでいたことになります」

「それじゃ、いわば第二の故郷といってもいいですね」

「ええ、まあそういうことになると思うんですけど、どういうわけか、祖父は伊豆にいたころの話は、あまりしたがりませんでした。ただ、祖母は結構懐《なつ》かしがって、修善寺や天城峠や西伊豆のことなんか、話してくれました。でも、そういうの、祖父はあまり喜ばなかったみたいですね。つまらない昔話なんかするなって、よく祖母を叱ってましたから」

「ふーん、だとすると、お祖父さんにとっては、必ずしもあまり楽しい暮らしではなかったのですかねえ」

「祖母の話だけ聞いていると、そうでもなさそうなんですけどね。尺八の仲間だっていたみたいだし。それなりに、のどかな日々だったたって言ってます。でも、祖父自身でなければ分からない苦労があったのかもしれませんけど」

　記子はときどき、思いがけず大人びたことを言う。頭のいい女性だ。

「お祖父さんは、会社ではエリートコースを突っ走ったのでしょう？」

「さあ、どうかしら、そんなふうには見えなかったけれど」

「会社では何をされてたのかな？」

「現役のころはずっと技術畑にいたそうですけど、わりと平凡な人生だったみたいです」

「しかし、平凡で重役さんにはなれないでしょう」

「それはそうかもしれないけど、よく分かりません」

　そういうものなのだろう。自分の身近にいる人間の値打ちは、あまりピンとこないものだ。たとえどんな天才少年であっても、自分の息子となると、ただの腕白《わんぱく》に見えたり、弱虫に見えたり、いくつになってもおネショ癖の直らない、情けない子にしか見えない。そのダメな子が、ある日とつぜん少年野球のエースで四番になったり、全国少年少女将棋大会で優勝したり、パソコンの天才であることに気づいて、愕然《がくぜん》となる。

　生まれつき体が弱く、あるいは車椅子《いす》が必要な子であっても、すばらしい思考力を持つ大科学者であったり、豊かな感性に恵まれた詩人であったりする。人間誰しも、そういう可能性を秘めた素材として生まれているのに、世のおとなどもは、親も教師も、なかなか気づいてくれない。

逆に、家ではいつもゴロゴロして、母親に叱られてばかりいる父親が、ひとたび会社に出ると、何十人もの部下を指揮する大物であることを、子供たちは知らない。

「祖父のこと、少し調べてみます」

しばらく経《た》ってから、記子は決然――という感じで言った。

「浅見さんに言われて、はじめて気がついたけど、いままで祖父のこと、ほとんど分かっていなかったみたいです。十何年も一緒に生活していながら、祖父のことというと、尺八を聴いて上げると気前よくお小遣いをくれる、優しいおじいちゃん――ぐらいのイメージしか抱いてませんでした。でも、祖父には祖父の人生があったのですもの、さっき浅見さんが言ったように、殺されるにはそれなりの理由があったはずですものね。誰も――警察はもちろん、父も母も、ひょっとすると祖母さえも気づいていない何かが、祖父の過去にはあるのかもしれません。それ、探してみます」

「そうですか、それはいい」

浅見は記子を励ますように大きく頷《うなず》いた。

3

羽田記子を送り届けたその足で、浅見は法竜寺に立ち寄った。尺八の名曲『滝落之曲』のことは、松永和尚ももちろん知っていた。

「ほう、羽田さんは滝落は吹かないと言っておられたのですか」

浅見の報告を聞いて、松永和尚は眉根を寄せて、首をかしげた。

「そういえば、あの人が滝落之曲を吹いたのは、いちども聴いたことがないなあ。どうしてですかなあ、羽田さんはなかなかの名手でしたから、あの名曲を吹かない理由はないと思うのだが?」

「理由はおっしゃらなかったそうです。あまりしつこく問いただすと、機嫌が悪くなったとか」

「ふーん、妙な話ですなあ」

「滝落之曲というのは、どういうものなのですか?」

「ですから、ひと口に言って尺八の名曲ですよ。解説書などには代表的な曲として、必ずといっていいくらい、例に挙げられてある。尺八の曲としては——そう、たとえば箏曲《そうきょく》でいう宮城道雄《みやぎみちお》さんの『春の海』、あれに匹敵する描写音楽ですな。作曲者は寺の住職といわれていて、寺に籠《こ》もっている際、近くに落ちる滝の音を聴いているうちに想を得たといわれるものです。夜のしじまの中に、嫋々《じようじよう》と響く滝の音、谷間の深い闇《やみ》、水面に浮かぶ月の光……そういった心象風景というのですか、それがみごとなまでに描かれている曲です。しかし、なかなかの難曲で、完璧《かんぺき》な演奏となると、かなりの達人でなければ難しいでしょうな。そうそう……」

松永和尚はふと思いついたらしく、立ち上がって、奥の部屋から書物を持ってきた。

「これは、富森虚山《とみのもりきよざん》という尺八の名人が、『滝落之曲』のことを書いた本ですがね。その序文を近藤法外《こんどうほうがい》という人が書いている。これを読むと、じつによく『滝落之曲』の内容が分かりますな」

松永が広げた部分を抜粋すると、次のような文章であった。

——それは大自然の音である。風のままに或《あ》いは遠く或いは近く、高く低く、或いは強く或いはかすかに、岩をかむ飛瀑《ひばく》の激しさ、さわやかな流れのささやき、紺碧《こんぺき》をたたえた深淵《しんえん》の静けさ……天地の気を腹一杯に呼吸して、一吹また一吹しているうちに、大自然の調べに和して、霊肉一如《れいにくいちによ》の境地に到るとき、知《し》らず識らず、宇宙万象《ばんしよう》の諸行無常《しよぎようむじよう》、諸法無我《しよほうむが》、涅槃寂静《ねはんじやくじよう》、そして常住不滅《じようじゆうふめつ》の生命を体験するであろう。——

「なるほど、名曲とされる所以《ゆえん》が分かるような気がします。ところで、和尚さんもお吹きになるのですか?」

「わしが滝落をですと? いやいや、とてもとても」

和尚は手を大きく横に振った。

「わしの場合は、尺八は修行の一助にすぎませんのでな。経も一人前に読めんくせに、そうそう上達しては、仏さんに申し訳が立たんでしょう。それにしても、羽田さんが滝落を吹かんとはねえ。伊豆におられたというのに」

「は?……」と、浅見は和尚のひと言に引っ掛かった。

「伊豆にいたことと、滝落之曲と、何か関係があるのですか?」

「ああ、ご存じではなかったかな。その滝というのがです、伊豆にあるのですよ。その名も『ロウゲンジ』──滝の源の寺と書きますが──修善寺の近くです」

「修善寺……羽田さんが住んでおられたのも、たしか修善寺のあたりだったと聞きましたが」

「さよう、羽田さんがここの研究会に入られたのはだいぶん昔だが、東京に移られるまでは、あちらのほうに会報を送っていました。伊豆方面の同好者のあいだでは、当然、羽田さんは指導的地位におられたはずです。それにしても滝落を吹かれないというのは、解《げ》せませんな」

「羽田さんは、その滝のことはご存じだったのでしょうね？」

「ははは、もちろん知らないわけがありませんよ。知っているどころか、伊豆にいれば、一度や二度、通りすがりのように滝を見る機会もあったでしょうよ。尺八や虚無僧修行をするほどの者であれば、わざわざ出掛けて行って、滝の前で一曲吹奏するくらいな、滝落之曲発祥の地——いわば聖地といってもいいようなところですからな」

「じゃあ、羽田さんがその滝や、滝落之曲を無視するとは考えられませんね」

「もちろんです。たとえ真似事といえども、虚無僧道を学ぶ者にとっては、そんなことをするのは冒瀆《ぼうとく》に等しい」

和尚は冒瀆をした人間が目の前にいるように、目玉をギョロッとさせた。

「だとすると、きわめておかしいですね」

浅見はその目を睨み返して、言った。

「うむ、妙なことです」

二人はそれぞれの立場で思案に沈んだ。

「いちど、伊豆に行ってみます」

浅見はしばらく考えてから、言った。

「伊豆へ行って、問題の滝を見れば、何かヒントが生まれるかもしれません」

「そうですな……しかし、浅見さんは、そのことと、羽田さんが殺された事件と、何か関係があるとお考えかな？」

「はあ、確信があるわけじゃないのですが、いまのご住職のお話を聞いて、だんだんそんな気になってきました。少なくとも、羽田さんがなぜ滝落を吹かなかったのかは、これまでに出てきた中で、もっとも謎めいた手掛かりであることは事実なのですから」

「ふーむ……」

松永和尚は腕組みをして半眼《はんがん》に閉じ、しきりに頭を振った。

「どうも、過去のことを探られるのは、仏さんの本意とは思えませんが、真相を明らかにするためには、それもまたやむなしとしますか」

「真相といえども、ご家族が望まない無用の詮索《せんさく》だけはしないつもりです」

「ああ、それがよろしい。いや、あなたは賢《かしこ》いお方だ。坊主の凡智《ぼんち》のはるか先を読んでおられる」

和尚は手を合わせて、仏を拝《おが》むように一礼した。

それから浅見は、松永和尚から、あらためて尺八についての基礎知識を仕入れた。

尺八の起源は、西暦七世紀ごろ中国（唐《とう》）の楽人で呂才《りよさい》という人が十二種類の笛を作った際、その笛の基準となる管の長さを唐の尺度で一尺八寸（四三・七センチメートル）としたことから、その名称がついた。日本に伝来したのは聖徳太子《しょうとくたいし》の時代といわれ、その後、変遷《へん》を経て、今日のようなものになった。

尺八と仏教とは、発生や渡来の過程からすでに結びついていたものと考えられる。慈覚《じかく》大師は、阿弥陀経《あみだきょう》を読むときに、声量不足を補《おぎな》うために尺八を吹いたという話が伝わっていて、これが僧侶《そうりょ》が尺八を吹いた最古の話である。後に帯刀を許されない僧侶が、護身用として尺八を持つようになり、例の虚無僧姿がその典型となった。

普化宗廃絶以後、本物の虚無僧は絶えたことになってはいるが、世の中から完全に虚無僧姿が消えたわけではない。修行のため、あるいは趣味的な動機から、虚無僧姿で托鉢行《たくはつあん》脚《ぎゃ》する人は現在でも、わずかながら存在する。

「ひと昔とは言わんが、三十年ほど前ごろまでは、無一文で托鉢に出て、禅《ぜん》寺に泊めてもらっては、翌日、近隣を回って御布施《おふせ》を頂戴《ちょうだい》するような、本物志向の虚無僧もおりましたな。その人たちの話によると、北陸《ほくりく》方面は、信仰心が篤《あつ》いせいか御布施がよくて、日に一万円近くになることがあったそうです。そこへゆくと東京や大阪は、御布施どころか、どんなに立派に尺八を演奏しても、せいぜい迷惑がられるのがおちであるということです。羽田さんがああいう恰好で托鉢行をしておられたとは、迂闊《うかつ》ながら、まったく知らぬことであったわけで、はたしてどういう虚無僧ぶりであったのかなど、窺《うかが》い知ることすらできませんが。まあ、いくら真面目な羽田さんとはいえ、ごく趣味的なものであったと考えてよろしかろうな」

「何かの目的を持っておられたということはないでしょうか？」

「それはまあ、趣味といえども、修行が目的であったことは確かでしょうがね」

「いえ、そうではなく、たとえば人を捜していたとかです」

「ほう、人捜しですか……」

松永和尚は意表を衝かれたように、背を反らせた。

「人捜しに、わざわざ虚無僧の恰好をしますかな？　目立ってしようがないと思いますがなあ」

「そんなことはありません。虚無僧姿そのものは目立ちますが、中の人間の素性は完全に隠蔽《いんぺい》されます。それに、一軒一軒、尋《たず》ね歩いても、家の中を覗《のぞ》き込んでも、誰も不思議には思わないでしょう」

「なるほど、それはまあそのとおりですが。しかし、人捜しねえ……それにしても、あなたは妙なことを考えつくお人ですなあ」

松永は感心したのか、それとも呆れたのか分からないような顔で、浅見をしげしげと眺めた。

法竜寺を辞去して帰宅すると、『旅と歴史』の藤田編集長から電話が入っていた。

「大至急連絡してくださいって、おっしゃってました」

須美子が電話の前に立って、ほとんど命令口調で言った。藤田のことを次男坊っちゃまの大切なスポンサーだと信じている。

藤田は上機嫌で、開口一番、「いいですね、いいじゃないの、面白いよ」と言った。浅見がけさ方送っておいた原稿についての感想である。

「青梅に八王子代官所の出張所みたいなのがあって、それが甲州裏街道の黄金輸送ルートを監視する役割を担《にな》っていたなんてのは、嘘《うそ》っ八にしても上出来ですよ」

「嘘っ八じゃないですよ」

浅見は呆れて抗議した。

「僕は単なるでたらめを書いているわけじゃなく、ある程度、史実に基づいて、残りのわずかな部分に想像を加味しただけなのですから」

「ははは、いいのいいの、堅苦しく考えないでね。おまけに、大久保長安の隠匿《いんとく》工作の拠点であった可能性があるとか。埋蔵金伝説ってやつは、占《うらな》いブームと同じで、周期的にやってくるから、これはうけるよ。それで思ったんだけどさ、ついでに、佐渡、甲州、伊豆を結ぶ埋蔵金ルートの秘密——みたいな発想まで、ストーリーを展開できないかな」

「だめですよ、お断わりします、そんなでたらめなこと……えっ？　いま伊豆って言いました？」

「ああそうよ、伊豆から甲州を通って佐渡まで、なぜか直線上にあるじゃないの。いや、もちろん多少のズレはあるけどさ。しかし、話としては面白いし、事実、伊豆の金山だって大久保長安が開発したんだし」

「ちょっと待ってくれませんか」

浅見は大声で藤田の饒舌《じょうぜつ》を阻止した。

「大久保長安が伊豆の金山を開発したっていうのは、本当なんですか？」

「本当に決まってるじゃない。あれ、浅見ちゃん知らないの？　驚いたなあ、土肥《とい》の金山ってさ、有名だよ」

「………」

「ははは、だいぶショックらしいね。僕の博識には脱帽《だつぼう》ってとこかな。とにかくそういうわけだからさ、話を大きくして、連載を二回分くらい延ばしてみてくれない？　伊豆へ行くなら、取材費を出してもいいから」

「行きます」

浅見は言下《げんか》に答えた。渡りに船とはこのことだ。アゴアシつきとなるのなら、でたらめでもデッチ上げでも、目をつぶってご要望に応じる気である。

電話を切ったとたんに、またベルが鳴った。須美子がキッチンから飛んでくる前に、浅見が受話器を握《にぎ》った。

「浅見さんのお宅でいらっしゃいますか?」と、羽田記子の気取った声が聞こえた。「はい、浅見です、僕です」と答えながら、浅見は、電話のすぐそばに立って、物問いたげにしている須美子を(いいからいいから――)と手で制した。女性からの電話と察したらしく、須美子は気掛かりそうな顔をして、キッチンに戻った。

「あれから祖母にいろいろ話を聞いてみたんです。伊豆にいたころ、何か変わったことはなかったかどうかって。そしたら、個人的なことは、べつに何も変わったことはないけれど、大きな災害があって、それがきっかけで東京に転勤することになったみたいな話をしてくれました」

「大きな災害というと、何ですか?」

「地震です。昭和五十三年に伊豆で地震があって、祖父の勤めていた工場が、操業を続けられなくなるほどの大きな被害を受けたのだそうです」

「その工場というのは」と、浅見は期待をこめて訊いた。

「西伊豆の土肥にあったのじゃないですか？」

「いいえ、湯ケ島ですよ。修善寺から少し奥のほうへ行ったところです。地図で見ましたけど、天城峠へ向かう道筋だから、伊豆半島のちょうど真ん中あたりですね」

「そうですか、湯ケ島ですか……」

浅見は落胆したが、ふと気になって訊いてみた。

「いま、あなたは、最初、『大きな災害があった』と言いましたね」

「は？」

記子は、浅見の質問の意味が分からなかったらしい。

「いや、ちょっとばかばかしいことなんですが、地震が原因で工場の操業が続けられなくなったのなら、最初から大地震があって——と言いそうなものなのに、大きな災害という言い方をしたものだから」

「ああ、そんなことですか」

記子は少し呆れたような、笑いを含んだ声で言った。

「それは祖母がそう言ったから、私もそのとおりに言ったんです。それで、大災害って何なのか訊いたら、地震だったって……でも、そう言われてみると、たしかに最初から地震なら地震て言いそうなものですね」

「ほら、あなただってそう思うでしょう?」

浅見は思わず嬉《うれ》しそうに言った。記子の感覚や思考のベクトルが、自分のそれと一致することを感じた。俗《ぞく》にいう、ウマが合うというヤツだ。

「ええ、でも、私は浅見さんにそう言われるまで気になりませんでしたよ。浅見さんておかしなことに気がつく人なんですね。だけど、それって、何か特別な意味のあることなんですか?」

「いや、それはむしろあなたに訊きたいな。僕はお祖母さんとお会いしたことはないし、どういう口調でそうおっしゃったかも知らないのですからね」

「祖母の口調ですか?……」

記子はしばらく考えた。

「そのときは何気なく聞いてましたけど、そういえば『大災害』って言うとき、一瞬口ごもったかしら……もしかすると、大地震て言いかけて、やめたのかもしれません」

「もしそうだとすると、お祖母さんには何か、地震にまつわるいやな思い出がありますね、きっと」

「いやな思い出っていうと?」

「たとえば、親しい人が亡くなったとか、悲惨な状況を目《ま》のあたりにしたとか」

「ああ、そういうこと……ほんと、そうかもしれません」

「もしできたら、お祖母さんにそのこと、それとなく訊いてみてくれませんか」

「祖母にですか？　うーん、でも、祖母がいやがるようなことだとしたら、ちょっと訊きにくいですよ」

「それもそうですね」

浅見はあまり無理押しはしないで、礼を言って電話を切った。

4

浅見が伊豆を訪れたのは七月二十八日である。高校野球の地方予選が大詰めに近づいて、カーラジオではえんえんと神奈川《かながわ》県大会を放送していた。

東名高速道路を沼津《ぬまづ》インターで出て、三島を通過し、伊豆半島の中央を行く国道一三六号線を南下する。一三六号線は修善寺を過ぎたところで右へ、西海岸の土肥方面へ向かうが、そこから国道四一四号線が分岐《ぶんき》して、真っ直ぐ南へ進む。この三島から大仁、修善寺、下田へとつづく道が『伊豆の踊り子』で有名な下田街道である。

羽田栄三のかつての勤め先、天城鉱業持越《もちこし》精錬所――現在の中央電子化学工業株式会社伊豆工場は、天城湯ケ島町にある。羽田が住んでいたのは、湯ケ島町のもっとも修善寺寄りの集落だったそうだ。

国道一三六号線を行き、大仁を過ぎて修善寺橋を渡ると修善寺町域である。浅見はまず、修善寺町役場に寄った。何はともあれ、『滝落之曲』が生まれた問題の滝と、滝源寺《ろうげんじ》の場所といった基礎知識を仕入れなければならない。

冷房の効いた車を出ると、風のない盆地の温泉町はムッとする熱気が立ち込めていた。浅見はいそいで役場の建物に飛び込んだ。

修善寺町は温泉と修禅寺《しゅぜんじ》の、いわば観光の町である。桂《かつら》川沿いの小さな町域には大きな企業があるわけでもなく、農林業の一次産品もさほどのものはない。それだけに、観光行政に対して熱心で、町役場のパンフレット類も充実している。観光課の職員は親切で、浅見のようなフリーのルポライターにも、面倒がらずに応対してくれた。もちろん『滝落之曲』にまつわる滝のことも知っていた。

「それは旭滝《あさひだき》のことですね。滝源寺という寺があったところです。現在も滝はありますが、滝源寺は廃寺で、礎石跡《そせきあと》も残っていませんよ。しかし、あの滝のことをよくご存じですねえ。なかなかいい所なのですが、ちょっと外れた場所のせいか、ふつうの観光客はまず誰も行かないでしょう。私も環境整備で一度行ったことがあるだけです」

なかば感心したような、なかば呆れたような口調だ。それでも、この物好きな客のために、簡単な地図を書いてくれた。

問題の滝は、修善寺の温泉街に入る手前で左へ、国道一三六号線の道なりに桂川を渡り、およそ二キロばかり行った大平《おおだいら》という集落で右へ入り、山裾《やますそ》を少し登った突き当りだという。

「小さな神社がありますから、すぐに分かります。神社の境内《けいだい》に車を停《と》めて、二〇〇メートルばかり歩いたところです。滝源寺について詳しいことをお知りになりたければ、資料館に行かれるといいでしょう」

職員の説明どおり、滝のありかはすぐに分かった。曲がりくねったダラダラ坂を登りつめ、道が行き止まりになったところに、三十段あまりの苔《こけ》むした石段があって、その上に神社が鎮座している。役場の職員の話によると、神社は「大平神社」というそうだ。その名前から察して、たぶん、ここ大平の集落の鎮守社なのだろう。祠《ほこら》と呼んだほうがいい程度の大きさで、ひどく荒れた建物だ。もちろん無人だ。隣接する民家ふうの家に、ことによると神主《かんぬし》が住んでいるのかもしれないと思ったが、玄関で何度声をかけても誰も出てこなかった。

神社の向かって右側に、手入れの行き届いた、公園ふうの明るい広場がある。背後は小高い山だが、そこだけが開けて、よく刈りこまれた草地の周囲には、サクラやモミジといった樹木が佇む。草地の真ん中を細いせせらぎが流れ、せせらぎには小さな石橋が架かっている。全体が箱庭のようで、まるで桃源郷《とうげんきょう》のような雰囲気だ。せせらぎの源流を辿《たど》ると急に岩場がたちはだかって、頂《いただ》き近くの茂みの中から、滝が落ちている。それが旭滝であった。その滝のせいか、谷間《たにあい》に閉じ込められた空気は、思ったより涼しかった。

広場にある立て札の解説によると、旭滝は全長一〇五メートルという。朝日に映《は》えて美しいところから、その名がついたのだそうだ。水量はあまり多くない。幾段もうち重なる岩場にしぶきを上げて落ちてくる滝は、滝につきものの轟々《ごうごう》という響きもなく、勇壮というよりも可憐《かれん》なおもむきがある。「岩ばしる垂水《たるみ》の――」と詠《うた》いたくなるような、どこまでも箱庭的な風景だ。

立て札には滝源寺についても書いてある。立て札はところどころ朽《く》ち欠けて読みにくいが、どうにか判読すると「ここには以前、普化宗の功徳山《くどくさん》滝源寺という寺があった。普化宗というのは、天蓋で顔を覆《おお》い尺八を吹く虚無僧が宗徒となった禅宗の一派のことである。尺八の名曲『滝落』はこの滝源寺の住職が作曲したものだといわれる」といった内容であった。

普化宗の寺ということから、浅見は青梅の鈴法寺を連想した。おそらく、この寺も鈴法寺同様、明治初期の廃仏毀釈《はいぶつきしやく》の際に取り潰《つぶ》されたのだろう。

浅見は滝の途中まで、岩場伝いに登ってみたりもしたが、べつにこの滝そのものからは何も得るところがないように思えた。羽田栄三が伊豆にいた十数年前といまとでは、多少は滝の周辺も変化したのかもしれないが、それにしても、こののどかな風景に、殺人事件の源流を見つけようとするのは、見当違いとしか考えられない。

もう一度、広場の中央に立って、旭滝を仰《あお》ぎ見た。羽田栄三にも、こうして滝を眺めた日々が、かつてはあったにちがいない。そのとき、彼は何を想っていたのだろう。よもや、青梅の山林に無残な骸《むくろ》となることなど、思いもよらなかっただろう。それとも、ひょっとして、何かの予感や予兆がすでにあったのだろうか。

浅見はソアラに戻り、少しクーラーを効かせてから乗り込んだ。

元の国道に戻り、下田方向へ進む。大平の集落を抜けると、もうそこから先は天城湯ケ島町である。国道一三六号線と分かれ、四一四号線に入って下田街道を進むと、まもなく月ケ瀬《つきせ》温泉、嵯峨沢《さがさわ》温泉を抜け、狩野《かの》川を渡る。湯ケ島町役場など、公共施設のほとんどはこのあたりにあった。中央電子化学工業伊豆工場は、そこから一キロ半ばかりの湯ケ島温泉で右へ曲がり、さらに三キロばかり行った持越というところにあるという。

川沿いの道を登るにつれて、谷は狭くなってゆく。そして山懐《やまふところ》のように谷が少し開けた場所に出たとたん、強烈な悪臭《あくしゆう》が漂《ただよ》ってきた。車はクーラーを入れているから、もちろん外気を遮断《しやだん》しているのだが、それでも悪臭は容赦《ようしや》なく車内に進入した。塩素化合物か何か、浅見の乏《とぼ》しい知識では判断のしようもないけれど、化学物質がはげしく反応するような臭《にお》いであった。行楽《こうらく》気分でいたわけではないけれど、それでも多少は裏切られた気がしないでもなかった。

目の前に工場らしい建物が迫ってきた。大きくはないが、二階建てのわりと新しい明るい建物だ。いかめしい鉄格子のはまった門には「中央電子化学工業株式会社伊豆工場」の看板が掛かっていた。建物の裏手にそそり立つ煙突から白い蒸気のような煙が出ていた。悪臭の根源はまさしくこの工場らしい。

浅見は車を降りて門内にある守衛所を窺った。初老といってもよさそうな守衛のおじさんがこっちを見た。浅見が会釈《えしやく》して軽く手を上げると、建物を出て近づいて来た。

鉄格子の向こう、一メートルばかり離れたところで立ち止まり、制帽の下から疑わしい目でこっちを見て、「どちらさんですか?」と訊いた。

「こういう者ですが」と、浅見は肩書のない名刺を出した。

「先日亡くなられた取締役の羽田栄三さんが、こちらに勤務されていた当時のことを、お聞きしたくて伺ったのですが」

「はあ……」

守衛は名刺をつまむように持って、当惑げな顔をしたが、「ちょっと待っていてください」と、守衛所に入った。上司に電話で問い合わせるにちがいない。

「ちょっと」と言ったくせに、守衛はなかなか戻って来なかった。守衛も上司も肩書のない名刺に戸惑っているのだろう。素性の分からない相手に対しては、誰でも神経質に、疑り深くなるものだ。名刺に肩書がいくつも並んでいる人間も胡散臭いが、それでも、何も書いてないものよりははるかにましだ。極端にいえば、「大日本〇〇会・〇〇組」などと紋章入りの、見るからにこわもてしそうなものでも、とにかく肩書のあるほうが、まだしも素性がはっきりしているだけ、扱いやすい。そうしてみると、人間の価値なんて、個人の能力や資質そのものではなく、肩書に記載されている組織の大小や筋のよさで決まるものらしい。

守衛は憂鬱そうな顔で現われた。根は気弱い人間なのだろう、いかにも言いにくそうに、「まことにすみませんが」と頭を下げた。

「あの事件のことについては、現在警察の捜査が進行中でありますので、何もお話しするわけにはいかないということでして」

「あ、事件に関係のない、こちらの工場に勤務していらっしゃったころですから、たしか十何年も昔のことなのですが」

「はあ、それでも、とにかく本日のところはお引き取りいただきたいと……」

「そうですか、だめですか……」

これ以上、守衛を責めるのは気の毒だし、効果があるとも思えない。浅見が諦《あきら》めかけたとき、背後に車が停まった。振り返って、タクシーから降りてくる女性客を見て、浅見は「あっ」と言った。

「やあ、羽田さん」

「あら……」

羽田記子の満面に、空の眩《まぶ》しさを反映したような笑顔が、パアッと広がった。

記子は浅見から事情を聞くと、「じゃあ、私と一緒ということにすれば」と言い、あらためて鉄格子の向こうの守衛に挨拶《あいさつ》して、身分を名乗った。

「羽田取締役の孫娘」という肩書は立派に通用して、門扉《もんぴ》は開かれた。浅見のソアラは記子を乗せて、堂々と門を入った。浅見は渋い顔の守衛に会釈を送りながら、記子に「虎の威を借る狐《きつね》の威を借るネズミみたいなものですね」と囁《ささや》いた。

皮肉なことに、例の塩素化合物のものと思われる悪臭は、本家本元の工場敷地内には漂っていないのであった。高い煙突から吐き出された蒸気は、上空を流れて四散していってしまうらしい。

工場の中は冷房が効いていて、アスファルトの照り返しの中を歩いて行った二人は、ほっと息をついた。守衛所からすでに連絡がいっていて、工場のユニホームを着た女性が玄関先に待機していた。

「このたびはどうも……」

女性は記子の祖父の死に悔やみを述べてから、二人を応接室に案内し、お茶を出してくれた。

女性が引っ込むのと入れ替わりに、初老の男がやって来た。渡された名刺に「工場長　土屋元春《つちやもとはる》」とある。シルバーグレイの髪が上品な、いかにも物静かな紳士という印象であった。

「羽田さんにはいろいろお世話になりましたが、このたびはまたとんだことで。すぐにお悔やみに参るべきところではありましたが、どうしても外せない仕事がありまして、お葬式にも伺えずに、まことに申し訳ありませんでした」

土屋工場長はとつとつとした口調で、記子に挨拶してから、浅見にチラッと視線を送って、「こちらさまとは、どういう？……」と訊いた。

「祖父とは尺八の会でご一緒でした、浅見さんとおっしゃいます。ごく親しくしていただいております」

「そうでしたか。それは失礼いたしました。何ですか、守衛の話ですと、浅見さんはお一人で見えたということですので」

「あ、そうなんです。浅見さんとはこちらで待ち合わせすることになっていたのです。私のほうがちょっと遅れてしまって、ご迷惑をおかけしました」

記子は浅見と土屋の双方に頭を下げた。二十歳《はたち》になったばかりの女子大生とは到底思えない、当意即妙《とういそくみょう》な応対ぶりだ。浅見は木偶《でく》のように黙って、ただ感心して聞いているだけであった。

「それで、本日お見えになったのは、どういったことで？」

土屋がかたちを改めて言い出したときになって、ようやく記子は浅見に発言を求める目を向けた。

「じつは、羽田栄三さんがこちらにお勤めだった当時、羽田さんは熱心な尺八愛好家だったそうなのですが、そのことは土屋さんもご存じですか？」

「いや、私がここに着任したのは、羽田さんと入れ替わりみたいなものですから、残念ながら羽田さんの尺八は聴かずじまいでした。当時の工場長だった井野《いの》さんなら、尺八仲間だったようですから、よくご存じかと思いますが、何ならお訪ねになってみたらいかがですか？　お宅は修善寺です」

「ぜひお訪ねします」

土屋工場長は簡単な地図を書いてくれた。修善寺温泉街から山に入ったところに、修善寺ニュータウンという住宅団地がある。そこのいちばん奥まったあたりだという。

浅見は礼を言って、地図をポケットにしまい、「ところで」と言った。

「さっきから気になっているのですが、機械の音がほとんど聞こえませんね。この工場では何を作っているのですか？」

「ああ、そう、たしかにふつうの工場からすると、静かでしょうな。まあ、大きな機械があるわけではありませんのでね」

そう答えはしたものの、それでは何を——とは言わない。土屋はあまり仕事の話はしたくないらしい。

「気を悪くされるといけないのですが、さっき、ここに来る途中、刺激臭が漂っていました。あれはこの工場から出ているものなのでしょうか？」

「そうです。極力、環境を汚染しないように努《つと》めてはいるのですが、残念ながら、あの臭気はどうしても排出してしまうのです」

「そうすると、あの臭いは製品を作る際に出るのですか?」

「まあ、そうですな。製品というといささか語弊《ごへい》がありますが……じつはですね、ここでは、テレビや自動車等の廃棄物から、貴金属を分離抽出《ちゆうしゆつ》することをやっているのです」

「貴金属といいますと?」

「金、銀、プラチナなどです」

「そうだったのですか……」

ブラウン管の表面などに塗られている貴金属を、化学的に処理することによって抽出、再使用することは、浅見も知っている。しかし、その量はきわめて微量で、採算のとれるような代物《しろもの》ではないはずであった。

浅見が正直に唖然《あぜん》とした顔になったのを見て、土屋工場長は苦笑した。

「ははは、意外に思われたようですな。いやたしかに、これだけの規模を持った工場が、廃品から貴金属を抽出するだけのために稼働しているとは、なんとももったいないような話ではあります。もちろん、昔からこんなことをやっていたわけでなく、じつは、羽田さんのおられた十三年前まではここは金の精錬工場だったのですよ。ここにも鉱山がありましたが、土肥の金鉱山などから粗鉱石を運んできて、ここで精錬しておりました」

「あっ……」と、浅見は思いついた。

「そうか、地震ですね？　地震のために工場の機能が破壊されたのですね？」

「そのとおりです。伊豆大島《おおしま》近海地震というのがありまして、工場および諸施設が壊滅的な打撃を受け、それ以降、金の精錬は中止しました」

「そうしますと」と記子が言った。

「祖父はそのため、東京へ転勤になったのですか？」

「そういうことです。そして、この工場は中央電子化学工業に吸収されるかたちで、現在のような名称になり、井野工場長が引退なさるのと同時に、私が中央電子化学のほうから出向して参りました」

「なるほど……」

浅見は頷いたものの、小さくない疑問も生じていた。しかしここではその疑問を持ち出すべきではないと判断して、ひとまず引き揚げることにした。

「臭《くさ》いですね」

工場を出て、谷川沿いの道を下りながら、浅見は言った。

「ほんと、いやな臭い」

記子はフロントガラス越しに上空の煙を仰ぎ見て、鼻先の空気を払い除《の》けるように手を振った。

「え？　ああ、そうじゃなくて」と、浅見は記子の勘違《かんちが》いに笑った。

「さっきの工場長の話を聞いていて、おかしなことに気づきませんでしたか？」

「は？　おかしなことって？……」

「ああ、やっぱり気づかなかったんですね」

「何かあったんですか？」

「大したことじゃないんだけど……」

浅見は言わないほうがいいのかと思ったが、結局、隠しておいてもしようがないと判断した。

「前の工場長は井野さんでしたね」

「ええ」

「そして、井野さんが引退するのと同時に、土屋さんが就任した」

「ええ、そうおっしゃってました」

記子は（それがどうした？——）という目を、浅見の横顔に向けた。

「お祖父さんは何をしておられたのでしょうか？」

「は？……」

記子はポカーンとした顔になった。その顔をチラッと横目で見て、浅見は言った。

「ところで、あなたはきょう、何をしに来たんですか？」

「えっ？　ああ、私は……それより浅見さん、いまおっしゃったこと、どういう意味なんですか？」

「それは、あとで井野さんを訪ねれば、しぜん、明らかになることです。それより、あなたがここに来た用件のほうに、僕は興味がありますね」

「私の用件だって、井野さんにお会いすれば、解決することです」

「ふーん、それじゃ、二人とも共通の目的に向かって進んでいるのかな？」

「そうみたいですね」

「それは何なのか、あとで教えてくれるのでしょうね？」

「ええもちろん、浅見さんが言いかけたことを教えてくだされば、ね」

浅見と記子は、笑いを含んだ、そのくせ、油断のならない目を見交《か》わした。

第四章　伊豆大島《いずおおしま》近海地震

1

修善寺の温泉街に入ってすぐ、右へ行く道がある。左右に旅館やら民家やらが軒《のき》を連ねる細い坂道だが、比較的、交通量が多い。その坂を登りつめると、修善寺国際ゴルフ場へ行く道にぶつかる。その道を少し行ったところに、修善寺ニュータウンがある。緑豊かな住宅団地——というより、別荘地のおもむきのある、理想的な環境であった。

井野元工場長の家は、斜面に造成された住宅団地のいちばん奥まったあたりにあった。井野家の裏手は国有林が繁《しげ》り、降るような蟬時雨《せみしぐれ》に負けじと、藪鶯《やぶうぐいす》がせわしなく鳴いていた。

何という木なのか、ぴっしりと目のつんだ生け垣に囲《かこ》まれた、こぢんまりした二階屋であった。昔ふうに縁側に広々とした開放口を設けて、夏の盛りもクーラーは使わない主義だそうだ。

「先日、お葬式のときにお目にかかりましたな」

挨拶の際、井野はそう言ったが、ドサクサにまぎれたせいか、記子にははっきりした記憶がなかった。

もっとも、それ以前の記子のことを、井野はよく知っていた。

「あなたのお祖父さんがこちらにおられるころ、よく写真を見せてくれましたよ。生まれたときのから、順に、大きくなってゆくそれぞれの時期の写真を、何枚も拝見しました。最後に見せていただいたのは、幼稚園のころのものでしたかな。しかし、ちゃんと面影《おもかげ》は残っております。よく分かりますよ」

井野はことし六十九歳、もうじき古稀《こき》を迎えるのだそうだ。記子の祖父よりも一つ歳《とし》上ということになる。坊さんのように短く刈り込んだ頭髪が、銀色に光っている。丸顔の温和な風貌《ふうぼう》で、優しい口調で喋《しやべ》る。井野夫人もお茶を運んできてそのまま話に加わり、東京の銀行で出世コースにいる長男の自慢やら、ずっと同居していた次男夫婦が仕事の関係で札幌《さっぽろ》に行ってしまって、夫婦二人だけの暮らしになってから、すでに八年になるといったことを、楽しそうに語った。

「羽田さんのお祖父さんは尺八がお好きでしたが、井野さんも尺八をお吹きになるそうですね」

夫人のお喋りが途切れたときを捉《とら》えて、浅見はそろそろ本題に入った。

「ああ、下手《へた》の横好きで、まあ、健康のために始めたようなものですが、やってるうちに面白くなって、病膏肓《やまいこうこう》といったところですかね」

「羽田さんとはどちらがお上手《じょうず》だったのですか？」

「そらあんた、羽田君に決まってます。私などは足元にも及ばない。沼津に北条《ほうじょう》先生とおっしゃる名人がおいでだが、北条先生も感心されるほどの名手でした。まあ、中伊豆地方では右に出る者はなかったでしょうな」

「その羽田さんが、唯一、滝落之曲だけは吹かないとおっしゃっていたそうですが」

「は？　まさか、それは何かの間違いでしょう。現に羽田君の滝落は、私も何度か聴かせてもらいましたが、それはすばらしいものでしたよ」

「でも、祖父はそう言ってました。滝落は吹かないのだって」

記子が脇から、浅見の言葉を補強するように言った。

「滝落は吹かない……本当にそう言われたのですか？」

「ええ」

「おかしいですなあ、それは……」

井野は首をひねった。

「何か感ずるところでもあったのでしょうかな？　お祖父《じい》さんは何かおっしゃっていましたか？」

「いえ、それが何も言わないのです。私が曲目の中から『滝落之曲』を選んでリクエストすると、それはだめだって言って、あまりしつこく頼むと怒りだしてしまうんです」

「怒りだす……」

井野は驚いて記子を見つめた。

「それはまた、穏やかでありませんなあ」

「そういうことなのです」

浅見は静かに言った。

「それで、何か、滝落を吹かない理由があるのではないか、井野さんならそのことをご存じではないかと思って伺ったのです」

「いいや、私にはどういうわけか、さっぱり分かりませんがなあ」

「たとえば、羽田さんがこちらにいるころ、何か、滝落之曲にまつわるいやな出来事でもあったとか」

「羽田君がいるころですか？……」

井野は眉をひそめ、唇を突き出すようにして、天井の一角を睨んだ。羽田栄三が伊豆にいた十三年より以前の記憶を模索する顔である。

しかし、結局、井野は記憶を辿《たど》るのを諦《あきら》めて、頭《かぶり》を振った。

「分かりませんなあ。どうも、近頃は記憶力が鈍《にぶ》って、昨日のことも憶《おぼ》えていないくらいなもんで……それにしても、あの名曲を吹かない理由なんて、およそ尺八道に勤《いそ》しむ者としては考えられませんからなあ。いや、私のような未熟な者はともかくとしてです」

それ以上、井野の記憶を引き出すのは無理なようだった。若い浅見にしたって、十数年も昔にどんな出来事があったかなど、ほとんど憶えていないものだ。仮に深層に記憶されていたとしても、パソコンのようにキーを叩《たた》けば、都合よく飛び出すわけのものでもないだろう。

「もし、何か思い出すようなことがありましたら、僕かこちらの羽田さんのところにご連絡ください」

浅見は自分の名刺に記子の家の電話番号を書き添えて、井野に渡した。

「ところで、ご存じと思いますが、羽田さんは亡《な》くなられたとき、虚無僧の恰好をしておられました。どうやら、羽田さんは虚無僧姿で托鉢行の真似事のようなことをしていたのではないかとも言われているそうです。研究会の方々は、そんなふうに、虚無僧の恰好で行脚されることは、珍しくないのでしょうか?」

「いいや、大日本虚無僧研究会なら私も会員ですが、虚無僧研究会といっても、本質的には尺八道の愛好会ですからね、われわれ一般会員は、せいぜい、何か特別な催《もよお》しの際に、洒落《しやれ》でそういう扮装《ふんそう》をする程度で、托鉢行まではやりません。今回の羽田君の場合は、お一人で行脚をしておられたのでしょう？　よほどの信心でもないかぎり、いくら尺八が好きでも、そこまではできませんなあ。もっとも、近頃は心の不安定な時代で、真剣に宗教に勤しんでいる人も少なくないそうだから、虚無僧修行をする人がいても不思議はないのかもしれません。現に、最近、修善寺で虚無僧を目撃したという話を聞きましたよ」

「えっ、それは本物ですか？」

「いや、普化宗という宗派そのものが存在しない以上、本物ということはないと思いますがね。しかし、雨に濡《ぬ》れるのも厭《いと》わず、黙々と歩いてゆく姿は、なかなか崇高《すうこう》なものであったそうです。しかしまあ、あれですな、その虚無僧が、たとえ仮の姿であったとしてもです、ゴルフにうつつを抜かしたり、ナイトクラブに通いづめの坊さんが多い昨今、その人のほうが本物以上に本物であるのかもしれませんですがね」

井野の辛辣《しんらつ》な言葉に、浅見も大きく頷《うなず》いてみせた。

「ええ、そのご意見には、僕も大いに同感です」

「そうですか、あなたもそう思いますか。いや、お若いのにしっかりしておられる。だいたい、世紀末だの末世だのというが、法を説《と》くべき坊さんたちがそんなありさまだから、文字どおり世も末《すえ》になるわけですよ。近頃は妙な迷信めいた新興宗教が大はやりだし、何とかいう八卦見《はっけみ》のおばさんのような連中を、テレビまでがさかんに持て囃《はや》して、善良な国民を誑《たぶら》かしている。いったい、天下の公器を何だと考えておるのか、嘆《なげ》かわしいかぎりですなあ」

井野は温和そうに見えて、芯《しん》はいっこくな性格らしい。いったん堰《せき》を切ると、日頃から溜まっていた公憤が、とめどなく噴《ふ》き出してきた。

「あの……」と、記子がオズオズと言った。「その虚無僧ですけど、ひょっとして、祖父だったのではないでしょうか?」

「えっ?……」

井野は思いもよらないことを言われて、目を丸くした。

「羽田君が、ですか?……しかし、羽田君だったら、私のところに立ち寄るか、そうでなくても連絡ぐらいはくれると思いますよ。第一、修善寺界隈《かいわい》には知り合いが多いのだから、何も雨の中をずぶ濡れで歩くことはないでしょう」

「そうですね」

記子は頷いたが、完全に疑問が晴れたわけではなさそうだ。それは、否定した井野も同じ気持ちであるらしい。表情にいつまでも、こだわりの翳《かげ》が残った。

「ところで、もう一つ、つかぬことをお訊きしますが」

浅見は沈黙を破って、言った。

「持越精錬所当時、羽田栄三さんは、どんな役職についておられたのですか?」

「羽田君は副工場長でした」

「副工場長……」

浅見は井野の言葉を反芻《はんすう》してから、「たしか、工場は地震の被害に遭《あ》って、壊滅的打撃をこうむったのでしたね」

「そのとおりです」

「そうすると、従業員はどうなったのでしょう?」

「大半の従業員は解雇されました。私は一応慰留されたのだが、ほかの者だけ辞めさせるわけにはいかんので、辞表を出しました」

「そういう中にあって、副工場長の羽田さんは本社に移り、しかも井野工場長を飛び越す恰好で、取締役に抜擢《ばってき》されたわけですか。いってみれば二階級も三階級もの特進だと思いますが、その抜擢の理由は何だったのでしょうか?」

「うーん……」

井野は困惑して、チラッと記子に向けた目を、すぐにあらぬ方角へ向け直した。

「ああ、さっき浅見さんが言いかけたのは、そのことだったんですね」

記子はすぐに気がついた。

「ほんと、そういえば、みなさんが解雇されたりしているのに、祖父だけが偉くなっているんですね」

それを単純に喜んでいいムードではないことにも、記子は気づいている。その祖父の異例の出世を、浅見は「臭い」と表現した。記子の浅見を見る目に、不信の色に似たものが感じ取れた。

「なんだか、祖父一人がズルをしたみたい」

二人の男が黙っているので、記子は探るような口調で言った。

「いや、そんなふうに考えることはありませんよ。羽田君はたしかに会社にとって、有用な人材であったのです。それだからこそ、抜擢もされたわけで……」

井野が慰めるように言うのも、なんとなく空疎《くうそ》に聞こえた。おそらく井野は元来、嘘をつくのが下手な人間なのだ。井野の口振りは、かえって明らかに、羽田栄三の「抜擢」の背景には、何らかの特別な事情があったことを窺わせる。

「そうそう」

浅見はギクシャクした空気を救おうと、努めて明るい声で記子に言った。

「あなたも何か、井野さんに訊きたいことがあるんでしょう?」

「え? ええ……」

記子は気を取り直したように、「これは祖母から聞いたのですけど、祖父は亡くなる何日か前、鎌倉街道のことを言っていたっていうのです」

「鎌倉街道?……」

井野ばかりか浅見も、思わず同時に呟いて、おたがいの顔を見てしまった。

「ええ、鎌倉街道です。それも、とても変な話なんですけど、夜中にとつぜん、布団《ふとん》の上に起き上がったかと思ったら、『そうか失われた道か』って言ったというのです。祖母はてっきり寝ぼけたのかと思って、一応、『どうなさったの?』って訊いたら、祖父はしっかりしていて、『ははは』と笑って、『人間の脳細胞というのは不思議なもんだな』って言うのだそうです。『さっぱり思いつけないでいたのが、いま、源頼家の命日のことを考えていて、鎌倉街道のことを連想したとたんに、ふっと思い浮かんだ。人間の頭はどういうメカニズムになっているのだろう。伊豆の工場にいたころなら、もっと早くに思いついたかもしれない』というような意味のことを言って横になって、安心したように、グーグー眠ってしまったそうです。次の日になって、祖母がその話をして、どういうことなのか訊いたら、困ったような顔をして、『鎌倉街道も消えてしまったごとく、道は消えてゆくだろう』って、わけの分からないことを言っていたのですって。そのときは祖母は、大して気にも留めなかったのですけど、祖父があいうことになって、しばらく経ってみると、何だかおかしなことだったって、だんだん気になってきたというのです。それで、もしかすると伊豆にいた当時の会社の方が、何かご存じかもしれないと思って、今日、お訪ねしたのです」

井野と浅見は、もう一度顔を見合わせた。浅見はもちろん、井野がどう答えるのかに興味を抱いたのだが、井野のほうは、逆に浅見に謎解きの方法を教えてもらいたいような表情であった。

「いやあ、私は何も分かりませんなあ」

井野は困惑しきって、仕方なさそうに答えた。

「失われた道どころか、鎌倉街道だって、どこにあるのか、行ったこともないし」

「鎌倉街道というと、たしか東京の府中《ふちゆう》や町田《まちだ》のあたりを通っている道がそうでしたね。川崎《かわさき》街道の近くじゃなかったかな」

浅見はロードマップを想起して言った。

「しかし、源頼家の命日で鎌倉街道を思い出して、そこからまた『失われた道』を連想したというのは、どういう意味かなあ？　何か『失われた道』というキーワードがあって、それが何なのか意味不明でいたのが、源頼家をきっかけにして謎が解けた――みたいなことだったのでしょうかねえ？」

浅見が投げかけた疑問に、井野は首をかしげながら、「それはまあ、消えてしまった道というのはありますがねえ」と言った。

「えっ、あるのですか？」

浅見は井野の言葉に飛びついた。

「それはどこですか？」

そのとき、なぜか井野は、ほんの一瞬だが、余計なことを言ってしまった――という表情を見せた。

「うちの……いや、中央電子化学の工場の前を通る道ですがね。工場の少し下の谷川沿いのところで、崖《がけ》崩れがあって人が死んだもんで、ルートを変更したのです。それで前の道は消えてしまったわけですよ」

浅見はさっき通ってきたばかりの風景を思い浮かべた。あの谷川沿いの道なら、崖崩れがあっても不思議はなさそうだ。そしてルートが変わって――それで何があるというのだろう？

「ただそれだけのことですからねえ」と、井野は気の毒そうに言った。「そんなちっぽけな道のことが、鎌倉街道やら源頼家やらから思い浮かぶとは、ちょっと考えられませんなあ」

「はあ……」

浅見も仕方なく頷いた。

「源頼家の命日はいつなのかしら?」

記子が訊いた。

「さて、いつでしたか。えーと、七月の……ちょっと待ってくださいよ、どうも物忘れがはげしくて……」

井野は資料でも探しに行くつもりなのか、立ち上がりかけて、ギョッとしたように動きを止めた。記子を振り返った目には、困惑と恐怖の色があった。

「頼家公の命日は七月十八日です」

「えーっ……」

記子と浅見は顔を見合わせた。七月十八日は、羽田栄三が殺された当日である。

「どういうことかしら、これ。ただの偶然とは思えませんけど」

「そうですね……」

浅見も消極的に同意した。頼家に関係があるとは思えないけれど、事件との繫《つな》がりをまったく無視してしまうわけにはいかないような気もする。

「偶然でないとすると、何なのでしょうかな？」

井野は不安げに、若い二人の顔を交互に見た。

「さあ……」

浅見は首を横に振って、逆に井野に訊いた。

「井野さんがさっき言われた、虚無僧を見たというのはどこの人ですか？」

「土産物屋のおばさんです」

「すみませんが、その場所を教えてください。それから、できればその人を紹介していただけませんか」

「それはまあ、お安い御用ですが。しかし、彼女は虚無僧が通ったこと以外、何も知りませんよ」

井野は、浅見がその女性を問い詰めたり脅《おど》したりするようなことを想像し、危惧《きぐ》しているらしい。

「はあ、そのときの印象だけ聞ければいいのです」

浅見は安心させるように言ったが、それでもなお井野は気の乗らない様子で、仕方なさそうに地図を書いてくれた。一三六号線が修善寺温泉街の手前で左に分岐《ぶんき》し、桂川を渡るところからの道順であった。

「桂川を渡って、トンネルを越えてすぐの右側です」

「ああ、それじゃ、大平の少し手前ではありませんか?」

「そうです、よくご存じですな」

「ええ、さっき旭滝に行ってきたばかりですから……そうすると、その虚無僧は滝源寺跡を訪ねたのかもしれませんね」

「そう、私もその話を聞いたとき、すぐにそう思いました」

浅見は目の前に、得体の知れないモヤモヤしたものが漂いはじめたのを感じた。それはことによると井野も同じ気持ちなのかもしれない。浅見を見つめる瞳《ひとみ》に、ウサギのように何かを警戒する気配が滲《にじ》んでいた。

そういう二人の会話を、記子は傍観する恰好で聞いている。

2

「自家製わさび漬」の看板を立てた店であった。店構えはあまり大きくなく、道路から五メートルあまり引っ込んで建っているので、その気がなければついうっかり行き過ぎてしまいそうだ。浅見自身、さっき通ったときにはほとんどといっていいほど、気に留めなかった。

すでに学校は夏休みに入っている。ドライブの途中に立ち寄ったらしい、子供連れの客が二組、店の中に入って、土産品《みやげ》を物色していた。

浅見と記子はそれぞれの家のお土産に、わさび漬を買って、お客が引き揚げるのを待った。

店には年配のと若いのと、二人の女性が働いていた。井野は「おばさん」と言っていたので、年配の女性の手が空《あ》いたときを見計らって、浅見は声をかけた。

虚無僧が通ったときの話を聞きたいと言うと、おばさんはすぐに「ああ、井野さんの言ってらした人ですね」と合点《がてん》した。たったいま、井野から紹介の電話があったところだという。

「ええ、たしかに虚無僧さんが通りましたよ。雨の中をかわいそうみたいにグッショリ濡れてね。頼家さんのご命日だから、よく憶えています。お客さんが先に気づいて教えてくださったのだけど」

「いくつぐらいの人でした？」

「さあねえ、私が見たのは、店の前を通り過ぎたあとだったもんで、斜め後ろからしか見ていませんから。もっとも、前から見ても天蓋で顔が隠れていたし。いくつぐらいだったか……でも、とにかく若くはないわねえ。私よりは上ですよきっと」

「おばさんより上じゃ、五十歳ぐらいですか?」

「あはは、いやだ、お客さん、いくらお世辞でももうちょっと上に言わないと」

おばさんは照れて、しかし気分は悪くないらしく、陽気に笑った。

「そうだわねえ、あの歩き方の感じだと六十歳は過ぎてたんじゃないかねえ。そうそう、井野さんぐらいかもしれませんよ」

「井野さんぐらいというと、六十八、九歳ですか」

「あらそう、井野さん、もうそんなになるかしらねえ……そうか、そうだわねえ、いやだわねえ」

自分の歳に思いがいったのか、おばさんは少ししょげた顔になった。

「虚無僧は大平の方角へ向かって、歩いて行ったそうですね。どこへ行ったかまでは分かりませんか?」

「それは分かりませんよ。ただ、あの足取りじゃ、そう遠くまでは行けなかったと思います。そうそう、大平に虚無僧寺の跡があるのは知ってますか?」

「ええ、知ってますよ。滝源寺でしょう」

「そこへ行ったのじゃないかって、そう思いましたよ。まだ夕方までは間《ま》がありましたけど、雨も降っていたし……」

「あっ」と浅見は、肝心《かんじん》なことを訊いていないことに気づいた。

「そうだ、虚無僧を見たのは何時ごろだったのですか？」

「三時半ころじゃなかったかしら。それからずいぶん経って、夕焼け小焼けの音楽が流れましたからね。役場で、いつも四時半に鳴らすんです。子供たちに早くお帰りっていう、あれなんです」

「三時過ぎ……」

浅見は記子と顔を見合わせた。

「それじゃ、違いますね」

「ええ」

会話の外に置かれて、おばさんは不満そうに、「何が違うのですか？」と訊いた。

「じつはですね、彼女のお祖父さんが、虚無僧姿で家を出たまま、行方《ゆくえ》不明になっているんです。それがちょうど七月十八日のことなのです。いまお聞きした人と、歳恰好《としかっこう》もよく似ているし、ひょっとすると、彼女のお祖父さんかもしれないと思ったのですが」

おばさんは気の毒そうな目を記子に向けて、「それじゃ、お祖父さんだったのかもしれませんわねえ」と言った。

「いや、それがどうやら、このひとのお祖父さんではないらしいのです。お祖父さんだとすると、その時刻に、ここにいるはずがないものですから」

死亡推定時刻が、午後一時から午後三時までのあいだである――とは、さすがに言えなかった。

「まあ……」

浅見と記子は、少しがっかりする気持ちと、逆にほっとした気分を、こもごも抱いて、土産物店を出た。

「違ったんですね」

車に戻ると、記子は沈んだ声で言った。

「そうらしいですね。それにしても、虚無僧姿で歩いているご老人なんて、日本中を探したって、そんなにいるとは思えないのに、同じ日に、少なくとも二人の『虚無僧』がいたことは確かです」

「じゃあ、浅見さんは、やっぱり何か関係があると考えてるんですか？」

「分かりません……」

浅見は情《なさ》けない顔で、首を横に振った。

「何か関係があれば、手掛かりになるのかもしれないのですがねえ」

「そう、ですね……」

記子も浅見の憂鬱がうつったように、肩をすくめた。

羽田栄三とは関係のない虚無僧と分かったけれど、浅見は行き掛かりのように、虚無僧の足跡を辿って車を走らせた。

大平の、旭滝へ曲がる道の手前の角にガソリンスタンドがあった。浅見はガソリンを入れながら、サービスマンに虚無僧のことを訊いてみた。

「ああ、見ましたよ」

まだ少年のように若いサービスマンは、威勢よく答えた。

「珍しいもんねえ、ああいうの。雨が降ってるっていうのに、えらいもんだとか思って、自分はひまだったから、ずっと見てました。そこの角を曲がって行ったから、やっぱし滝源寺跡のほうへ行ったんじゃないですか。知ってますか、滝源寺って」

「知ってるよ、旭滝のところの虚無僧寺でしょう」

虚無僧の行方については、一応、推理が当たっていたわけだ。といっても、それが当たったからといって、何の成果でもあり得ない。浅見は詮《せん》ないことと思いながら、惰性《だせい》のように訊いた。

「それじゃ、きみ、虚無僧が戻って来たのも見ていますか?」

「いや、それは見てませんね。雨が降ってたから、あそこの神社に雨宿りでもしていたんじゃないかなあ」

「雨はずっと降ってましたか?」

「さあ、どうだったか……いや、夕方前にはやんでましたね。洗車のお客さんがあとからあとから来て、忙しかったもの。それで見過ごしちゃったのかなあ?」

サービスマンは同僚にも声をかけて、訊いてくれた。同僚も虚無僧が旭滝のほうへ行くところは見ているが、帰って行ったかどうかは気がつかなかったそうだ。

ともかく、虚無僧のここまでの足取りは摑めた。浅見はことのついでのように、滝源寺跡へ向かってソアラを走らせた。

大平神社の境内に車を停めて、浅見と記子は神社に隣接する家を訪ねた。さっき来たときには留守だったが、庭先の小さな畑にトマトをもいでいる女性の姿があった。女性は二人の気配を感じて振り返り、ほつれた髪の毛を慌てて撫《な》でつけながら、立ち上がった。三十代なかばぐらいだろうか、白い半袖《はんそで》のスポーツシャツにジーパンという、どこか都会的なイメージのある女性だ。

浅見はガソリンスタンドのときと同じように、虚無僧のことを訊いた。

「ああ」と女性は頷いた。

「見ましたよ。雨が降っていた日ですね」

「そうです、雨の日です、見ましたか」

浅見は意気込んで言った。

「で、その虚無僧はどんな人でしたか？」

「どんな人って……顔は見えませんし、少しお年寄りかなって思ったぐらいで、分かりませんけど」

「この前の道を通って行ったのですね？」

「ええ、旭滝のほうへ登って行かれましたよ。そこのお宮さんで雨宿りされるのかなって思いましたけど」

ガソリンスタンドの青年と、同じことを思ったようだ。

「お宅は大平神社の神主さんですか？」

「いいえ、違いますよ」

女性はおかしそうな笑顔になって、手を横に振った。

「そこのお宮《みや》さんは無人で、神主さんは、よそにおいでですよ。いくつかのお宮さんを持っていて、ご祭礼のときだけ、こちらにいらっしゃるのです」

「それじゃ、虚無僧が神社の中に入っても、誰にも咎《とが》められることはないのですね」

「ええ、でも、扉に鍵《かぎ》が掛かって入れないのじゃないかしら」

「その虚無僧ですが、下って行くのは見ませんでしたか？」

「ええ、気がつきませんでした」

「ここの滝源寺跡には、虚無僧がときどき来るのですか？」

「ええ、ごくたまに見えます。滝源寺というのは虚無僧寺だったそうで、尺八の愛好会みたいな人たちが、そういう恰好をして尺八を吹いてますよ」

「その人たちは虚無僧姿で歩いて来るのですか？」

「まさか……車でやって来て、そのうちの何人かが、そこで着替えたりしてます」

「じゃあ、歩いて来た虚無僧は珍しいわけですね」

「ええ、それも雨の中ですから、ちょっとびっくりしました。いまでもああやって修行する人がいるんですねえ」

彼女は本物の虚無僧が存在するものと思っているらしい。

「旭滝の上へは登れないのですか？」

「それはまあ、登る気になれば登れますけど、でも、道はありませんよ。もし登るなら、ずっと北の方へ迂回《うかい》すると、登って行く道があります。国道から回って行けば、車でも上がれますけど」

「山の上にも人家があるのですか？」

「いいえ、ありません。山の上は小さな盆地みたいになっていて、ゴルフ場があるのですけど、道はゴルフ場の裏側を、旭滝の水源の川沿いに二キロ近くつづいています。そこには水源の沼があって、その先は行き止まりじゃなかったかしら。どっちにしても車はもう通れません」

よほど気のいい性格なのか、仕事の手を休める長話にも女性はいやな顔を見せなかった。しかし、まるで行き止まりのように、質問のタネが尽きた。浅見と記子は女性に礼を言って、車に戻った。

旭滝まで来て、虚無僧はたしてその先、どうなったのだろう？

「旭滝、見ますか？」

浅見は精神的な疲労感を覚えながら、言った。

「ええ、せっかく来たんですもの、見ましょうか」

記子もそれほど気乗りしない声で応じた。

女性が言っていたように、道ともいえないような道は、旭滝のところで終わっている。

その先は滝の岩場をよじ登るか、横のブッシュを這《は》い上がるしかない。いずれにしてもかなりの急斜面だ。

「これじゃ、失われた道というより、最初から道がないというべきだなあ」

浅見は冗談半分に慨嘆《がいたん》した。

「それ、どういう意味なんですか?」

記子は真顔《まがお》で訊いた。

「いや、べつに意味はありません。もっとも、こうやって虚無僧の足跡を辿ること自体、意味があることと思ってやっているわけではないのですがね」

「それはそうですけど……」

記子は悲しそうに俯《うつむ》いた。

「そうですよねえ。浅見さんには、こんなところまで来て、祖父のために動き回る義務なんか、ぜんぜんないのですものね」

「えっ? いや、僕はそんなこと、ぜんぜん何とも思っていませんよ」

浅見は慌てた。勝気《かちき》そうに見えても、やはり二十歳の女性は傷つきやすい心の持ち主でもあるのだ。

「ここに現われた虚無僧が、お祖父さんでないことは分かりましたが、七月十八日に虚無僧姿で歩いていた人が二人いたことだけは確かです。そのことに何か意味があるのか、事件との関わりがあるのか……とにかく、捜査は始まったばかりですよ。いろいろな可能性を考える必要があります」

「なんだか……」と、記子は生唾《なまつば》を飲み込んで、恐ろしいものを見るような視線を浅見に注《そそ》ぎながら、言った。

「浅見さんて、まるで刑事さんみたいに……ううん、刑事さんよりずっと強く、事件にのめり込んでいるみたいですね」

「そうですね、そうかもしれません」

浅見は当然のことのように頷いた。

「単純な事件で、最初から犯人の素性が分かっているような場合には、ぜんぜん興味が湧《わ》きませんが、こんなふうに、複雑に仕組まれたような事件だと、がぜん、ワクワクしてくるのです。あ、だからといって、面白半分じゃないことだけは分かってくださいよ」

「ええ、それは分かりますけど。だけど、複雑に仕組まれたって……なんだか、浅見さんは、事件の真相を知っているみたい」

「ははは、まさか、いくらなんでも真相を知ってるわけじゃないですよ」

「でも、複雑って……」

「それはそうですよ。お祖父さんが強盗に襲われたのでないと決めてしまえば、この事件は複雑な背景や動機や、それに計画性を持った殺人事件であると考えるほかはないのですから。あなただって、そう思うでしょう?」

「えっ? ええ、それはそうですけど……でも警察はそうは思っていないのでしょう?」

「いや、警察だって、もうそろそろ方向チェンジをしないわけにいかないでしょうね。どう考えたって、これは計画的殺人事件なのですから」

浅見はそう言うと、旭滝に背を向けて、歩きだした。記子は取り残されそうになって、慌てて浅見に追随した。

エンジンをかけっ放しにしておいた車の中は、冷房が効いていて、救われたように心地好い。

シートに坐《すわ》ると、浅見は二万五千分の一の地図を広げた。

「そうか、やっぱり思ったとおりだ」

呟いて、助手席の記子に地図の一ヵ所を指で差し示した。

「いまいるところがここです。仮に旭滝をよじ登ったとすると、さっきの女性に聞いた道にぶつかります。その道を西の方角へどんどん行くと、たしかにゴルフ場の背後に出て、ほら、ここに沼があります。しかし、その道を突っ切って尾根の北側に下りると何があると思いますか？」

「？……」

記子は地図に顔を寄せるようにして、小さな文字を読んだ。

「あっ、源頼家の墓！……」

「そうなんですよ、旭滝から尾根を越えた、ちょうど反対側に頼家の墓があるのです」

「だけど、そのことに何か意味があるのかしら？」

「さあ？……」

浅見は首をかしげた。頼家の命日に虚無僧が旭滝を訪れたこと、旭滝を越えた尾根の向こう側に、頼家の墓があること——それらのことと、羽田栄三が殺された事件とが、いったいどう結びつくのか——。

「無意味な発見、ですかね」

浅見は苦笑《にがわら》いして地図を畳《たた》んだ。

「虚無僧は旭滝を登ったのかしら？」

記子は滝の方角を振り返って、心細そうに呟いた。

「さあ……」

「その虚無僧は祖父だったのかしら？」

「…………」

浅見は黙って首を振り、サイドブレーキを外した。

3

時刻は四時になろうとしていた。浅見はソアラの長い鼻を南に向け、天城湯ケ島町役場を訪ねた。記子はさすがに疲れたのか、浅見の意図を訊こうともせずに、ひっそりと助手席に坐っていた。

「きみは車で待ちますか?」

浅見が言うと、記子は「いいえ」と、弾《はじ》かれたように身を起こして、先にドアの外に出た。

天城湯ケ島町は昭和三十五年に上狩野、中狩野両村が合併して生まれた。修善寺町とならぶ温泉の町である。井上靖《いのうえやすし》が少年時代を過ごしたことでも知られている。また、川端康成は『伊豆の踊り子』をここの旅館で執筆した。その他、島崎藤村《しまざきとうそん》、与謝野晶子《よさのあきこ》、梶井基次郎《かじいもとじろう》、横光利一《よこみつりいち》等々、文学碑や歌碑のたぐいがいたるところにあって、文学愛好者の訪れが多い。浄蓮《じようれん》の滝、天城峠などの観光名所も変わらぬ人気を集めている。

浅見はそういう、一般観光客の顔で観光課を訪ねた。一通りパンフレット類をもらってから、さり気ない口調で訊いた。

「ここは、いかにも静かで、のどかな温泉ですが、事件なんかはあまり起きないのでしょうね？」

「そうですねえ、あまり大きな事件は起きませんね。ずっと昔、昭和三十二年に満州国《まんしゅう》皇帝の王女・愛新覚羅慧生《あいしんかくらえいせい》さんが心中《しんじゅう》したぐらいかなあ。しかし自然災害は多いですよ。狩野川台風だとか、地震だとか」

「ああ、そういえば、昭和五十三年の伊豆大島近海地震のときには、亡くなった方があったそうですね」

「ああ、そう、ありましたね」

その話はあまりしたくないのか、職員は浮かぬ顔になった。

「バスに落石があって、乗客が四人亡くなったのと、あとは持越の精錬所の人が二人、亡くなりました」

とたんに、記子の手が背後から浅見の腕を強い力で掴んだ。少し痛かったが、浅見は辛《かろ》うじて平然とした様子を保った。

「持越の精錬所というと、中央電子化学工業のことですか？」

「ああ、いまはそうですが、当時は社名が違って、天城鉱業といっていました」

「その人たちはどうして亡くなったのですか?」

「鉱滓《こうさい》といって、金や銀を精錬する際に出る残り滓《かす》みたいなものを、山の上のほうのダムにポンプで汲《く》み上げて、堆積《たいせき》してあったのですが、その堰堤《えんてい》が、地震で地滑り状態に崩れ落ちたのです。いってみれば土石流ですね。それが工場のポンプ小屋を直撃しましたから、ほとんどポンプ小屋丸ごと、ひとたまりもなく、谷まで押し流されました。一人は三日後に遺体で発見されましたが、もう一人のほうは、いまだに見つからないままです」

「それはお気の毒ですねえ」

「いやあ、亡くなった方はたしかに気の毒ですが、それよりも、鉱滓にはシアン化合物が含まれていましたからね、下流の狩野川が汚染されて、駿河《するが》湾の河口まで魚類が全滅するという、地元観光業者にとっては、大変な被害があったのですよ」

話しながら、年配の職員は眉をひそめた。観光課の人間としては、思い出したくもない出来事なのだろう。

「なるほど、それで鉱山と精錬所は閉鎖されたというわけですか」

「そうですが、そんなことまで、よくご存じですね」

職員は怪訝《けげん》そうに、あらためて浅見の顔を見直した。浅見はその視線を無視して、言った。

「その地震で道が崩れたために、持越のほうへ行く道路のルートが、一部変更されたそうですが」

「ええ、崖際の道でしたからね、どうしようもなくて、トンネルを掘りました」

「そうすると、古い道はいまは通れないのですか？」

「もちろん通れません。廃道ですよ」

浅見の腕を掴む記子の手に、また力がこめられた。

「しかし、現在は持越へ行く道はすっかり整備されて、あの先、天城牧場を越えて西海岸の賀茂《かも》村まで抜ける道は、結構マイカーのお客さんには人気がありますよ。天城牧場からの眺望もすばらしいですしね」

職員は名誉挽回《ばんかい》——とばかりに訊かれもしないことを力説した。

役場を出て車に戻るまで、記子は浅見の腕を掴んだまま歩いた。掌《て》の中はじっとりと汗ばんでいる。本人は無意識なのかもしれないが、浅見は若い女性にこんなふうにしがみつかれた経験が、まったくといっていいほどないから、大いに照れた。

「昭和五十三年か……」

エンジンを回し、クーラーが効いてくるまで窓を開けた。

「えーと、昭和五十三年というと、一九七八年かな？　まったく、この年号っていうやつは厄介《やっかい》ですよねえ。どうして西暦にしてしまわないのか、不思議でしょうがない」

照れ隠しと、気詰まり状態を打破するために、浅見は少し饒舌《じょうぜつ》になった。

「僕の免許証の書き換えが昭和六十六年なんですけど、そんな年はないわけだし。政府の人口統計だって、平成八十年度には――なんてことを平気で言う。世のおとなどもは、奇妙に感じないのかなあ」

自分の「おとな」は棚に上げて、子供じみたことを言った。記子の硬《かた》い表情がかすかに緩《ゆる》んだ。

「いまから十三年前というと、僕は成人したばかりか。きみは小学校……」

「一年生です、たぶん」

「そうか、それじゃ憶《おぼ》えていませんよね。僕はおぼろげに憶えています。地震があって、大量の魚が死んだというニュースがあったのをね。しかし、さっき聞くまではすっかり忘れてました。十三年は長いものなあ。あと二年で殺人事件も時効か……」

何気なく言ったことに、浅見自身も記子もギクリとした。

「二人のうちの一人は、まだ遺体が発見されていないと言ってましたね」

浅見はたったいま浮かんだばかりの連想を口にした。そうしたことによって、疑惑が急速に深まってゆくのを感じた。

「祖父は、何か、そのことにまつわる秘密を知っていたのかしら？　だから、常識はずれの出世をしたっていう……」

記子としては、かなり思いきった発言だったかもしれないが、浅見のほうはそれよりもさらに踏み込んだことを考えていた。

（羽田栄三はその秘密を「知って」いたのではなく、秘密そのものに「関わって」いたのではないか——）

しかし、その疑惑はさすがに記子には言えなかった。

役場の終業のベルが聞こえてきた。それをきっかけのように、浅見はアクセルを踏んで湯の町の坂道を下った。

谷間の道である。太陽が山の端に沈むと、空気がいっぺんに鉛色《なまり》になった。おそらく気温も下がったことだろう。

「浅見さんはこれからどうするんですか？」

記子は心細そうに訊いた。

「僕は西伊豆の土肥に泊まるつもりです。あなたを駅まで送ったら」

浅見は「駅まで送る」部分に力点を置いて言った。

「あら、まるで、私は日帰りするものと決めてかかっているみたいな言い方ですね」

「もちろんですよ。まだ時間が早いし、直通の『踊り子号』が何本もあります。それに第一、若い女性が独《ひと》りでホテルに泊まるのは感心しません」

また「独りで」のところを強調している。それじゃ二人なら——と突っ込まれたらどう対応しようか困るなと思ったが、記子は素直に「そうですよね」と頷いた。

「だけど、時間が早いのなら、浅見さんだって東京に帰れるんじゃないですか?」

「いや、僕は土肥に行く用事があるのです。雑誌の取材で、土肥の金山を訪ねることになっていて、むしろそのほうが本来の目的だったのですから」

「あ、そうだったんですか……」

記子は少しショックだったらしい。

「すみません、私たちのために余計な時間を使わせて」

「えっ? ははは、いやだなあ、そんなふうに言われると困っちゃう。僕は好きで……なんて言うと、また誤解されるかもしれないけど、さっきも言ったように、ほんとに好きで事件にのめり込んでいるんです。それに、思いがけず、こんなところできみに会えて、いまはその幸運に感謝しているんですから——と言うと、またまた誤解されそうだけど、そういうヨコシマなことじゃなく、ほら、きみのおかげで工場に入れてもらえたでしょう。

そのことを言ったのですよ」

「分かってます」

記子はようやく笑顔を見せた。

修善寺駅で降りて、窓越しに「さよなら」と手を握《にぎ》ったとき、記子はいたずらっぽい顔で、「浅見さんて、もう少しヨコシマだと、いいんですけどね」と言って、踊るように身を翻《ひるがえ》して駅の中に走り込んだ。

浅見はしばらくポカーンとして、記子の後ろ姿を見送った。自分よりはるかに稚《わか》い記子に、とても敵《かな》わない部分があることを、つくづくと思った。


ふたたび国道一三六号線をとって返して、今度は修善寺の先で下田街道とは別れを告げ、土肥へ向かう。船原《ふなばら》温泉を通過するとまもなく船原トンネルに入る。長さ一二〇〇メートル、取付き道路を含めておよそ四キロあまりの有料道路だが、このトンネルが出来るまでは、西伊豆は陸の孤島のようなイメージがあるほど、不便なところだった。

「ほんとに、あのトンネルはありがたかったですよ」と旅館の女将《おかみ》も言っている。

旅館は玉樟園《ぎょくしょうえん》という、土肥温泉の中でも名門に属する旅館だそうだ。夏休みの書き入れ時に、フリーの独り客を泊めてくれるかどうか――と心配したが、出がけに、須美子の嫌いな例の軽井沢の作家センセと、電話で土肥へ行く話をしたら、「だったら玉樟園に泊まれ。僕の名前を出せば泊めてくれるよ」と言う。「美人の女将は僕の恋人だからな」などと、大きなことを言っていた。あまりあてにはならないと思ったが、センセに言われたとおり、「友人です」と名乗ると、これが意外にも通用して、新館の、独りではもったいないような上等の部屋に泊めてくれた。恋人うんぬんはセンセ一流の法螺《ほら》だとしても、宿泊費を踏み倒すような真似は、まだしていないらしい。

「お食事のご用意は、少し遅くなりますけれど」と、美人の女将は申し訳なさそうに言ったが、たとえ餓死することがあっても、文句は言えない。

五階の部屋からの眺望もよく、土肥の街のいらかの波の向こうに、駿河湾の波が広がっている。ちょうど陽《ひ》が傾きかけたころで、金波銀波《きんぱぎんぱ》がしだいに赤く染まり、やがて天地を一瞬の朱《あけ》に染めて、水平線に夕日が沈むさまは圧巻だった。浅見は一時間も窓辺に坐り込んで、飽くことなく眺めていた。

食事のときに女将が挨拶に来て、船原トンネルの話になった。軽井沢のセンセが初めて土肥に来たころは、まだ九十九折《つづらお》りの峠道を苦労して通っていたのだそうだ。「そのころから比べれば、いまの土肥はほんとうに便利になりました」と、女将は感慨深そうに言った。

「それはいつごろの話ですか?」

「さあ、あれはもう、かれこれ十何年も昔のことになりますわねえ。私がここに嫁に来て間もないころで……あ、そうそう、地震があった年の春でした。その年の暮れにトンネルが通ったのです」

「地震? というと、伊豆大島近海地震のことですか?」

「ええそうです。よくご存じですわね」

「それはたまたま……そうですか、それじゃ昭和五十三年ですよ」

「そうでしたかしら。まあまあ、お客様に教えていただくなんて」

女将は赤くなって笑った。

「十三年前ですか……」

浅見は何か得体の知れない、運命的なものを感じた。

「その地震で、天城湯ケ島町の持越というところにある精錬所が土砂崩れにあって、狩野川に大被害が出たことは知ってますか?」

「もちろん存じておりますわ。あれは大変な騒ぎでしたもの。こちらには直接影響はありませんでしたけれど、土肥の金山からあちらのほうに、金鉱石を運んでいたのが、ストップしたとか、いろいろなことがあったみたいですわね」

「土肥の金山は金の産出量は多かったのですか?」

「さあ、よくは知りませんけど、昔はともかく、その頃はもう大したことはなかったのじゃないでしょうかしら。その地震騒ぎの直後に、閉山してしまいましたもの。いまは『土肥金山公園』というレジャー施設になって、金鉱山の坑道の中を観光用に整備して、見せてくれます。お客さんもぜひいらっしゃるといいですよ。本物そっくりの坑夫《こうふ》のお人形が動いたりして、ほんとに面白いんです」

「ええ、行くつもりです。今回の目的は土肥の金山を取材することにあるのですから」

「あ、そうだったのですか。それでしたら、金山公園の責任者の方をご紹介いたしましょうか?」

「それはありがたい、ぜひお願いしますよ」

浅見は、女将に対して最敬礼をした。

4

土肥金山公園は広大な敷地と、それ以上に広大な地下の坑道をそのまま観光資源として利用している。伊豆は海からすぐに断崖《だんがい》絶壁のところが多く、平地が極端に少ないところだから、そこにこれだけの規模を持つ観光施設があるのは驚くべきことだ。

道路に面して二、三百台分の駐車スペースがあって、その奥に事務所の他にレストランや物産品展示・即売コーナーなどが入った金山公園センタービル、さらにその奥に金山博物館とつづく。浅見は支配人の案内で、まずセンタービルを見学し、それから金山博物館の坑道を歩いた。

内容は佐渡金山のそれと、ほぼ似たり寄ったりだ。穴掘り人足の動く等身大人形があって、「早く帰って、いっぺえやりてえなあ」などと喋らせているのも同工異曲《どうこういきょく》である。

「ここの金山の特徴は、金と温泉が一緒に出るという点です」

支配人は佐瀬《させ》という五十がらみの大柄な男で、土肥で生まれ育った人間だそうだ。大学を出てしばらく東京に住んでいたのだが、思うところがあってUターンして、すでに二十年になるという。

金と温泉が一緒に出るというのは、だからどうなのか――と言いたくなるような話だが、じつは、土肥温泉としては、戦争中や戦後の復興期など、金の採掘が観光に優先していた時期には、温泉が枯渇《こかつ》して、町中の旅館が死活問題をかかえる状態だったのだそうだ。

「ずっと以前は土肥にも精錬所があって、鉱山の就業者だけでも現在の人口の二倍近くあったのです。金の産出量が減少して、町はすっかり寂《さび》れてしまいましたが、温泉関係者はむしろほっとしたのじゃないでしょうかね。それと、かなり早い段階で精錬所を閉鎖して、原鉱石を湯ケ島の持越のほうに運ぶようになりましたから、いわゆる鉱毒による被害なども最小限ですんだわけです」

「その代わり、持越の精錬所が、地震の際、ひどい災害をもたらしたのでしたね」

「ああ、そのとおりです」

佐瀬は少しいやな顔をした。どうやら、狩野川の鉱毒被害の話は、伊豆の人々にとってタブーに近いものらしい。

しかし浅見は、相手の不快感に気づかないふりを装って、言った。

「佐瀬さんは天城鉱業にいた羽田さんという人をご存じですか?」

「羽田さんならよく知ってますよ。仕事上のお付き合いがほとんどですが、こちらにおいでのころは、ときどきお会いして、いろいろお世話になりましたが……浅見さんは羽田さんとはどういう?」

「じつは、僕のガールフレンドが羽田さんのお孫さんなんです」

「ほう、そうだったのですか」

佐瀬は驚いて、あらためて浅見を見た。

「羽田さんはこのあいだ、とんだ事件に遭って……そのこともご存じですか?」

「もちろん知ってますよ。たまたまその日は、前日から中央電子化学さんの社長さんたちもこっちに視察に見えてまして、金山の中をあちこち案内して、夕方近くに事務所に戻ったら、ちょうど連絡が入ったのです。いやあ、みんなびっくりしましてねえ。とにかく、急遽《きゆうきよ》東京へ向かい、私もご一緒して、翌日のお通夜にも伺いましたが……」

佐瀬はそのときの混乱ぶりを頭に思い描くように、暗い坑道の天井を仰いだ。

「まったくとんだ災難ですなあ。犯人はまだ捕まっていないのでしょう? 近頃は何かっていうと、すぐに殺してしまうから恐ろしい。警察も言っていましたが、やっぱり強盗の仕業ですかね」

「はあ、最初の段階では強盗だと思っていたようですが、それがどうも、そうじゃないらしいのです」

「ほう、違うのですか? だとすると、何なのですか?」

「警察としては、恨みなどによる犯行ではないかと考えている様子です」

「恨み? 羽田さんがですか?」

「ええ、佐瀬さんには、何か思い当たるようなことはありませんか?」

「いやあ、ありませんねえ。羽田さんは、ああいうことをしていたとは思えないほど、温厚な方でしてね。真面目すぎるせいか、人付き合いはあまり得意じゃなかったようだが、われわれのような歳下の者にもきちんとした挨拶をされました。尺八だけは、ごく親しい人と熱心になさっていたが、ゴルフだとかカラオケだとか、そういう賑《にぎ》やかなことは一切しない主義みたいでしたね。自宅と会社を律儀《りちぎ》に往復するばかりで、伊豆にずいぶん長いこと住んでいるわりには、地元の人たちとは、あまり付き合いがなかったのじゃないかな」

二人は長い坑道を出た。入った口から三〇メートルばかり離れたところが出口になっているのだった。朝のうちはよく晴れていたのだが、ヴェールのような薄雲がかかって、それほど眩《まぶ》しくはない。気温も昨日ほどには上がっていないようだ。

「佐瀬さんは『失われた道』と聞いて、何か思いつくことがありませんか?」

「失われた道?……何ですか、それ? インディ・ジョーンズか何かの映画のタイトルにありそうですな」

「羽田さんが、殺される何日か前、奥さんにそう言われたのだそうです」

「失われた道……とですか?」

「ええ、夜中にふいに起き上がって、『鎌倉街道か』と言われて、『それから連想して、失われた道が何なのか分かった』というような意味のことを言われたのです」

「鎌倉街道……」

佐瀬は、初対面の客の口から次々に出てくる奇妙な話に面食らったのか、キョトンとした顔で、足を止めた。

「鎌倉街道と言われたのですか？」

ムーッとする暑気に立ち竦《すく》んだような恰好で、佐瀬は訊いた。

「ええ、そう言われたそうです」

浅見は振り返って答えた。

「鎌倉街道……」

佐瀬は首をひねった。

「鎌倉街道というのは、東京の近くにある道路です」

浅見は佐瀬を置いてけぼりにして、冷房の効いた建物へ向かって急いだ。佐瀬も慌てて大股《おおまた》でついてきた。

観光バスが到着したのか、土産物コーナーに大勢のお客が群がって、賑やかな声が高い天井にこだましていた。

佐瀬は二階のレストランに案内して、コーヒーをご馳走《ちそう》してくれた。

「羽田さんは、鎌倉街道から『失われた道』を連想したと言いましたね？」

自分はコーヒーに口をつけず、佐瀬は訊いた。

「ええ、奥さんにはそうおっしゃったそうですよ」

「しかし、なぜ鎌倉街道から失われた道が出てくるのでしょうかなあ？」

「僕もよくは知らないのですが、東京近辺にある、いわゆる鎌倉街道というのは、部分的に残っているだけのもので、ほとんどが失われてしまったからじゃないでしょうか」

「はあ、そういうことですか……ところで、その東京のほうにある道は、なぜ鎌倉街道と呼ぶのです？」

訊かれて、浅見も「なぜですかねえ？」と言った。

考えてみると、「鎌倉街道」と聞き慣れてはいるものの、どこのどの道がそれなのか、詳しく知っているわけではない。

「たぶん、鎌倉に通じている道だからそう呼ぶのだと、漠然と思っていましたが」

「なるほど、下田街道と同じたぐいですか。甲州へ通じる道を『甲州街道』、奥州《おうしゆう》へ行く道を『奥州街道』……しかし、なぜ鎌倉街道なのかなあ？」

「源頼家のことを思っていて、鎌倉街道を連想したということですが」

「はあ、源頼家をねえ……」

佐瀬はますます訳が分からなくなってきたらしい。厄介な難問を振り落とそうとするように、しきりに首を振った。

「そういえば」と浅見は思いつきを言った。「頼家のころは、鎌倉と伊豆とは緊密に結びついていたわけですが、伊豆には鎌倉街道というのはないのですか?」

「さあ、聞いたことがありませんねえ。しかし、羽田さんが連想したのだとすると、昔はあったのかなあ。あるとすれば修善寺のほうですか」

「そうですね、昔あって、いまはない道なのかもしれませんね」

言いながら、浅見は大きなヒントに出くわしたような興奮が、背筋を伝って沸《わ》き上がるのを感じた。そもそも、鎌倉街道というのは何であったのか——から調べ直してみるべきなのかもしれない。

佐瀬は時折、「鎌倉街道か……」と呟きながら、すっかり考え込んでしまった。

浅見は佐瀬に礼を言って、土肥金山公園を後にした。土肥から南へ行く海沿いの道は快適だった。かつて交通の難所として、ドライバーやマイカー族に嫌われた悪路も、道幅を拡《ひろ》げ、岩山をトンネルが貫《つらぬ》き、西伊豆から南伊豆への時間、距離を一挙に縮めた。

およそ二十分ほどで賀茂村に達した。そこを左折して達磨《だるま》山系の仁科《にしな》峠を越えると、天城湯ケ島町の持越に入る。ドライブマップにも出ていないような細い道だが、完全に舗装されている。

全国を車で旅して感心するのは、どんな辺鄙《へんぴ》な場所でも、どんなに細くても、たとえ農道でも、すべての公道がちゃんと舗装されていることだ。建設費もたいへんだろうけれど、その道路を維持する費用や資材は膨大《ぼうだい》なものにちがいない。車社会では当然のことのようだが、これで石油が枯渇《こかつ》するかして、いまほどに道路が使用されなくなったら、そのほとんどは廃道と化して、あたらその残骸《ざんがい》を地上に晒すことになるだろう。千年後の未来人が、高速道路の「遺跡」を発見すると、いったいこれは何なのか?——と不思議がるかもしれない。

峠付近は牧場であった。ただし、グルッと見回しても、牛の姿は見えない。夏の日盛りは牛をどこかに休ませているのだろうか。

山頂近くに、新鮮な牛乳を飲ませるドライブインふうの店があった。駐車場には家族連れのマイカーや色とりどりのバイクが並んでいる。浅見も店に入って、冷たいミルクを飲んだ。

天城湯ケ島町の観光課員が言っていたとおり、ここからの眺望はすばらしい。眼下にいま通ってきたばかりの西伊豆海岸。駿河湾の向こうは御前崎《おまえざき》から清水《しみず》——富士《ふじ》付近にいたる海岸線。そして八合目あたりから上を雲に隠した富士山が望める。頭《こうべ》を巡らすと、天城山系の山々や箱根の山々が、陽炎《かげろう》のような淡い雲の棚引く下に、眠たげに連《つら》なっている。吹く風はかすかに霧の香りと涼しさを含んで、頬《ほお》を心地好く撫《な》でてゆく。

(日本はいいなあ——)と浅見は思った。

小学生のころ、書き初めに書いた「美しい日本」の文字を思い出した。この国や、この国に住む人々が、しみじみといとおしく思えた。

峠を越えると、屈曲の多い坂道をグングン下る。いくつ目かのカーブを曲がったとたん、谷から吹き上げる風が、持越の工場のあの悪臭を運んできた。頂上での風景を堪能《たんのう》していただけに、見通しのきかない狭い谷間の道とこの臭気は、浅見の心をたちまち現実に引き戻した。

その瞬間、ふいに脳裏《のうり》をかすめるものがあった。

(あれは何だったのだろう?——)

浅見は思わずブレーキを踏んだ。後続車があれば追突していたにちがいない。

(あれは何だったのだろう?——)

ふたたび、念を押すように思った。

さっきの土肥金山公園の坑道の中で、佐瀬が喋った言葉が、頭のスクリーンにストップモーションのように張りついていた。

——羽田さんは、ああいうことをしていたとは思えないほど、温厚な方で……。

佐瀬はそう言ったのだ。

「ああいうこと」とは何なのだろう？

そのときは漠然と工場の仕事を想像して、何気なく聞きのがしてしまったけれど、いまにして思うと、あの会話の流れの中で何か特別の意味があるのを感じる。

「ああいう」は「温厚な」と対極に位置するような意味で使われたのだと思う。

「温厚」の反対語は「過激」あるいは「冷酷」か――。

羽田栄三はいったい、どのような「過激」で「冷酷」なことをしていたというのだろう？

ゴルフもカラオケもしない、尺八以外には趣味のないような羽田からは、過激さも冷酷さもイメージされない。だからこそ、警察も、羽田に対して殺意を抱くほどの、強い怨恨があった人物を特定できずにいる。

ふいに、けたたましいクラクションが背後で鳴った。バックミラーの中で、赤いスポーツカーが目を剝《む》くようにパッシングライトを光らせた。浅見は慌てて道路の左端に車を寄せた。その脇を接触せんばかりに、かなりのスピードでスポーツカーは走り抜けた。乗っている二人の青年が、何か汚い言葉を投げて行った。何を言ったのかは聞き取れなかったが、浅見は反射的にはげしい憎悪《ぞうお》をその二人に感じた。

冷静に考えてみると、あの二人の側も、坂の途中で意味もなく停まっている車に、不快感を抱いたにちがいなかった。しかし、それはそれとして、浅見は衝動的に憎悪を感じ、それはオーバーにいえば殺意に近いものであった。直接、殺す——というわけではないにしても、死ねばいい——とは、たしかに思った。あの無謀なスピードで走り下れば、カーブを曲がり損《そこ》ねる危険は充分ある。赤いスポーツカーがガードレールを突き破って、谷底に放物線を描く情景が、あざやかに脳裏に浮かんだ。

（殺意か——）

浅見は人間の性《さが》のおぞましさを思わないわけにいかなかった。動物たちが繰り広げる殺《さつ》戮《りく》は、狩猟本能や防衛本能によるものだが、人間の殺意は必ずしも理由のある状況を必要とはしないのかもしれない。

義経《よしつね》、範頼《のりより》、頼家、一幡、実朝《さねとも》……と、源氏《げんじ》の嫡流《ちやくりゆう》が次々に暗殺されたのは、北条一門の猜疑《さいぎ》心によるものである。疑心暗鬼《ぎしんあんき》の渦巻《うずま》く中で、彼らは恐怖と屈辱と憤怒《ふんぬ》のうちに、理由なき死を与えられた。

徳川家康に死罪を命じられた、大久保長安の七人の遺児たちも、死の瞬間まで、なぜ死ななければならないのか、納得がいかなかったことだろう。

戦場でもないかぎり——あるいは暴力団の抗争でもないかぎり、多くの人は自分が突然の死に襲われることなど、予測しながら生活してはいないものだ。だのに、平和そのもののような日本に住んでいて、しかも、平穏なはずの日々の営みを繰り返していて、それでも人は突然の死に見舞われる。現在、日本で一年間に犯罪によって死亡する被害者の数は、およそ八六〇人に達する。そのうちどれだけの人が、自分の死の正当性を得心しただろうか？

羽田栄三の場合はどうだろう？　虚無僧姿でどこを徘徊《はいかい》したにせよ、それ自体には「突然の死」を暗示させるようなものがあったとは考えにくい。羽田にしてみれば、むしろ唯一の趣味である尺八道を楽しんでいたにちがいないのだ。だが、そうしているあいだに、刻々と死の手は羽田に迫りつつあったということか。

殺意は予測しないところから襲ってくるものかもしれない。早い話、たったいま、浅見に暴言を浴《あ》びせて走り過ぎて行った二人の若者は、浅見が抱いた殺意はおろか、憎悪すらも感じ取っていなかったにちがいない。ノロマなドライバーを罵《のの》って、気分がすっきりした——ぐらいにしか、彼らの記憶には残っていないのだ。傷つけられた浅見の側にしてみても、こんな憎悪は一過性のもので、たぶん明日になれば忘れてしまうだろう。

しかし、羽田の死が、「一過性の憎悪」によってもたらされたという印象はない。羽田は殺されるべくして殺されたのだ。きちんとした理由に裏付けられた殺意によって与えられた死なのだ。

浅見はゆっくりと坂を下りながら、羽田が殺された正当な(?)理由と、佐瀬が不用意に洩《も》らした「ああいうことをしていた——」という言葉のあいだにある相関性を、あれこれ思い描いてみた。

羽田がしていた「ああいうこと」には、何者かに殺意を生じさせるだけの、充分な理由があったと考えるべきなのだろうか？

5

中央電子化学の工場は、三つの沢が出合う、谷間のわずかな平地に建っている。浅見のソアラは、谷沿いの道を、工場の煙突から漂い出る白い煙に向かって下りて行った。

浅見は工場の門前で車を停め、ドアを半開きにして、身を乗り出すと、鉄格子の中からこっちを窺っている守衛のおじさんに「こんにちは」と手を上げた。守衛は一瞬とまどってから、門扉を開けてくれた。昨日の「羽田取締役の孫娘」の効き目はまだ失われていないらしい。

門を入ったすぐのところに車を置いて、浅見は「今日も暑いですねえ」と、のんびりした声をかけながら、守衛に近寄った。

「今日はまた何でしょう？　工場長とお約束でもあるのですか？」

守衛は正直に迷惑そうな顔で訊いた。

「いや、ちょっとあなたにお訊きしたいことがあるのです」

「はあ？　わしにですか？」

守衛は帽子を取って、ポケットからよれよれのハンカチを出すと、五分刈りの白髪頭に光る汗を拭《ふ》いた。顔に刻まれた皺《しわ》は深く、制帽がないと、いっぺんに老《ふ》けた顔になる。

「失礼ですが、あなたはおいくつですか？」

「え、わしの歳ですか？　わしはちょうど還暦《かんれき》を迎えたところですが」

守衛は照れ臭そうに苦笑して、また頭の汗を拭いた。

「あ、それじゃ、もう定年は過ぎたのですね？」

「ああ、そうですよ。定年は三年前だが、まだまだ働けますのでね、工場のほうは辞めたが、ひきつづきここで使ってもらうことになったのです」

「そうすると、十三年前に地震があったときも、ここで勤務されていたのですか？」

「いや、あの日は工場は休みで、一般の従業員は休んでました」

「しかし、亡くなられた方が、二人いらっしゃるのでは？」

「そうでした。運悪くたまたま出勤していた中の二人が事故に遭ったのです」

「そうだったのですか……そのお二人は、どんな仕事をしておられた方なのですか？」

「一人はポンプ小屋の係でした。知ってますか、ポンプ小屋というのは何なのか」

「知ってます。鉱滓を上のほうの溜《た》め池に汲み上げるのでしょう？」

「そうですそうです、よくご存じですな。その鉱滓が一気に崩れ落ちてきまして、ポンプ小屋を押し流したのです」

「もう一人の方は？」

「もう一人は管理課の人だったのですが、やはりポンプ小屋付近にいて災難に遭ったのでしょう」

「お一人は、谷川から遺体が上がったそうですが、まだ発見されていないのは、どちらの方ですか？」

「へえ、そのことも知っておられるのですか。見つからなかったのは、管理課の西戸《にしど》さんという方です」

「ほかには被害者は出なかったのですか」

「幸い、二人だけですみました。隣りの事務所の建物にも、何人かいたのですが、そっちは被害がなかったです。まあ、紙一重《かみひとえ》といいますが、ほんの一〇メートルも違えば、危なかったそうですよ」

「そうか、そこに羽田さんもおられたのですね?」

「そうです、羽田さんもおられました。ほかに、今の本社のエライさんなどが何人かおられて、もし事務所がやられていたら、大変なことになるところでした」

「本社のエライさんというと、どなたですか?」

「当時、専務さんだった、いまの坂崎社長さんと、ほかに何人かおられたようです」

「そんな幹部クラスの人たちが、休日の工場に集まったのですか。何をしていたんですかねえ?」

「われわれ下っぱには分かりませんが、たぶん、精錬所の閉鎖のことで、何か相談があったのじゃないかと思いますよ。そのころ、金鉱山のほうは、ここも土肥のほうも、あまりパッとしなくなっていたですからね。結局、地震のせいで操業停止というかたちにはなりましたが、会社としてはちょうどいい潮時《しおどき》だったみたいです」

「そのときの工場長は、たしか井野さんでしたね」

「そうですが……ふーん、あんたは何でもよく知ってますなあ」

守衛は少し顎《あご》を引くようにして、上目遣《うわめづか》いに浅見を見つめた。

「羽田さんにいろいろ、昔話を聞かされていましたからね」

浅見は怪しまれないように、早口で言って、「しかし」と首をかしげた。

「地震があったとき、井野さんは工場にはいなかったのじゃないですか？」

「ああ、井野工場長はお宅におられたそうですよ。わしも家にいましたが、地震が発生したのは十二時半ごろ。ドーンと下から突き上げるみたいで、ものすごかったですなあ。ちょうど昼飯を食っているときでした。家は潰《つぶ》れなかったが、工場がどうなったか、心配しているうちに、川に鉱滓が流出したというもんで、わしらは急いで工場に駆けつけようとしたのだが、ここから少し下がった、青江淵《あおえぶち》というところで崖崩れがあって、車が入れない。井野工場長もまもなくやって来て、みんなで山を迂回《うかい》することになって、夕方近く、やっと工場に辿り着きました」

初老の守衛は、久しぶりに当時の話をしたとみえ、浅見が訊きもしないことを、一気に喋った。しかし、おかげで、その地震の模様や精錬所の人々の右往左往《うおうさおう》するありさまが、まるで映画でも見るように、ありありと思い描けた。

「どうして」と浅見は言った。

「本社の幹部クラスの人たちが来て、工場閉鎖のような重要な話をするというのに、肝心の井野工場長さんは同席しなかったのでしょうか？」

「は？……」

守衛はポカンと、拍子抜けした目で浅見を眺めた。せっかく、一大ドキュメンタリーを語って聞かせたというのに、この客はまったく張り合いがない――という顔だ。

「どう思いますか？　その日の重要な会議に、工場長の井野さんが欠席していたのは、不思議な気がしませんか？」

浅見はたんたんとした口調で、疑問を繰り返した。

「それはまあ、そう言われれば、そうかもしれませんがね……」

そのとき、門の外にパトカーが停まった。警官が窓から顔を突き出して、手を振った。守衛は慌てて飛んで行って、門を開けた。パトカーが浅見のいるところまで来て、まだ停まりきらないうちにドアが開き、中から私服の中年男が降り立った。

「あんた、えーと……」

浅見の顔に指を突き立てんばかりにして、思い出せない名前を怒鳴ろうとしているのは、青梅署の谷沢部長刑事であった。パトカーからは、たしか川村といった谷沢の部下と、地元署の刑事らしい印象の男も降りた。どうやら、捜査は遅まきながら、ようやく羽田栄三のかつての勤務地に辿り着いたというところか。

「あ、こんにちは、浅見です」

浅見は愛想よく笑って、お辞儀をした。

「ああ、そうだ、浅見、さんか。あんた、こんなところで何をしているんだね？」

「大久保長安の金山開発について取材しているところです」

「大久保？　いいかげんな……」

谷沢は嚙《か》みつきそうな顔をしたが、守衛の存在を意識したのか、急に声をひそめた。

「大久保なんとかいう、そいつは何者かね？　本事件と関わりのある男ですか？」

「まあ、関わりがあるといえばありますが、僕の考えでは、直接には……」

「あんたの考えなんかはどうでもいい。要するにです、自分が訊いているのは、被害者と面識があるかどうかという……」

「そんなもの、あるわけがないですよ」

浅見は呆《あき》れて、笑いだした。

「何がおかしいのかね。だいたい、あんたたちマスコミの連中は、人の不幸に寄ってたかって、それでメシを食っているようなところがある」

「はあ、おっしゃるとおりです。その点は警察と似ていますね」

「警察？……なんてことを！」

谷沢部長刑事は大きく口を開けて、そのまま絶句した。たしかに、浅見の言うことにも一理はある――と認識した顔だ。

浅見は大久保長安について説明し、谷沢の誤解を解いた。

「なんだ、くだらない」

せっかくの解説に対して、谷沢はそう言ってそっぽを向いた。四百年も昔に死んだ人間のことより、十日ほど前に死んだ人間のことのほうが、谷沢にとってははるかに重要なのである。

「しかし浅見さん、あんたがここに来たのは、そんな歴史を調べるためだけとは考えられないけどね」

「ええ、それはあえて否定しません。羽田栄三さんが、十三年前まで、この工場に勤めていたという事実がありますから……あっ、そうすると、警察もいよいよ、単なる強盗殺人事件ではないと判断したのですね？」

「ん？　いや……困るんだよねえ、まったく。そうやって面白半分に首を突っ込んで、われわれの捜査を妨害する」

「妨害なんかしていませんよ。むしろ警察のお役に立てればいいと願っているくらいなのです」

「それが余計なことだと言うんだ。とにかく、早いとこ帰ってもらいたいな。そうすることが、いちばん役に立つんだから」

「いちがいにそうとばかり、決めつけていただきたくないですねえ。たとえば大久保長安のことだってそうです。もし、この事件の動機に金が絡んでいるとするならば……」

「なにっ、金？……」

谷沢はギョッとして、浅見の腕を取ると、守衛所から離れたところまで引っ張って行った。

「そういう、金が絡んでいるという事実が、何かあるの？」

「ええ、ここは大久保長安が開発した日本有数の金の産地だし、青梅も大久保長安の陣屋があった、甲州金の通り道です。しかも、大久保長安には埋蔵金の言い伝えがありますからね。そういういわくつきの両方の場所に、被害者の羽田さんが絡んでいたというのですから、これはただごとではないかもしれませんよ」

「……」

谷沢は黙って浅見の顔を睨んだ。刑事特有の猜疑《さいぎ》心と、人間本来の好奇心とに満ちた眼である。

「それから、オマケを付け加えると、青梅の鈴法寺とそっくりの虚無僧寺の跡が、ここにもあるのですよ。修善寺の滝源寺といいましてね。しかも、羽田さんが殺された七月十八日、その滝源寺に羽田さんそっくりの虚無僧が現われているのです」

「ほ、ほんとかね、それは？」

次々に明かされる「新事実」に、谷沢は完全に翻弄《ほんろう》されている。

「ええ、それはほんとうです。いかがですか？　大久保長安についてちょっと調べただけでも、こんなにいろいろな事実が分かってくるのです。それ以外にも、まだまだ興味ある事実が出ていますけど、まあ、あまり長くお邪魔《じゃま》していると、捜査の妨害だなどと叱られそうですから、僕はこれで失礼します」

「ちょっと待って……」

谷沢は浅見の腕を摑んだ。柔剣道で鍛《きた》えた握力の強さに、浅見は思わず「痛いっ」と悲鳴を上げた。

「あ、ごめんごめん」

谷沢はいたずらが過ぎた、気のいいガキ大将のように謝った。しかし、摑んだ腕のほうは放さない。

「あんた、浅見さん、お急ぎだと思いますがね、ちょっとその、興味ある事実というやつを聞かせてもらえないですかね」

「いや、素人《しろうと》の僕が調べたことなんか、参考にはならないと思いますよ。それに、取材中に手に入れた情報ですから、守秘義務があります」

「まあ、そう言わないで、一応、聞かせるだけでも聞かせてくださいや。それはたしかに、守秘義務もあるだろうけど、あんたも善良な一市民として、捜査に協力する義務もあるわけでしょうが」

「分かりました。もちろん僕だって善良な市民ですから、お話ししないこともありませんが、それには二つだけ条件があります」

「何ですか、条件とは？」

「一つは、僕が一方的に情報を教えるのではなく、警察の捜査に参加させていただきたいのです」

「捜査に参加？　あんたがですか？　冗談じゃない。民間人のあんたに、そんなことできるわけがないでしょう」

「いや、もちろん表立って参加して、刑事さんと一緒に行動したりするのでなくてもいいのですよ。ただ、たまには警察の捜査の状況を教えてくれるとか、僕が知りたくても、素人としては知り得ないことを、代わりに調べてくださるとか、その程度のことをお願いしたいだけです。それが第一の条件です」

「うーん……」

谷沢は深刻な表情で考え込み、何らかの妥協点を見つけたらしい。

「……まあ、捜査に役に立つことであって、自分ができる範囲内のことであるなら、いいでしょう。それで、もう一つの条件というのは何です？」

「もう一つの条件は」と、浅見は真面目くさって言った。

「もしお願いできるなら、その僕の腕を摑んでいる手を放していただきたいのですが」

「あっ……」

谷沢部長刑事は、慌てて手を放した。浅見の二の腕には、太いミミズ腫《ば》れのような痕跡《こんせき》が残った。

谷沢とは東京で再会する約束をした。

「けっして逃げ隠れしませんから、安心してください」

浅見がなかば冗談で言ったのに、谷沢は真剣な顔で、「本当でしょうな」と念を押した。下手《へた》に留守にしようものなら、指名手配でもやりかねない顔つきであった。

「大丈夫ですよ。むしろ、僕のほうで谷沢さんを追いかけるかもしれない」

これは本音である。谷沢にこっちのエサをチラつかせたが、浅見の側としても、警察の事情聴取に対して、土屋工場長をはじめとする、ここの人々が、浅見や記子に対するのとは異なる、新しい事実を語るかどうか、興味があった。

谷沢と別れて、浅見はひとまず修善寺の井野宅へ向かった。

坂を下る途中、地震の際に崖崩れがあったという場所を覗《のぞ》いてみた。危険個所を避けるためのトンネルが出来て、すでに当時の道は草が生い繁る廃道になっていた。前に通ったときには、廃道があることには気がつかなかったほど、雑草や藪《やぶ》に覆われてしまっている。その意味からいうと、たしかに「失われた道」にちがいない。しかし、だからどうなのか――と、いくら考えても答えは出てきそうになかった。

井野は自宅にいた。ちょうど尺八を吹いていたところだが、浅見の車が前に停まるのを見て、片付けてしまった。

「せっかくですから、聴かせていただきたかったですねぇ」

「いやいや、とてもお聴かせできるような代物《しろもの》ではない。まあ、あと三年……などと言っていると、死んでしまいますかなあ」

井野は屈託《くったく》なく笑った。

「で、昨日の虚無僧のことは、分かりましたか？」

「ええ、おかげさまで土産物店のおばさんに、話を聞くことができました」

浅見は虚無僧が旭滝まで行ったらしいことなどを話した。

「しかし、その虚無僧はどうやら、羽田さんではないらしいのです。羽田さんの死亡時刻は、午後一時から三時ごろですから」

「そうでしょうなあ。いや、その人が羽田君だとは考えられません。もし羽田君なら、修善寺まで来て、私の家に寄らないで帰るはずがない。そういう水臭いことはしない人ですよ、羽田君は」

「そうそう」と、浅見はふと思いついたように言った。

「羽田さんはああいうことをしていたわりには、不思議なくらい温厚な人物だったのですねえ」

「は?……」

井野はちょっとびっくりした。浅見がそのことを「知っている」のが意外だった様子だ。

「そう、ですな、たしかに」

沈痛な表情になって、嘆かわしそうに首を振った。

「しかし、羽田君としては、何も好き好んで監督官になったわけではない。あの時代は、自分の意志にはお構いなく、ああいう立場に立たされたものです」

「はあ……」

さり気なく頷きながら、浅見は「監督官」という言葉がどういう意味なのか、あれこれ思い巡らしてみた。しかし、そのイメージがまったく浮かんでこない。だが、その解答は井野自身が語ってくれた。

「それはたしかに、羽田君も、心ならずもかなり乱暴なことはしましたよ。当時は若い男は、私みたいな病弱のヒョロヒョロした者を除《のぞ》くと、ほとんど兵隊に引っ張られて、極端な労働力不足でしてね、朝鮮や中国から連れて来られた人たちを、劣悪な環境で働かせていました。この辺の鉱山《ヤマ》はどこを掘っても温泉が出るくらいで、坑道の中は蒸《む》し風呂《ぶろ》――というより、灼熱《しやくねつ》地獄ですよ。そこへもってきて、ほとんどがにわか仕込みの穴掘り人夫ですからね、能率は悪いし、ヘマはやらかす、事故は多い。上のほうからは、やいのやいの増産の号令がかかる。管理している連中も、いいかげん頭がおかしくなりますよ。羽田君のような軍需省から派遣された監督官ばかりでなく、一般の民間人であるわれわれだって、労働者をずいぶん殴《なぐ》りましたが、好きでそうしたわけじゃない。殴った手の痛みは、半世紀経ったいまでも残っているような気がしますからね」

井野は皺だらけに萎《しぼ》んでしまった握り拳《こぶし》をつくづく眺めた。浅見は、さっき谷沢に摑まれた腕の痛みを思い出した。そして、どんな理由があろうとも、殴った側よりも殴られた側の痛みのほうが、どれほど大きかったかを思った。

「しかし、羽田君はまだしも人望のあるほうでした。まだ若かったし、監督官といっても見習いのようなもので、責任ある地位にいたわけでなかったせいもありますがね。だから、終戦後、上の連中がさっさと逃げちまった中で、一人だけ残っても、仕返しをされることもなかったのです」

「仕返しがあったのですか？」

「ああ、ありましたよ、仕返しがね。終戦のドサクサの中で殺された人もいる。なにしろ、敗戦と同時に、価値観がひっくり返ってしまったのですからな。昨日までの支配者は、力を失って、犯罪人になりかねない世の中になったのです。私らはさほどでもなかったが、監督官の中には、ずいぶんひどいヤツもいましたからね、いままで虐《しいた》げられていた人々の憎悪は、彼らにとって、さぞかし恐ろしかったでしょうなあ」

「それじゃ、いまでも、当時のことを恨んでいる人がいるのでしょうか？」

「えっ、いませんよ、そんな人。半世紀も昔の……まさか浅見さん、あなた、それを恨んだ人間が羽田君を殺したとか、そんなことを考えているのですか？」

「はあ、単に可能性としてだけですが」

「可能性も何も……いくらなんでも、そんな……」

井野は悲しそうに顔をしかめた。

「ところで、井野さんが言われたように、戦争が終わった直後、労働者の中には、仕返しをしようという動きがあったことは事実なのでしょう？　それなのに、羽田さんはなぜ逃げなかったのですか？」

「それは命令ですよ」

「命令？」

「そうです、上司の命令です。というより、たぶん軍の指令だったと思いますがね。終戦の詔勅《しょうちょく》が出たといっても、軍部には数日間は本土決戦を唱《とな》える空気が強かったのです。ことに、伊豆半島は要塞《ようさい》を造るには適した地形で、金山の坑道なんかも、一旦緩急《いったんかんきゅう》あれば敵の上陸に備える要塞に早変わりすることになっていたんじゃないですか。それに、金そのものの管理もあったでしょうしねえ。だから、誰かが踏み止《とど》まらなければならなかった。羽田君はいうなれば、その捨て石にされたのです。いや、彼自身、それを望んだフシもありますがね」

「望んだ――ですか？」

「そう、羽田君は忠君愛国思想の権化《ごんげ》みたいな、生真面目《きまじめ》なところがありましてね。悠久の大義といったようなことをしきりに言っていました。国のために殉《じゅん》ずるつもりでいたのでしょう」

「戦争は終わったというのに、ですか？」

「終戦後も戦いつづけた兵隊は沢山《たくさん》いましたよ。グアムの横井《よこい》さんみたいに何十年も戦った人もいたくらいです。羽田君もそのつもりだったのじゃないですか。しばらくのあいだ、鉱山の坑道から出てこなかったみたいですからな」

「鉱山というと、持越のですか?」

「いや、当時は土肥にいたのだと思います。この付近には、持越以外にも、土肥、船原、修善寺、猫越《ねっこ》、といった具合に、いたるところに坑道が掘られていて、そのすべてが軍需省の管轄下にありました。中には複数のヤマが秘密の通路で結ばれていたという噂《うわさ》もあります。噂といえば、米軍の接収を恐れて、坑道を爆破したとか、膨大な金のインゴットが隠匿されているとか、いろいろな噂が飛んだものですよ」

「隠匿……」

浅見は瞬間、藤田編集長が言っていた、青梅の埋蔵金伝説を連想した。

「そんなものがあったのですか?」

「は? いや、単なる噂、デマですよ」

井野は浅見の食い入るような視線に、当惑したように苦笑して、手を振った。

「終戦当時はいろいろなデマが飛び交いましたからなあ。若い女は占領軍の餌食《えじき》になるので、すべて男装しなければならないとか、男は子供にいたるまで虐殺されるとか。いま考えるとばかげたデマに怯《おび》えたものです。鎌倉時代じゃあるまいしねえ……とはいっても、終戦直後は目茶苦茶でしたから、かなりひどいことがあったかもしれません」

井野は遠い日々を回想するように、窓の外を見た。その視線の先を追えば、年月が覆い隠してきた、日本の暗く悲しい過去が見えるような気がした。

「それで結局、羽田さんは終戦後も伊豆に残って、ずっと鉱山の仕事に従事することになったのですね」

「そうです。羽田君は出身は新潟だが、学生時代、東京に下宿していて、終戦後は東京に戻るつもりだったようです。しかし、東京はご存じのとおり、焼け野原だったし、いまさら郷里の佐渡に帰る気にもならなかったのじゃないですかな」

「佐渡……羽田さんの故郷は佐渡だったのですか？」

「そうですよ、佐渡です。いまでこそ観光のメッカですが、昔は自然はきびしいし、暮し向きも楽じゃなかったそうです。それと、奥さんのこともあって、伊豆に住むことにしたのだと思いますがね」

（佐渡――）と、浅見は胸のうちで反芻《はんすう》した。青梅――佐渡――土肥は、大久保長安が辿った軌跡である。偶然とはいえ、羽田栄三が大久保長安と同じ土地に足跡を印《しる》したことに、浅見は因縁《いんねん》めいたものを感じないわけにいかなかった。

羽田が土肥の金鉱山に従事したのは、佐渡の出身であることと、無縁ではないのかもしれない。それにしても、大久保長安が栄達の道を歩む出発点であった青梅が、羽田の終《しゅう》焉《えん》の地となったのは、天の配剤というには、なんとも皮肉すぎる。

「羽田さんの奥さんは、やはり修善寺の生まれですか?」

浅見は自分の意識から離れるように、訊いた。

「いや、奥さんは沼津の出ですよ。沼津御用邸近くのお寺の娘さんで、若いころはきれいな人でした。羽田君はそのお寺に座禅をしに出かけて、悟りを得る代わりに奥さんを得たのです。戦争が終わってしだいに世の中が落ち着いてきたころでした。たしか、羽田君が尺八をやるようになったのも、そのころじゃなかったですかな」

浅見にとっては、はるか歴史の彼方《かなた》のような時代である。その時代に息づいていた「青春」に想いを馳《は》せようとして、浅見はふっと、いままさに青春の真《ま》っ只中《ただなか》にいる羽田の孫娘を思い浮かべた。

第五章　鎌倉《かまくら》街道の謎《なぞ》

1

朝、目が覚めて、ぼんやりと昨日の出来事を思い返していて、ふいに記子は心臓にトクンと波立ち騒ぐものを感じた。「やだ……」と思った。「まさか……」と打ち消してもみた。もういちど眠ろうと、目を閉じると、網膜にあの男の面影が映《うつ》って、慌てて目を見開いた。

（どうしちゃったっていうのよ――）

ほとんど呆れる思いで自分を罵《ののし》ってから、記子は老婆のように、物憂《ものう》げに、ベッドを抜け出した。

デスクの上にあの男の名刺が載《の》っている。

「浅見光彦、か……」

声を出して読んで、記子はまた心臓に小さなショックを感じた。自分の中に巣くう小悪魔のようなものが、コントロールが利《き》かなくなって走りだしそうだ。

ことし——二十歳の夏は、何もかもが狂ってしまった。祖父があんなことになって、それ自体もたいへんだけれど、夏のプランが全部ご破算。いまごろは大学のみんなと北海道にいるはずなのに、祖父の死の真相を求めて、クソ暑い伊豆をウロついているなんて、考えれば考えるほど信じられない。

それにしても大学の友人たちの、なんと冷たいことか。ボーイフレンドの一人ぐらいは、記子の不幸に殉《じゅん》じて、東京に残ってくれるかと期待したのに、祖父の葬式にも誰一人として顔も出さず、さっさと北海道へ行ってしまった。

(そこへゆくと——)と記子は、また例の名刺を見下ろした。

あの浅見という人は、どういう性格をしているのだろう?

なぜ事件に首を突っ込むのか?——と訊くと、好奇心だとか趣味だとか、ひどく露悪的なことを言っているけれど、それを鵜《う》呑みにするほど、記子は単純ではない。あれは照れ隠しにそう言っているだけで、本音の部分には、何かは知らないが、彼を突き動かしている情熱みたいなものがあるにちがいないと思う。でなければ、ビタ一文にもならないのに、炎天下、ガソリン代と高速料金を払って、ノコノコ出掛けて行くはずがない。

世の中には変わった人がいるものだ——と、記子はつくづく思った。少なくとも、記子の知っている男どもの中には、あの手の人間はかつてなかった。いや、いまどき、どこを探したって、あんな不条理な生き方をする人間なんか、いるはずがない。無償の行為だからといって、ボランティアともちょっと違う。自分のしている行為が、崇高《すうこう》なものであるとか、世のため人のためであるなどとは、これっぽっちも思っていない顔だ。むしろ、よからぬいたずらをしているような、負い目のあるところさえ感じさせる。

ソアラのローンを払うのに汲々《きゅうきゅう》としているって言っていたけど、あれじゃ当分、嫁のなり手はないわね——と思って、記子はまたしても、心臓にツンとくる痛みを覚えた。

リビングへ出る前に祖母の幹子を見舞った。幹子は寝たきりというわけではないが、外出は一切しない。壁に祖父の大きな写真を飾った部屋で、日がなぼんやり、古い手紙や写真を整理していることが多い。まるで、死への旅立ちを準備しているようで、記子はいやだった。

「きのう、伊豆へ行ってきたの」

わざと威勢よく言うと、幹子は懐かしそうな目を記子に向けて、「わたしも行きたかったわねえ」と言った。

「井野さんていう、元の工場長さんにも会ってきたわ」

「そうかい、井野さんに会ったかい。お元気だった？」

「うん、お祖父《じい》さんより一つか二つ歳上《とし》なんですって？　まだ若々しい感じ」

「お祖父さんだって……」

対抗するように言いかけて、幹子はふっと黙った。もう涙ぐんでいる。

「ねえお祖母《ばあ》さん、お祖父さんが言っていた『失われた道』っていうの、あれは何だったのか、まだ分からない？」

「ああ、分からないわねえ。鎌倉街道のことなのかしら。頼家公のことから思いついたとか言ってらしたし」

「頼家っていえば、修善寺で面白い発見があったのだけど、お祖母さんは旭滝って知っている？」

「知ってるわよ。滝源寺っていう虚無僧寺の跡のところにある滝だわね。お祖父さんに二、三度、連れて行ってもらったことがありましたよ。小さいけど、風情《ふぜい》のある滝」

「その滝を登って、真っ直ぐ行って、山の向こうへ下りると、源頼家の墓に出るの」

「ふーん、そうなの……だけど、あの滝を登る道なんてあったかしら？」

「ううん、道はないけど、もしも登ればっていうこと」

「そうでしょう、なかったはずですもの。そういえば、あの滝の前で、お祖父さんがお仲間と尺八の合奏をしたことがあったたわ。お祖父さんが先生で……」

幹子の天井を見上げる目が、まるで夢見るように虚《うつ》ろになった。

「あれは春の、穏《おだ》やかな日で、桜がきれいだったわねえ……」

「そのとき吹いた曲だけど」

記子は緊張しながら、訊いた。

「もしかして、滝落之曲じゃない？」

「ええ、そうだわよ。あら、よく分かるわねえ？」

幹子は不思議そうに、孫娘を見つめた。

「だって、滝落之曲っていうのは、滝源寺のお坊さんが作った曲で、お祖父さんがお得意だったのじゃない？」

「そう、ほんとによく知っていること」

「門前の小僧よ。でも、お祖父さんは滝落之曲を吹かない主義だったわ。あれはどうしてなのかしら？」

「ああ、それには理由があるのよ」

「えっ、理由？　どういう？」

記子は驚いた。

「お祖父さんが滝落之曲を教えていた、西戸周平《しゅうへい》さんていう、一番弟子みたいな方が亡くなってね、それ以来、お祖父さんはプッツリ滝落之曲を吹かなくなったのよ」

「亡くなった?」

「そう、事故でね。ほんとにお気の毒だったわねえ。西戸さん、真面目で、いい方だったのに」

「事故って、交通事故?」

「いいえ、地震ですよ地震。大きな土砂崩れがあって、埋まったのね」

「えっ、じゃあ、持越の精錬所であった土砂崩れで?」

記子は驚いたが、幹子のほうもそれに劣《おと》らず仰天した。

「あなたはよくまあ、何でも知っている子ねえ。どうしたの、いったい?」

訊き返されて、記子はとっさに嘘をつくことにした。役場まで行って調べたとは言いにくい。

「井野さんに聞いたのよ。地震で二人亡くなって、一人の遺体はとうとう出なかったっていうこと。その人なんでしょう?」

「そうですよ……」

幹子はいやな記憶を蘇《よみがえ》らせた記子を、恨《うら》めしそうに見て、「もう思い出したくないことだわねえ」と布団に横になった。

「でも、その人――西戸さんが亡くなったからって、なにもお祖父さんが滝落之曲を吹かないなんて、そんな遠慮する必要はないんじゃないかしらねえ。井野さんも言ってたけど、お祖父さんの滝落はとてもすばらしかったって。そうなんでしょう？」

「ええ、それは誰に聞いても、みなさん、上手《じょうず》だっておっしゃったけれど、当のお祖父さんが吹きたくないと言うのだから、仕方がないでしょうに」

幹子はどことなく、開き直ったような言い方をして、記子に背中を向けた。

「ねえ、お祖父さんと西戸さんのあいだに、何かあったんじゃないかしら？」

「何かって、何？」

「たとえば、何か借りがあるとか」

「借りなんてありませんよ。お祖父さんは借金が何よりも嫌いだった人だもの」

「借りっていったって、お金とはかぎらないわ。精神的なものかもしれないし」

「精神的なもの？……何なの、それは？」

「分からないけど、たとえば、うんと叱ったりして、気まずい思いをしたまま、死なれちゃったとか」

「お祖父さんは部下を叱ったりしませんよ。そういうことをしない主義でした」

「でも、滝落之曲を教えていて、下手《へた》だとかなんだとか、けなしすぎて、後悔する気持ちがあったかもしれないわ」

「ありませんよ、そんなこと」

幹子は向こうを向いたまま、うるさそうに手を振った。その仕種《しぐさ》に、記子はかえって何か、祖父の側に負い目があったことを疑わせるものを感じた。

幹子は黙ったが、記子としては、このままでは立ち去りにくい気分だった。

「じゃあ、何だったのかなあ？……」

未練たらしく、呟いた。

しばらく沈黙の時が流れた。

「ちょっと、妙なことがあったわ」

幹子がくぐもった声で言った。いかにも気が重そうな、言いたくないことを、仕方なく口にする気配があった。

記子は問い返さずに、祖母が言葉を繋ぐのをじっと待った。

「お正月に西戸さんがいらして、とても憤慨《ふんがい》していたのよ」

「お正月？」

記子はことしの正月を思い浮かべて、すぐに、そんなはずのないことに気づいた。

「お正月って、伊豆にいたころの？」

「そうですよ、伊豆の最後のお正月だわね。ほかに何人もお客さんが見えてらしたのに、なんだか西戸さん、最初から機嫌が悪くて、お祖父さんをお台所のほうに呼んで、ヒソヒソと話し込んでは、ときどき大声を上げていたわ」

「その人、何を怒ってたの?」

「鉱山が閉山になるっていう時期だったから、そのことに反対してだったと思うけど。それはギマンですとか、坂崎さんの言いなりにはならないとか、強い口調で言って、お祖父さんをずいぶん手こずらせていましたよ」

「坂崎さんて、坂崎社長のこと?」

「そうよ、そのころは天城鉱業は、中央電子化学に合併されてはいなくてね。坂崎さんもまだ専務さんだったかしら」

「坂崎さんが何をしたっていうの?」

「はっきりは分からないけど、坂崎さんが独断で閉山の方針をお決めになったのじゃないかしらね。そのころからもう天城鉱業に強い発言力を持っていたのでしょうね。でも、西戸さんがあんまりしつこく言うものだから、しまいには、お祖父さんも腹に据《す》えかねたのか、そんなことを言って、どうなっても知らんぞって、怒ってらしたけど」

「どうなってもって——それ、どういう意味なの?」

「それはあれでしょうに、クビになるとか、そういう意味でしょうに」

「それだけかしら？　だって、鉱山が閉鎖されたら、いやでもおうでも解雇されちゃうんでしょう？」

「そんなことはないわよ。ほかのお仕事に就くようになるはずでしたもの」

「でも私は違うと思う」

記子の強い口調に、幹子は驚いた目を孫に向けた。

「じゃあ、何なの？　記子はほかにどういう意味があるって言うの？」

「たとえば……」

記子は「殺されるとか」と言いたかったのだが、さすがにそれは口には出せない。

「いいわ、なんだかよく分からないけど。とにかくお祖父さんは西戸さんと喧嘩したってわけね。それでもって西戸さんが事故で亡くなっちゃったもんで、寝覚めが悪くて、それで西戸さんが好きだった滝落之曲を吹くのをやめちゃったのかもね」

「喧嘩じゃありませんよ。わたしが言ったのは、西戸さんが、むやみに憤慨してらしたってこと。お祖父さんが西戸さんに詫《わ》びなければならないことなんて、これっぽっちもありませんよ。第一、閉山のことに関しては、お祖父さんには何の責任もないことよ」

祖母の言葉には、明らかに、余計な話をしてしまった——という後悔の想いが滲んでいた。

　会話が途切れたので、記子はぼんやり、祖母が整理している書簡類を眺めた。日記や手帳類もかなりの量、ある。

「ねえ、それ整理して、どうするの？」

「え？　ああ、これね」

　幹子は振り返って、書簡の束《たば》を押さえるようにして、

「もしかすると、お祖父さんの残した記録をまとめて、本にするかもしれない」

「本に？　出版するわけ？」

「ええ、お祖父さんの伊豆での三十五年間を、一冊の本にしたらどうかって、そう勧《すす》めてくださる方がいらっしゃるのよ」

「ふーん、誰なの、それ？」

「誰って、いろんな方。社長さんだって、そうおっしゃってましたよ」

「坂崎社長が？」

「ええ、本にする費用も、全部会社で負担してくださるんですって。ありがたいことだわねえ」

「ほんとね、もし実現すれば、ほんとにすばらしいわ」

記子は心から祖母のために喜んだ。祖父の歴史は祖母の歴史でもあるのだから、こんなにいい話はない。

「私もお手伝いしようか、どうせ夏休みの予定は全部パーになっちゃったんだし」

「いいのよ、わたし一人でのんびりやるから。手が欲しいときは、会社の人が来てくれることになっているし」

「だけど、あんまりのんびりしてたら、価値が薄れてしまうわよ。お祖父さんの存在が記憶の中から薄れてしまうみたいに」

「悲しいことを言わないでちょうだい」

幹子はふっと脇を向いた。

「あ、ごめんなさい」

デリカシーに欠けることを言ったものだ——と、記子は自分を叱った。

「でも、もし手が欲しいときは、会社の人なんかじゃなくて、私に言ってね。そのほうがお祖父さんだって嬉しいはずだし」

「ええ、そうしますよ。あなたの気持ちはわたしだって嬉しいのだもの」

幹子はかえって記子を慰めるような、優しい口調でそう言った。

リビングに行くと、両親がコーヒーを入れたところだった。記子も自分の分を入れながら、祖父の本の話をした。

「ふーん、そんな本を出すのか」

両親はそのことを知らなかったらしい。一昭は浮かない顔で訊いた。

「うん、坂崎社長もぜひにって、勧めてくれてるみたいよ。出版の費用は会社が負担してくれるんですって」

「どんな本にするつもりかな」

「それはあれでしょう、お祖父さんの回顧録みたいなものじゃない？」

「回顧録っていったって、当の親父《おやじ》が亡くなっちゃったんだから、ほかの人間が書くことになるのだろう？」

「まあそうなるでしょうね」

「誰がどうやって書くつもりだ？」

「そんなこと知らないけど……お祖父さんが残した日記だとか、書簡だとか、メモみたいなものをお祖母さんが整理してたから、そういうものを元にして、フリーライターが執筆してくれるのじゃないかしら」

「フリーライターって、このあいだ来た浅見とかいう、ああいう連中か？」

「ああ……」

記子はドキリとして、「そうね、そうなのかもね」と呟いた。

「私は賛成しないな、そんなもの」

一昭は苦い顔で、鬱陶《うっとう》しそうに首を横に振った。

「あらどうして？　お祖父さんの歴史を記録に残すって、すてきなことだと思うけど」

「何がすてきなものか。大臣になったわけでもない人間の歴史なんか」

「大臣になれば立派っていうわけのものじゃないわ。平凡な一市民の目で、ひとつの時代を見つめてきた――そういう記録だって立派なものだわ。それに、パパが反対するなんて変よ、信じられない。お祖父さんはパパのパパじゃないの。むしろ喜ぶのが当然だと思うけど」

「ん？……いや、私だって喜ばないわけではないさ。ただ、そうやって、親父やこの家のプライベートなことを、人様《ひとさま》にさらけ出すってことがだな……」

「それはこっちでチェックして、具合の悪いものは除《のぞ》けばいいことだわ」

「それじゃ、結果として、きれいごとばかりを並べたてたような、自画自賛《じがじさん》のみっともないものになりはしないか。記子の言うような、ひとつの時代を見つめてきたとか、そんなものは出来っこない」

「そんなふうに決めつけないで。どういう本にするのかは、これからの作業しだいじゃないの。私だって、及ばずながら協力するつもりよ。そんな、パパみたいにケチをつけるようなことを言ったら、お祖母さんがかわいそうじゃないの。ねえ、ママ」

母親の良美《よしみ》は、ふいに記子に意見を求められて、当惑げに、「さあねえ、どうかしら」と、ただ微笑《ほほえ》んでみせた。

2

伊豆から戻った次の日、浅見は目黒にある防衛庁戦史資料室を訪ねた。「軍需省と金鉱山の関係」について調べるのが目的である。むろん「軍需省」そのものについても、浅見には何の知識もなかった。戦前戦中の日本には、現在の政治行政組織にはない、機構や官庁がいろいろあったものらしい。「内務省」だとか、「大政翼賛会《たいせいよくさんかい》」などといった名称には、いかにも国家統制色の強い時代をほうふつさせるニュアンスがある。

調べてみて、浅見にはまったく意外だったのは、戦争の激化と金の需要とは、完全に反比例していたことだ。

常識的に考えると、戦争が激しくなればなるほど、金の需要が増加し、増産に拍車がかかりそうな感じがする。現に、伊豆の金山の話をした井野も、朝鮮や大陸から強制連行されてきた労働者が、増産増産でハッパをかけられていたと語った。

ところが、太平洋戦争当時の年次別生産量の変化を見ると、これがまったく逆であることが明らかであった。

たとえば、昭和十七年から二十年にかけての日本内地における金の生産量は、概《おおむ》ね次のようになっている。

昭和十七年　二三九一五キロ
昭和十八年　一四六五キロ
昭和十九年　五五五三キロ
昭和二十年　一八六四キロ

つまり、この四年間にしぼって見ただけでも、最高と最低とでは、およそ十数倍の開きがあることになる。

まさに意外としか思えないのだが、理由を調べると、なるほどと頷ける。要するに、金は貿易のための国際的な流通貨幣としての需要が第一で、貿易がほとんどゼロに等しい戦時下においては、金銀などは無用の長物《ちょうぶつ》、それよりも、むしろ銅や亜鉛などのほうが、はるかに貴重なのであった。

銅は金とともに産出されるケースが多い。土肥金山でもむろん銅を産出していた。したがって、労働者は、実際には銅の増産に駆《か》り出されていたのかもしれないのだが、それにしては、井野の口振りの中に、その印象はまったく感じ取れなかった。

（もし？——）と、浅見は、あたかも悪魔の囁きのように自問してみた。

もしも、金の産出量が昭和十七年のペースを維持していたとしたら——。

仮にそんなことが行なわれていたとすると、実際に産出していた量と、公式発表された量との差は膨大《ぼうだい》なものになる。

（その公式数字に表われない金はどうなってしまったのか？——）

仮定のことだと承知していながら、浅見は自分の投げかけた疑惑に興奮を覚えた。仮定ではあっても、大久保長安の埋蔵金伝説より、このほうがまだしも真実味がある。

戦時中、日本の金山は軍需省鉱山局の管理下に置かれていた。土肥をはじめとする伊豆の金鉱山は、国内では有数の優良鉱だから、軍需省の管理はとくにきびしいものがあったと考えられる。井野の言っていた「監督官」が派遣され、苛酷《かこく》な労働環境にあったことは、推察に難《かた》くない。そして、羽田栄三はその監督官の一人だったのだ。

資料の中には、もう一つ驚くべき発見があった。昭和十七年当時、日本中の金鉱山の中で、掘進延長——つまり坑道の長さがもっとも長いのは、北海道鴻《こう》ノ舞《まい》鉱山の一七七〇〇メートルだが、第二位は土肥金山の八六四〇メートルなのである。広大な北海道ならともかく、いったい、西伊豆のあの狭い場所のどこに、それほどのスペースがあるのか、信じられない気がする。このことは土肥金山がいかに優良鉱であったか、いかに重要であったかを物語っているにちがいない。

浅見の脳裏には、伊豆で見聞してきたさまざまな事実やデータが、ゴッチャになって浮かび、消え、浮かび、消え――した。

カオスのような、その混乱したデータに、もうひとつ、「金の産出量」という、古く、かつ新しいデータがインプットされたことによって、いままで朦朧《もうろう》としていたものが、急にその形をはっきりさせてきそうな予感があった。

戦史資料室を出ると、浅見は渋谷《しぶや》の紀伊國屋《きのくにや》書店に寄って、鎌倉街道に関する資料を探した。

鎌倉街道については、観光ガイドブックを含めて、かなりの出版物がある。その中から「有峰《ゆうほう》書店新社」というところで出している『鎌倉街道』(四分冊)がもっとも分かり易《やす》く、詳しそうでもあった。ただし一五〇〇円の本を四冊も買うのは、この際、居候風情にはぜいたくすぎる。

四分冊は〔1、歴史編〕〔2、3、実地調査・史跡編〕〔4、古道探訪編〕から成っている。立ち読みする気はなかったが、四冊のうちのどれにしようか――と、何度も引っ繰り返して迷っていると、いきなり「浅見さん」と背中を叩かれた。羽田記子の笑った顔が、鼻先がくっつきそうな至近距離に迫っていた。

「やあ、きみ」

「浅見さんも鎌倉街道ですか?」

記子は浅見の手にした本を指差した。

「ああ……ということは、きみも?」

「ええ、いま店員さんに聞いてきたところ。でも浅見さんが買っちゃうんなら、私はやめます。浅見さんみたいにリッチじゃないですからね」

「そうね、無駄な出費はしないほうがいい」と言ったが、行き掛かり上、リッチな浅見としては、結局、四分冊全部を買い込む羽目《はめ》になった。おまけに、このまま別れるわけにもいかないので、フランセでコーヒーを——ということになった。

「祖父の本を出すことになったんです」

記子は勢い込むような口調で言った。そのことがよほど嬉しいらしい。浅見が相槌《あいづち》を打つひまもないほどの早口で、その経緯を説明した。

「それはいいなあ」

「でしょう? だのに、父はあまり乗り気でないっていうか、反対みたいなことを言うんですよ。自慢できるようなものじゃないとか、プライバシーを他人に覗かれるのがいやだとか、それから……」

言い淀《よど》んでから、「どうせフリーライターが書くのだろうとか」

「ははは、その前に、僕みたいな——とおっしゃったのでしょう」

「あら、どうして分かるんですか？」

「えっ、じゃあ、ほんとにそう言ったの？　参ったなあ……」

二人は「あははは」と笑い合った。

「しかし、冗談はともかく、そういう記録を残すのは、たとえ一市民のものであっても、悪いことじゃないですよ」

「そうですよねえ。そうだわ、ほんとに浅見さんに書いていただいたらいいのかもしれないわ。ね、浅見さんの原稿料って高いんですか？　いくらぐらいなんですか？」

「ははは……」と、浅見は空疎《くうそ》に笑っただけで、答えなかった。こういう会話を、あの藤田編集長に聞かせてやりたい。まったく、もの書きの原稿料の安さといったら、お話にならないくらいなものだ。浅見もその一人だが、例の軽井沢のセンセによれば、文芸作家でも、四百字詰め原稿用紙にビッシリ書いて、一枚二、三千円などという作家がザラにいるらしい。五十枚の（珠玉の）短編小説がたった十万円である。月に短編一作では餓死してしまう。

作家協会が各出版社に対して、原稿料値上げの申し入れを行なったところ、どの社もけんもほろろの回答だったそうだ。

「編集者なんてやつらは、自分の給料アップには熱心なくせに、作家が餓死しようが、夜逃げしようが、首をくくろうが知ったことじゃないんだ。文化国家日本だなどといったところで、実態はこんなもんだよ、きみ」

軽井沢のセンセはしきりに憤慨していた。まあ、あのセンセの原稿なら二千円でもいいかな——とも思うが、わが身のこととなると、やはり浅見としても切実な問題だ。

「ライターについては、会社のほうにも心積もりがあると思うけど、お手伝いぐらいならできますよ。それに、どういう資料があるのか、ぜひ拝見したいな」

むしろそのほうに浅見は関心があった。

「そうですね、それ、いちど見てください。どれとどれを採《と》り入れるのがいいのか……祖母が整理しているんですけど、一つ一つごとにしんみり考え込んだりしちゃって、ちっとも捗《はかど》らないみたいなんです」

「分かりますよ、その気持ち」

浅見は静かに頷いた。

羽田記子を新玉川線へ行く階段まで送った。「さよなら」と笑顔で言ってから、記子は少し真顔になって、「よかった、浅見さんと出会えて」と言い、スカートの裾《すそ》を翻して走って行った。

帰宅するとすぐ、浅見は「鎌倉街道」に没頭した。

鎌倉街道とは、ひと口にいえば「源頼朝が鎌倉に拠《よ》って以来、関東や諸国の武士団が鎌倉に到る道に名づけた通称」であった。そのほとんどは、長い歳月の中で、失われていった。洪水や山崩れで埋まった道もあるだろうし、ほかに主要道が出来たことによって、自然に消えたものも多いだろう。それでも、現在もなお、断片的にその面影を止《とど》め、生きた道として使用され、「鎌倉街道」の名で呼ばれているものもある。

鎌倉にはいわゆる「七ツ口」というのがある。三方を山に囲まれた鎌倉は、外部に出るには「切り通し」と呼ばれる道を通らなければならない。極楽寺《ごくらくじ》坂口、大仏《だいぶつ》坂口、化粧《けわい》坂口、亀ケ谷《かめがやつ》坂《ざか》口、巨福呂《こぶくろ》坂口、朝比奈《あさひな》坂口、名越《なごえ》坂口、以上の七つの切り通しの道が「七ツ口」である。

発生学的にいえば、これらの切所《せっしょ》から各地へ通じる道が、すべて鎌倉街道——ということになるが、主要路として繁用《はんよう》され、後世にまで定着したのが次の四街道であった。

東海道（京鎌倉往還）――京都への道
鎌倉街道上ノ道――武蔵府中《むさしふちゅう》～高崎《たかさき》方面
同　中ノ道――二俣川《ふたまたがわ》～古河《こが》方面
同　下ノ道――鶴見《つるみ》～石岡《いしおか》方面

そして、上ノ道には本道とはべつに、神奈川県の鶴間《つるま》で分岐し、八王子・秩父《ちちぶ》を経て高崎へ到る「山の根」の鎌倉街道があった。

それぞれの道について、本の中におおまかな地図が出ていた。その地図に示された地名を辿《たど》っていて、浅見は驚くべき発見をした。上ノ道の別ルートである「山の根」の鎌倉街道というのが、八王子から高崎へ抜ける途中、なんと、青梅を通過するのである。

さらに読み進めていくうちに、浅見は本の中に、次のような記述があるのを発見して、思わず「あっ」と声を発した。

――（八王子から）秋川を越えた鎌倉道は、平井《ひらい》の伊奈《いな》を過ぎ、梅ケ谷峠を越えて、多摩川の上流が深い渓谷を刻む青梅市西方の二俣尾《ふたまたお》に至る。――

まさに、羽田栄三が死んでいた梅ケ谷峠は鎌倉街道そのものであったのだ。

浅見は驚きと感動の中で、青梅の山下善十郎老人が言っていた言葉を思い出した。

――（当時は）青梅街道はおろか、江戸へ通じる道なんかなかった。それ以前に青梅から甲州へ行くには、梅ケ谷峠を越えていったん八王子に出て——

そうなのだ、山下老人が言っていたとおり、江戸幕府が開かれる前の、草深い武蔵野に刻《きざ》まれた道こそ、鎌倉街道にほかならなかったのだ。いまにして思えば、もっと早く、気がついていなければならないことではあった。

浅見は「ふーっ」と吐息をついた。

——鎌倉街道のことを考えていて、失われた道のことを思いついた——

羽田栄三は、事件に巻き込まれる直前といっていい時期に、妻にそう言ったという。その言葉の意味が、これまでまったく分からなかったのだが、その鎌倉街道で羽田栄三は死んでいたのだ。これは大発見というべきものかもしれないが、さりとて、この事実を、いったいどう解釈すればいいのだろうか?

鎌倉街道——源頼家——失われた道

この三題噺《ばなし》のような三つの言葉から、何を想像し、事件とどう結びつければいいのだろうか?

ドアをノックして、須美子が「坊っちゃま、お電話ですよ」と呼びに来た。

電話——と聞いたとたん、浅見は羽田記子のことを思ったのだが、電話は意外な人物からであった。

受話器の中から「佐瀬です」と、妙にくぐもった男の声がしたとき、浅見は一瞬、相手の素性が分からなかった。

「ああ、土肥金山の……」

すぐに思い出して、「その節はお世話になりました」と挨拶したが、佐瀬は浮かない声で、「じつは、浅見さんにちょっと話したいことがあってですね」と言った。

「はあ」と、浅見は笑いそうになった。話したいことがあるから電話してきたのだろうに——と思った。

「浅見さんは、鎌倉街道のことを言っておられましたね」

「ええ、言いましたが、あれは羽田さんがそう言われたという……」

「そうです、そうです。じつは、そのことで、あれから考えていて、気がついたことがあるのです」

「はあ、何でしょうか？」

浅見は訊きながら、あのときの佐瀬の様子を思い浮かべていた。そういえば、浅見が鎌倉街道の話をしたのは、金山の坑道を出るところであった。ムッとするような外気から、早く建物の中に逃げ込もうと、浅見は足早に急いだが、佐瀬は立ち止まって考え込むようにしていた。

「これは、確かめてみないことには、私の思い過ごしかもしれませんがね。もしできたら、浅見さんにいまいちど、土肥に来ていただきたいのですが」

「いいですよ、行きますよ。ただ、ここ二、三日はちょっと動けないのですが、その後でもいいですか？」

「二、三日……止《や》むを得ません、お待ちしますが、なるべく早くお願いします」

佐瀬は「では」と、最後まで憂鬱《ゆううつ》そうな声であった。こっちまで憂鬱が伝染したような気分で、浅見はバーベルほどの重さを感じながら、受話器を置いた。

そのとき、心配げに眉をひそめ、電話を終えるのを待っている須美子に気づいた。

「坊っちゃま、お客さまですけど」

須美子の浮かない表情から「客」の素性は察しがついた。案の定、谷沢部長刑事と川村刑事の二人連れであった。刑事という人種は、訪問相手の都合をあらかじめ電話で確かめることをしない。

「どーも、どーも」と、谷沢は意味不明の挨拶をして、浅見が「どうぞ」と言うより早く、靴を脱ぎはじめた。

「いかがでしたか、伊豆の捜査では、収穫がありましたか？」

浅見は応接室の椅子に腰を下ろすやいなや、訊いた。こういう場合には先制攻撃こそが、相手の質問攻めを封じる名手である。

「いやあ、だめだめ」と、谷沢は大袈裟《おおげさ》に顔をしかめ、手と首を交互に左右に振った。

「伊豆には何もありませんな。所轄署の案内で、川村君とあっちこっち歩き回ったが、どこの誰に訊いても、羽田さんはいい人だったとか、あんな目に遭うなんて信じられないとか、そんな感想ばっかし。浅見さんが言った滝源寺とかいう寺の跡にも、それから土肥の金山公園にも行ってみたが、べつにどうってことはないじゃないですか。だいたい、羽田さんが伊豆にいたのは十三年も昔のことなんだから、何かあると思うほうがおかしいのじゃないですかな」

骨折り損の草臥《くたび》れ儲《もう》けがよほどこたえたのだろう、谷沢は八つ当たりぎみに言った。

「そういうわけだからして、こうなったら浅見さん、あんたの摑んでいる情報を、ぜひとも聞かせてもらわなきゃなりませんな」

「ははは、なんだか、伊豆の捜査が空振りに終わったのは、僕に責任があるみたいな言い方ですね」

「ん？　あ、いや、そういうわけじゃないですがね。しかしまあ、ほんと、お願いしますよ。どうせ何か、隠していることがあるんでしょう？」

谷沢は刑事特有の探るような目で、浅見の顔を覗き込んだ。

「隠しているだなんて、人聞きが悪いですねえ。それに、おかしいなあ、谷沢さんはあそこの工場の人たちや、元の工場長だった井野さん、それに、土肥金山公園の佐瀬さんなんかには会わなかったのですか？」

「もちろん会って事情聴取をしましたよ。ほかにも、羽田さんが天城湯ケ島町に住んでいたころの知り合いなど、全部で五、六十人の人間から話を聞いてきた」

「五、六十人！……」

「そう、われわれ刑事が出張費を使うとなると、そのくらい働かなきゃならんのです」

谷沢はむしろ誇《ほこ》らしげに言った。

「すごいですねえ、僕なんか、せいぜいその十分の一ぐらいですよ。で、その人たちはどんなふうに言っていたのですか？」

「だから、いまも言ったとおり、羽田さんはいい人だとか、信じられないとか、そういう話ばかりですよ。羽田さんを恨んでいる人間なんて、いるはずがないとかね」

「なるほど……」

浅見は頷いたが、内心、驚き、かつ呆れていた。五、六十人に対する事情聴取というのは、たしかに想像を絶する数字である。しかし、それで成果が上がるとは考えられない。事情聴取といったって、せいぜい、「羽田さんはどういう人でしたか？　羽田さんを恨んでいるような人に心当たりはありませんか?」程度の質問で終わってしまうだろう。そう訊かれて、「誰々が怪しい」などと教えてくれる人は、まず現われないとしたものだ。そもそも、たとえ隣りにドラキュラが住んでいたとしても、気がつかないのが、ごく一般的な市民生活なのである。

警察がもっとも得意とする「ローラー作戦」は、不慣れな捜査員まで大量動員して、特定地域内の住民に、まさにロード・ローラーのように、シラミつぶしに、隈《くま》なく聞いて回る。しかし、捜査員は指示されたとおり、通り一遍《いっぺん》の決まりきった質問をするだけだから、大抵の場合、大した収穫に結びつかないものだ。

「羽田栄三さんが、事件の少し前、奥さんに『鎌倉街道』のことを言っていたというの、ご存じですか?」

浅見は谷沢の愚痴《ぐち》めいた話から離れるように、話題を変えた。

「はあ?　鎌倉街道ですと?　いいや、聞いておりませんが、何ですか、それは?」

谷沢は訊き返したが、浅見の説明を聞いても、べつに興味を抱かない様子だ。

「羽田さんが奥さんに、鎌倉街道だとか、源頼家だとか、えーと、それから失われた道ですか、そんなことを言ったからって、事件とどう関係するんです?」

「じつはですね、羽田さんが死んでいた、あの現場、青梅の梅ケ谷峠のあの道ですが、あれは昔、鎌倉街道だったのですよ」

「えっ……」

今度はさすがに、谷沢もショックだったようだ。絶句したきり、しばらくのあいだ浅見の顔を見つめていた。

「羽田さんが鎌倉街道の話をしていたことと、鎌倉街道で死んでいたこととと、どういう関係があるのか。あるいは関係はなく、単なる偶然の出来事かは分かりませんが、少なくとも興味を持って調べる必要はあると思うのですが」

浅見はずいぶん控えめに言ったつもりだが、谷沢は「ん？　当然です、そんなことは言われなくたって、警察はきちんとやります」と、怒ったような反応を示した。

「しかしですね浅見さん、あの現場が鎌倉街道であってもです、羽田さんが殺害されたのは、まったく別の場所ですぞ」

「それはこれまでの報道で僕も知ってます。現場付近には、争ったような跡がなかったそうですね」

「それだけじゃないのです。被害者が握りしめた拳《こぶし》の中に、植物の葉っぱがあったのだが、その葉っぱを科学捜査研究所で調べたところ、青梅付近にはまったく存在しないものであることが判明したというわけです」

谷沢はようやく警察の威信を回復した――と言わんばかりに、胸を反らせた。

「それはすごい、さすがですねえ」

浅見はオーバーに感嘆してみせてから、その勢いに乗せるように、「それで、その植物は何だったのですか?」と訊いた。

「シャクナゲ……」

思わず答えて、谷沢は（しまった――）という顔になった。

「シャクナゲですか」

なあんだ――という思い入れを見せて、浅見は言った。

「シャクナゲなら、珍しくもないじゃないですか。あの現場は山の北側だし、昼なお暗いようなところだから、たぶんシャクナゲには適さないでしょうが、青梅あたりにも、いくらでもあるんじゃないですか?」

「いや、そう思うのが素人の浅ましさというやつですな。青梅界隈には、あの種のシャクナゲはないのだそうです。シャクナゲっていっても、種類がいろいろあって……まずいな、こういうことは喋っちゃならんことになっているのだが」

谷沢は川村刑事と顔を見合わせた。

「いいじゃないですか。僕は捜査協力者ですよ。それに、谷沢さんとは、おたがいに情報を交換するって、伊豆で約束したじゃないですか」

「いや、自分は情報交換などと言った覚えはないが……しかしまあ、止むを得ないかな。ただし絶対に口外してもらったら困る。よろしいですな」

「もちろんです。たとえ父親といえども、喋ったりはしません」

「ほんとでしょうな、頼みますよ。とにかく、そのシャクナゲが青梅にはないことだけは確かなのです」

「それじゃ、どこにあるのですか?」

「そんなこと……」

谷沢は呆れ顔になった。

「いくら警察が優秀だからって、そこまではまだ分かりませんよ」

それなら何ももったいぶることはない——と浅見は思ったが、相手が警察では、文句も言えない。

谷沢は引き揚げるときまで、口外しないように、しつこく念を押していた。帰りがけに、またしても偶然を装い、雪江が須美子を伴《ともな》って玄関に現われた。

「おや、このあいだの刑事さんですわね。お暑いのに、ご苦労さまですこと」

「あ、どうも、お邪魔しました」

谷沢は片手を上げて挨拶して、ふと思いついたように訊いた。

「ご主人はおられますか？　おられたらご挨拶だけでも……」

「いいえ、つれあいは二十年ほど前に亡くなりましたけれど」

「えっ、亡くなられた……」

谷沢と川村刑事は、啞然《あぜん》として浅見の顔を眺めた。浅見は急いで玄関ドアを開き、二人の客を誘い出した。

「浅見さん、ひどいねえ、親父さんにも喋らないって……」

谷沢は嚙《か》みつきそうな顔をした。

「嘘じゃないでしょう」

浅見は照れ臭そうに、ニヤニヤ笑った。

「そりゃそうだが……」

「そんなことより谷沢さん、ちょっと気になったのですが、土肥金山公園の佐瀬さんですが、何か変わった様子は見られませんでしたか？」

「ん？　佐瀬さんですか？」

谷沢は事情聴取してきた大勢の中から、佐瀬の顔を思い出すのに、しばらく時間がかかった。

「ああ、あの人ねえ……いや、べつに変わった様子はなかったですよ。金山の坑道を案内してくれて、なかなか愛想のいい人だったが……何かあるのですか?」

逆に疑わしそうな目で、ジロリと浅見を見た。もう騙《だま》されない——という目だ。

「いや、あの人は羽田さんのことを、かなりよく知っているみたいでしたから、刑事さんになら何か話したのじゃないかと思ったのですが。やはり何もないのかなあ……」

浅見は首をひねって見せて、「それじゃ」と二人の客に手を上げた。

3

事態が急転回を見せたのは、その二日後のことである。事件そのものも大きく動いたが、浅見家の次男坊にとっても、心配性の須美子の心配が、もろに的中したともいえるような、危機的状況であった。

ことしは異常な冷夏で、そのせいか、まだ昼下がりというのに、庭で珍しくヒグラシが鳴きだした。都会にもまだ情緒は残っていたか——などと感慨に耽《ふけ》ったとき、チャイムの音が聞こえた。まもなく、「坊っちゃま」と、須美子の例の浮かぬ顔が呼びに来た。

谷沢と川村のコンビが、やけに神妙な顔で立っていると思ったら、硬い口調で「恐縮ですが、署までご同行願います」と言った。

「えっ、いますぐですか？　弱ったな、原稿の締め切りなんですが」

嘘ではなかった。今日中に書き上げて、明日は土肥の佐瀬を訪ねなければならない。

「いや、いますぐご同行いただきたい」

これまで培《つちか》ってきたはずの親しみのカケラもない、武骨《ぶこつ》な言い方であった。どうやら只事《ただごと》ではなさそうだ。背後の柱の陰で、須美子が不安げに覗いている。浅見はわざと陽気を装って言った。

「分かりました、じゃあ、すぐに行きましょう。車のキーを取ってきます」

「車は用意してあります」

警察が車を用意してあるというのは、あまり楽しい状況ではない。

（何があったのだろう？——）

浅見は頭を全回転させたが、ここまで不穏な状況になる要素は、何も思い浮かばなかった。まさか父親のことでシャレを言ったのが、法に触れたとも思えない。こうなったら、むしろ、一刻も早く何があったのか知りたくなった。

警察が用意したのは、パトカーではなかった。外見はごくふつうのマイカーだから、世間体からいえば、まだしもこのほうがいいけれど、刑事に捕まった——という実感はむしろ強い。

運転も私服が務めている。助手席が空《あ》いているのに、谷沢と川村は浅見を真ん中にして、後部座席に坐った。逮捕状がないだけで、これではまるで被疑者を連行するのと変わりがない。須美子はこの事態を大奥様には告げずに、一人門の外に出て、坊っちゃまを拉《ら》致《ち》する車を見送っていた。

車が走りだしても、谷沢は黙りこくっている。坂を下りきり、飛鳥山《あすかやま》の前から明治《めいじ》通りへ左折したとき、浅見はしびれを切らせて、訊いた。

「いったい、何があったのですか？」

「この前、浅見さん、佐瀬さんのことを言ってましたな」

谷沢が正面を見据《みす》えたまま、仏頂面《ぶっちょうづら》で言った。瞬間、浅見はひらめくものがあって、

「あっ！」と息を呑んだ。

「じゃあ、死んだんですか？」

「なにっ！……」

谷沢も川村も、いくぶん身を引くようにして、左右から鬼のような顔で浅見を睨んだ。運転の刑事も、反射的に振り返りかけて、慌ててハンドルにしがみついた。

「やっぱりあんたが殺《や》ったのか？」

谷沢が怒鳴った。

「えっ、僕がですか？　まさか……」

浅見は苦笑したが、谷沢の「やっぱり」という発想が、どういうところから出てくるのか、心外ではあった。

「だったら、佐瀬さんが殺されたことを、何で知ってるんだ？」

「知りませんよ。知らないからこそ、亡くなったのかって訊いたのでしょう」

「それは——しかし、それじゃ訊くが、自分が佐瀬さんの名前を言っただけで、なぜ亡くなったなんてことを思いつくんだ？　またほかに考えようがないなんて言うんじゃないだろうな。今回は梅ケ谷峠のときと違って、スリもあれば、詐欺《さぎ》、横領《おうりょう》、放火、私文書偽《ぎ》造《ぞう》、何でも可能性はあるからな。ついでに婦女暴行罪もオマケしてもいい」

「なるほど——」と浅見は感心した。谷沢には刑事としてよりも、雄弁家の才能があるのではないか——と思う。しかもその上に、ユーモアのセンスも悪くない。

「たしかに、佐瀬さんの立場なら、もっと自由に犯罪を選択する余地がありますね。しかし、婦女暴行罪の容疑なんかで、伊豆からはるか遠く離れた青梅署の刑事さんが、僕を連行しに来るとは、残念ながら気がつきませんでした」

谷沢は「ググッ——」と、カエルの鳴くような声を出した。

「まあいい、いずれあんたの化《ば》けの皮が剝《は》がれるだろう。そうなってから、ゆっくり話を聞こうじゃないの」

その「化けの皮」が剝がれたのは、車が池袋《いけぶくろ》を通過してまもなくのことであった。捜査本部から谷沢に電話が入った。運転の刑事から受話器を受け取った谷沢は、「は?」と不満そうに問い返した。

「それはどういうことですか?」

受話器の中から「いいから!――」と怒鳴る声が洩れ出した。文句を言わずに指示されたとおりにしろ――と言っているらしい。

「了解しました、お届けすればよろしいのですね」

捨て台詞《ぜりふ》のように言って、受話器を放り投げるように戻すと、

「Uターンだ。浅見さんをご自宅までお届けしろとさ」

「どういうことですか?」

川村刑事も、谷沢と同じことを訊いた。

「知るかよ。とにかく新田《にった》警部ドノのご命令なのだ」

谷沢は不貞腐《ふてくさ》れて、シートに背中を叩きつけるようにそっくり返り、浅見の横顔を睨みつけた。

「あんた、何者かね?」

「はあ、たぶん浅見光彦だと思いますが」

「そんなことは訊いてない。新田警部と知り合いなのか?」

「新田警部とおっしゃるのは?」

「警視庁捜査一課の警部さんだけどさ。あんたのことを『浅見さん』と呼んでたよ。おまけに、『お届けするように』だと。敬語つきだよ、敬語つき。ついさっきまでは、『浅見って野郎をしょっぴいてこい!』と言ってた警部がだ。何がどうなったのか、さっぱり分からん。あんたと警部とは、いったいどういう関係なんだ?」

「関係はありません。事件と関係がないのと同じ程度にです。新田警部さんはきっと、そのことがお分かりになったのではないでしょうか?」

「ふん、警部がお分かりになっても、お分かりにならねえ馬鹿もいるってことを、忘れないでもらいたいな。いいかね浅見さん、これですべて終わったと思わないことだ」

「そんなこと思いませんよ。終わったどころか、佐瀬さんが殺されたのでしょう? また新たな事件の始まりじゃないですか。今後ともよろしくお願いしますよ」

「やなこった——と言いたいところだが、好むと好まざるとにかかわらず、そういうことになるだろうな。しつこくお付き合い願うことにね」

谷沢部長刑事は「いひひ――」と口を歪《ゆが》めて笑ったが、べつにご機嫌が直ったわけではないらしい。それっきり、浅見家の前まで、ひと言も口をきかなくなった。

（佐瀬が殺された――）

自室に戻ると、浅見はあらためてショッキングなニュースを噛み締めた。一昨日の佐瀬からの電話が耳朶《じだ》に蘇った。陰鬱《いんうつ》なくぐもったような声で、鎌倉街道のことで思いついたことがある――と言っていた。そして、一刻も早く話したいような口振りであった。浅見が「二、三日はちょっと動けない」と言ったときの、落胆した気配が気にはなっていた。せめて、昨日、土肥へ行くべきだった――と浅見は悔いた。

佐瀬はいつ、どんなふうに殺されたのだろう？――

事件が起きたのは、夕刊には間に合わない時刻だったらしい。紙面を探しても、それらしい記事はなかった。浅見はテレビをつけっぱなしにして、ニュースの流れ出るのを待った。だが、そのニュースを見るよりも早く、警察がニュースを届けてくれた。

浅見が自宅に戻ってからほぼ二時間後、午後五時を少し回ったころ、青梅署の捜査本部から新田警部が谷沢部長刑事を引き連れてやって来た。

須美子が呼びに来る前に、玄関の方角からでかい声が聞こえていた。

「これはこれは、浅見刑事局長さんの御母堂《ごぼどう》様でいらっしゃいますか。自分は警視庁捜査一課警部の新田であります。このたびは局長さんの弟さんに、たいへんお世話になりまして、捜査主任といたしましては感謝にたえぬしだいであります」

自室のドアを半開きにして、その声を聞きながら、浅見は出るに出られず、須美子が来るのを見て、部屋の中に引っ込んだ。

「坊っちゃま、大奥様がお呼びですよ。坊っちゃまにお客様です」

「留守だって言ってくれないか」

「だめですよ、そんなの。嘘だって、すぐに分かっちゃいます」

「本人が言ってるんだから間違いないって」

「ふざけないで、出てきてください」

観念するしかなさそうだ。浅見は闊達《かったつ》な足取りで、「お客さんて、どなたかな?」と、空元気《から》に言いながら、玄関へ向かった。

四十前後の眉の太い長身の男が、谷沢を後ろに従えてこっちを見て、いきなり「やあ、どうも、警視庁捜査一課警部の新田です。このたびはどうも――」と始めた。

「光彦、応接室へお通ししなさい」

新田の言葉を断《た》ち切るように、雪江が感情を表わさない、冷ややかな声で言った。

応接室に入ると、新田はあらためて挨拶を開始した。

「いやあ、浅見刑事局長さんの御令弟《ごれいてい》とは知りませんでした。むろんこの谷沢君も存じ上げなかったわけで、何かと失礼があったやもしれません。な、そうだろ、きみ」

振り返った先で、谷沢は「はあ、どうも」と、面白くもなさそうに会釈した。

「いや、失礼があったのは僕のほうなんです。つい悪い癖で、出しゃばったことをしたり言ったりしまして――」

浅見は頭を低く下げ、それよりもさらに声のトーンを落として言った。

「すみませんが、母が来たら、こういう、事件に関することは何もなかったように、一切、触れないようにお願いします」

「いや、そういうわけにはいきません。私は浅見さんのご意見をですな――」

「それは後でいろいろと――しかし、ここのところは具合が悪いのです。お二人とは単なるともだち関係であるというふうに――」

廊下に母親の来る気配を感じて、浅見は「ははは、ほんとに青梅はいいところです」と、辻褄《つじつま》の合わないことを言って、新田を面食らわせた。

雪江が紅茶を運ぶ須美子を伴って入ってきた。立ち上がって、あらためて挨拶する新田と、次男坊の顔を見比べながら言った。

「なんですか、光彦がずいぶんお世話になっているようですわね。何かご迷惑をおかけしているのでは?」

「いえ、とんでもありません。むしろ今回の——」

「ははは——」と、浅見は慌てて、意味もない笑い声で割り込んだ。

「そうなんです、青梅で御岳《みたけ》そばというのをご馳走《ちそう》になりました。あれは美味《うま》かった。いつか、お母さんもお連れしますよ」

「そう、それはありがとう」

雪江は怪しい次男坊にジロリと視線を走らせて、しかし、それ以上の追及はせずに、

「ではごゆっくり」と立ち去った。

浅見は「ふーっ」と全身の力を抜いて、椅子の背に凭《もた》れ、天井を仰いだ。新田は驚いているけれど、谷沢はニタニタ笑って、「ははあ——」と言った。

「浅見さんの弱点は、おふくろさんですか」

「いや、そんなことはありませんよ」

浅見はムキになって、「ただ、老い先の短い母親に、余計な気苦労をかけまいとしているだけです」

「そうでしょうとも」

新田警部は生真面目に、大きく頷いた。

「ところで、佐瀬さんの事件ですが」

浅見は、雪江がふたたび現われないうちに、早いところ本題に入ることにした。

「殺されたのは間違いないのですか?」

「間違いないようですな」

新田はきびしい表情になって頷いた。

「今日の昼少し後、静岡県警から連絡があって、大仁署管内で殺人事件と見られる死体が発見され、その被害者が、先般、谷沢君が事情聴取をした土肥町の佐瀬信夫《のぶお》という人物だというのです。その際、谷沢君を案内してくれた大仁署の刑事が、一応、連絡しておいたほうがいいだろうというわけで、知らせて寄越したのですがね。そうしたところ、この谷沢君が、浅見さんが怪しいと——いや、私はもちろん、慎重に対処すべきであると思ったのですが、どうも——」

谷沢が脇で目を剝《む》いている。「浅見って野郎をしょっぴいてこい」と言ったのは、新田警部のはずであった。

「分かります、谷沢さんが僕を疑うのはもっともな理由があるのです。で、事件の状況はどんな?——」

浅見は話の先を催促《さいそく》した。

佐瀬信夫の死体が発見されたのは、今日の午前十一時ごろである。

「それが妙な場所でしてね」

もったいぶるのではなく、新田は不可解な面持《おもも》ちで言った。

「土肥の金鉱跡の坑口付近の草むらで発見されたのだそうです」

「金鉱跡……」

浅見は土肥金山公園の奥まったあたりを思い浮かべた。暗い繁《しげ》みの中の細い通路を行く、大柄な佐瀬の後ろ姿が、ありありと見えるような気がした。

「土肥金山というのは、現在は廃鉱でしてね、あっちこっちに掘り進められた坑道跡が残っているのだが、その一つの、えーと、二十八番坑に近い藪の中に倒れて、死んでいるのが見つかったというのです」

新田は手帳を見ながら言った。

「死亡推定時刻は前夜の午後八時前後の二時間といったところらしい。昨夜家に帰って来なかったので、家人が心配して、会社の連中と一緒に探し回っていたところ、なんと、被害者が可愛がっていた犬が、死体を探し出したというのです。廃鉱跡の藪の中ですからね、そうでもなきゃ、当分、見つかりそうもない場所だそうですよ」

「犯行現場もそこなのですか?」

「いや、そのへんのことはまだ分かっていないようですね。死因その他、解剖《かいぼう》結果もまだ連絡がありません。それでどうでしょう、浅見さんは佐瀬さんとお知り合いだそうですが、本事件について、何か心当たりはありませんか?」

その瞬間、新田の笑顔にチラッときびしいものが過《よぎ》った。「しょっぴく」ことは断念したものの、なお浅見に対して、何らかの疑念を捨てきれずにいる証拠だ。

「いや、僕なんか、知り合いといったって、一度お会いしただけですから」

「それはそうでしょうが、谷沢君の話によると、浅見さんは青梅の事件が発生した当初から、事件に深く関わっておられるそうだし、とくに佐瀬さんについて、関心がおありだったとか。それに、聞くところによると、巷《ちまた》では浅見さんの名探偵ぶりは、つとに知られたところだそうではありませんか。この際はひとつ、ざっくばらんにお話ししていただいてですね」

「お話しするようなことは――それよりも、一刻も早く現地に飛んで、捜査をされたほうがいいのではありませんか?」

「なるほど、そう言われるからには、浅見さんは、青梅の事件とこの事件とは関連があるというお考えですね?」

「もちろんですよ」

「その根拠は何でしょう?」

「根拠――そんなもの――」

浅見は大きく吐息をついてから、言った。

「そんなもの、決まっているじゃありませんか。豊富なデータを持っている警察と違って、僕みたいな素人には、勘しか頼るものがありませんよ。それに――」

浅見はほとんど無意識に立ち上がって、腕時計を見た。

「これだけで終わりなのかどうか――」

「は? それはどういう意味です?」

新田警部は坐ったまま、浅見を見上げて訊いた。

「これも勘でしかありませんが、なんとなく、まだ誰かが殺されそうな予感がしてならないのです」

浅見は窓の向こうの、茜《あかね》色に染まった風景に目をやった。心は遠く、土肥の空に飛んでいる。

第六章　二六五〇の秘密

1

土肥は空も海も山も街も、夏真っ盛りの明るさにみちみちていた。土肥は伊勢《いせ》エビとアワビと白枇杷《びわ》で知られた温泉町だが、朝のテレビドラマでいちやく有名になったせいもあるのか、夏休みの子供連れなど、今年は例年以上に観光客の数が多いという。新名所の一つ「恋人岬《こいびとみさき》」には、若いアベックが、ひきもきらず訪れる。どこを見回しても、陽気で楽しげで、この土地で殺人事件が発生したことなど、まるで嘘《うそ》のようだ。

もっとも、事件現場である土肥鉱山跡《あと》は、土肥金山公園センタービルの、むやみに横に長い建物の背後に隠れて、街の人家からは見えない。土肥金山の坑道跡は、観光用の坑道も含め、危険防止のため、一般人が入れないように、すべて柵《さく》で通行止めが施《ほどこ》してあるが、さらに跡地全域を、この建物と建物から左右に延《の》びる塀で外界と遮断《しゃだん》している。いってみれば、一つの谷の入口を通行止めにしたようなものだ。

殺される直前まで、佐瀬信夫は金山公園センタービルの事務所で仕事をしていたと思われる。建物の通用口は夜間になると、金山全域の出入口にもなっていて、ほかの出入口はすべて閉鎖されるのだが、そこを警備しているガードマンは、佐瀬が建物から公園の外へ出るのを見ていない。

「午後七時に巡回したときには、佐瀬さんは支配人室にいて、仕事が残っているからしばらくここにいると言っておられました」

警察の事情聴取に対して、ガードマンはそう言っている。

支配人室の明かりはずっと点きっぱなしで、その次に十時に巡回したときには、佐瀬の姿はなかった。

「おかしいとは思ったのですが、トイレか、あるいは入れ違いに帰宅されたのかと思っておりました」

そして、守衛室に戻ってまもなく、佐瀬夫人から電話で、主人が戻らないのだが、まだ事務所にいるかどうか——と問い合わせてきた。その際にもガードマンは、「たぶんお帰りになったと思いますよ」と答えている。佐瀬夫人も、どこかで寄り道でもしてくるのか——と考えたそうだ。

だが、佐瀬はついに帰宅しなかった。翌日の朝になっても、佐瀬は事務所に姿を見せない。それから時間が経《た》つにつれて、騒ぎが大きくなっていった。

調べてみると、建物の内側——つまり鉱山のほうへ行くドアの鍵《かぎ》が開いていた。ひょっとすると——と思って、観光用の坑道に入ったが、そこにはいない。坑口を通り過ぎて谷に入って行くと、ほかにも廃坑はいくつかあるが、仮に、本気で捜索するとなると、かなりの人数で大掛かりにやらなければならないし、自殺する気でもなければ、深夜にそんなところへ行くとは考えられない。

そうこうしているうちに、佐瀬の息子が連れていた愛犬が、鼻を鳴らしながら鉱山の方角へ歩きだした。観光用の坑口を過ぎてどんどん行く。事務所の人間と家族がついて行くと、愛犬はその先の二十八番坑の坑口の少し手前で立ち止まり、傍《かたわ》らの藪《やぶ》を目掛けて飛び込んだ。

通路から二メートルばかりの藪の中に、佐瀬信夫の死体が横たわっていた。

「実況検分《じっきょうけんぶん》の結果、被害者は観光用坑道の坑口付近で襲われ、犯人は死体をここまで引きずって遺棄《いき》したものと考えられます」

大仁署の警部補はそう解説した。

佐瀬は後頭部に強度の打撲《だぼく》を加えられた痕跡《こんせき》があるが、直接の死因は絞殺によるものだという。まさに羽田栄三のケースと同じ手口であった。

浅見は捜査員のしんがりについて、現場を訪れている。まだ、東京・青梅の事件との関連があるのかないのか、決まったわけではないので、大仁署と静岡県警でも独自に捜査を開始しているが、青梅署の捜査本部から来た連中に対しては、素人《しろうと》の浅見を含めて、最大限の便宜《べんぎ》を図ってくれた。

犯行現場まで、ところどころ風化し、なかば落葉に埋まってはいるけれど、細いコンクリートの通路がある。警察が駆《か》けつけたときには、すでに通路の上を大勢の人が通っていて、足跡を採取することは、事実上、不可能だったようだ。

問題は、犯人の侵入と逃走路がどこか――であった。事務所のあるセンターの建物は、外部からの侵入はあり得ない。建物の両翼に延びる塀は、高さが二メートルあまりだから、その気になれば越えられないこともないが、赤外線センサーがはたらいていて、侵入した形跡は、まずない。となると、塀のさらに両脇《りようわき》から始まる山林を経由して侵入した可能性が強い。

「しかし、目的は何だ？」

捜査員たちはもちろん、事務所の連中も家族も、その点で首をかしげてしまった。わざわざ山伝いに忍び込んで、犯人はいったい何をする気だったのだろう？　それも、並大抵《なみたいてい》の山道ではない。道などはまるでなく、ほとんど原生林のように荒れはてた山である。

茨《いばら》は繁《しげ》り、斜面もかなり急だ。そこを苦労して侵入して、犯人は佐瀬を殺害したほかには、何も盗まずに逃げている。

「盗み目的で侵入したが、被害者に発見されたので、殺害して、そのまま逃走したとしか考えられないな」

結局、捜査主任警部の出した結論はこれで、そのセンに沿って捜査活動が進められつつあった。

夕刻から大仁署の捜査本部で開かれた捜査会議に、東京の連中はオブザーバーとして出席した。事件発生から二日目の午後だが、初日、二日目と行なわれている捜査では、いまのところ、犯人の手掛かりに結びつくような情報は、まったく出ていないということであった。ところが、聞き込みに歩いていた刑事の一人から、興味深い報告があった。佐瀬が殺害された日の夜、虚無僧《こむそう》が一人、土肥の町はずれを歩いているのを、何人かが目撃したというのである。

「自分が聞いたのは、土肥町の横瀬《よこせ》という集落でありまして、付近の民家で何か変わったことはなかったかと訊《き》いているとき、主婦三人が、そういえば——と話してくれました。同夜、山の方角へ向かって歩いて行く虚無僧を見たということであります」

虚無僧と聞いても、一般の捜査員は、さほど興味を惹《ひ》かれなかった様子だ。捜査主任の警部でさえも、「なるほど、虚無僧か。そいつはたしかに変わってるなあ」と笑っただけであった。

しかし、浅見はもちろん、東京組の捜査員たちは、「えっ」と聞き耳を立てた。

会議の話題が次に移ってしまいそうなので、谷沢部長刑事が慌《あわ》てて訊いた。

「その虚無僧が歩いていた横瀬というのは、どの辺でしょうか?」

「土肥の中心街から、少し南東の山間《やまあい》に入ったところですが」

大仁署の刑事はそう答えた。自分の報告に興味を抱《いだ》いてくれた人間がいて、張り合いを感じたのか、嬉《うれ》しそうな顔をしていた。

「すみませんが、位置を教えてください」

浅見は刑事の前のテーブルに、二万五千分の一の〔土肥〕の地図を広げた。

「ここです」と、大仁署の刑事はボールペンの先で示した。土肥温泉街から一キロばかり南東に「横瀬」の文字があった。谷間《たにあい》を流れる沢が、平地に出て小さなデルタを作るあたりである。川を挟《はさ》んで、二十戸ばかりの建物が散らばっている。

「時刻は何時ごろですか?」

「日が暮れてまもなくだから、たぶん七時か八時ごろではないかということであります。三人とも曖昧《あいまい》な記憶ですが、そう大きな違いはないと思います」

「山の方角へ向かって歩いて行ったというのですが、その先には何かあるのですか?」

「横瀬の先にはこの地図にもあるように、天金《あまがね》という集落があるだけで、その先は山の中です」

たしかに、地図の上には天金の集落を過ぎると、建物らしきものはまったく印刷されていない。「天金」とは珍しい地名だが、おそらくここも金山に関係があるのだろう。そこをどんどん行くと、いよいよ谷は狭《せば》まり、車の通れない道が達磨山系の稜線《りょうせん》目掛けて登ってゆく。稜線を右へ行くと天城牧場、左へ行くと持越方面へ抜ける。

「持越ですか——」

谷沢は浅見を振り返って、囁《ささや》いた。例の中央電子化学工業の工場のあるところだ。

「山の中じゃ、虚無僧修行にはうってつけの道かもしれないなあ」

大仁署の刑事課長が呑気《のんき》な口調で言った。虚無僧は事件に関係がないと、誰もが決めつけている。

浅見は、寂《さび》しい集落の夜道を、黒い衣に天蓋《てんがい》を被《かぶ》った虚無僧が歩く姿を想像して、背筋が寒くなった。

「天金の集落では目撃されていないのですか?」

浅見は刑事に訊いた。

「はあ、いまのところ目撃者は出ておりません」

「天金へ行く手前で、川沿いに右のほうの山へ登ってゆく道がありますが、そっちの道へ行ったことは考えられませんか?」

「それは考えられないと思います」

「なぜですか?」

「地図で見ても分かるとおり、そっちの道は、かつて鉱山が稼働していた当時に造られた道でありまして、家屋も何もなく、山頂付近で行き止まりになっております」

「しかし、課長さんがおっしゃったように、修行のための登山でしたら、構わないと思いますが」

「はあ、それはそうですが——仮にそっちへ行ったとしても、べつに事件には関係がないのではないでしょうか」

「関係がないかどうかは、調べてみなければ分からないと思います」

浅見の言葉をきつく感じたのか、刑事は少しムッとした様子で、黙ってしまった。聞き込みをしてきた当の刑事ですら、虚無僧が事件と関係があるとは考えていないのだ。

「じつは」と、谷沢が取りなすように、青梅の事件の被害者が虚無僧姿であったことを説明したが、それでもまだ、ピンとくるものはなさそうだ。話としては面白《おもしろ》いが、推理小説じゃあるまいし――という空気が、会議室に漂《ただよ》っている。

「そういうことでしたら、浅見さん、現地へ行かれて、ご自分の目で確かめられたらいかがですか?」

刑事課長がそう言って、それが結論のように、会議はお開きになった。

その夜の宿は大仁署が用意してくれた。民宿のような旅館で、鮎《あゆ》のシーズンだけ客を泊めるのだそうだ。夕食の膳《ぜん》には鮎料理が出た。ビール一本を谷沢と川村と浅見、三人で飲んで、ふだんより早めに床《とこ》に入った。宿は狩野川べりにあって、瀬音が涼しげだが、そのせいか、なかなか寝つけない。仰向《あおむ》けに横たわっていると、天井に虚無僧の姿が浮かび上がってくる。

青梅で死んだ羽田栄三に始まって、下田街道を歩き旭滝に向かった虚無僧、そして土肥に現われた虚無僧――この三人の虚無僧には、はたして関連性はあるのかないのか。

浅見はとにかく、ある――という仮定の上で思考を進展させようと思っている。虚無僧が、いわばキーワードになるという予感が、最初からしていた。

羽田栄三は、なぜ青梅の鎌倉街道で、虚無僧姿で死んでいたのか?――言い換えれば、犯人が死体遺棄の場所として、青梅の鎌倉街道を選んだ理由は何だったのか?――

死体遺棄の場所は、ほかにもいくらでもある。その中からあの場所を選んだのは、単に

偶然にすぎないのだろうか？　それとも、羽田が妻に「鎌倉街道――」と話していたこと
と、関連があるのだろうか？　あるとすればどのような関連なのか？

いくつもの「？」が、際限なく繋《つな》がって出てきそうだ。

羽田が殺された同じ日に、修善寺で虚無僧が目撃されたが、その虚無僧と羽田との結びつきはないものか？

羽田の死亡推定時刻はその日の午後一時から三時ごろまでとされる。それは間違いないのだろうか？

「谷沢さん、起きてますか？」

浅見はそっと声をかけてみた。

「ああ、起きてますよ。どうも、川の音が気になって――」

谷沢も同じ状態らしい。瀬音にこと寄せてはいるけれど、やはり事件のことがあれこれ気にかかるのだろう。

「妙なことを訊きますが、警察が出した羽田さんの死亡推定時刻、あれは間違いないのでしょうね？」

「は？　もちろん間違いなんかあるはずがありませんよ」

谷沢は警察の威信にかけて――と言いたげな口調だ。

「どうして、いまごろ、そんなことを訊くんです?」

「いや、もし間違っていればいいと思ったのです。羽田さんが殺された日に、修善寺で虚無僧が目撃されているのですが、その時刻は三時から四時ごろなんですよね。仮に、死亡時刻がそれ以降であったなら、その虚無僧が羽田さんだった可能性はあるわけで——」

「はあ——だからといって、どういうことになるのです?」

「つまり、羽田さんは修善寺で殺され、死体を青梅まで運ばれたことになります」

「それは分かりますが、なぜそんなことをしなければならないのです?」

「犯人にとって、羽田さんが修善寺にいたことが分かっては、都合が悪かったケースが想定できます。もちろんアリバイなども関わってくるでしょうしね」

「なるほど——しかし、死亡推定時刻は間違っていないと思いますよ。現在の司法解剖《かいぼう》の技術は、かなりの水準ですからね。いくら誤差を見込んでも、前後一時間以上ということは考えられません」

「そうでしょうねえ——」

「そうですよ、だめですなあ。これが逆に、死亡推定時刻以前に目撃されているのだと、浅見さんが言われたような可能性もあるでしょうけどね」

谷沢は気の毒そうに言った。刑事局長の弟と分かって、むしろ一時は浅見に反感に近い感情を抱いていた谷沢だが、一緒に旅をし、行動を共にしているうちに、しだいに気を許すようになった。そうなると、なかなかの好人物であることも分かってきた。

「そうですね、だめですね――」

浅見は、ほとんど何も見えていない目を、ゆっくり閉じかけて、ふと闇《やみ》の中にキラリと光るものを見たように思った。

「あっ――」

思わず叫び声を発して、浅見は半身を起こした。

「どうかしましたか？」

谷沢も、その向こうの川村も、驚いて頭をもたげた気配があった。

「いま谷沢さんが言ったことですが」

「は？　自分が何を言いました？」

「ほら、死亡時刻より前に虚無僧が目撃されていたなら――という」

「ああ、しかし、それが何か？」

「ですから、死亡時刻より前に目撃されていたのではないかと考えたのです」

「は？　だってそのことは、浅見さんが聞いてきたことでしょう？　何人だかの目撃者がいたと――その連中の話が間違っていたとでもいうのですか？」

「いや、彼らが目撃したのは、たしかに午後三時以降ですよ。しかし、それ以外に――たとえば、死亡時刻以前にも目撃者がいたかもしれないじゃないですか」

「なるほど、それはいたかもしれませんな。虚無僧はずっと歩いていたのでしょうから、どこかで目撃されていたとしても不思議はないですなあ。しかし、だからといって、べつに状況は変わらないんじゃないですか?」

闇の中での問答がもどかしく、浅見は立ち上がって電気を点《つ》けた。見下ろすと、夏掛け布団《ふとん》をはねのけた二人の刑事が、眩《まぶ》しそうに、呆《あき》れ顔で見上げていた。

「そうじゃなくてですね」と浅見は、ドッカリと布団の上に腰を下ろして言った。

「僕は、もし、ぜんぜん別の場所で、しかも死亡時刻を挟んで虚無僧が目撃されていたとして、前の虚無僧と後の虚無僧とが、同一人物でなかったら――と考えたのです」

「…………」

二人の刑事は何も言わない。

「そうでしょう? 同一人物であるという証拠は何もないわけでしょう?」

「まあ、それはそうですが――しかし、別人だという証拠もありませんよ」

谷沢が愚痴《ぐち》っぽい声で言った。

「そう、そのとおりです。むしろ、虚無僧なんてきわめて珍しい存在だから、べつべつに目撃されたとしても、同一人物だと思うのが常識的だし、ふつうの感覚ですよね。しかし、その常識みたいなところに、もしかすると、落とし穴があるのじゃないかって、そう考えたのですよ」

「はあ——それで、もし浅見さんが言うように、別人だったら、どうなるのです？」

「別人だったら——」

浅見はゴクリと唾《つば》を飲み込んだ。

「死亡時刻前に目撃された虚無僧は、羽田栄三さんであり得る——ということです」

「えっ、なんですって？」

二人の刑事は、あいついで布団の上に起き上がった。

2

翌日早くから、大仁署と静岡県警の応援を得て、百人近い捜査員が動員され、修善寺町周辺での聞き込み作業が開始された。

七月十八日に、虚無僧を見なかったか——と、主要道沿いの民家、商店等を中心に聞いて回った。聞き込みの対象範囲は、最初に目撃談を聞いた、土産《みやげ》物屋付近からしだいに遠く広げていった。

その結果、午前中の段階でいくつかの目撃証言が得られた。その多くは、土産物屋のおばさんが目撃したのと、場所も時刻も近かったが、それとは明らかに異なる時刻に、源頼家の墓付近で、それらしい虚無僧を目撃したという者が現われた。

修善寺温泉街は、町を流れる桂川の南北両岸に分かれて、中心街が形成されている。源頼家の墓は、桂川の南岸のほぼ中ほど、通りから少し引っ込んだところにある。

頼家の墓より少し下ったところから南へ折れる道がある。その道に午《ひる》少し前ごろ、虚無僧が入って行くのを見た――という目撃者が二人いた。近くの商店の店員と、隣りの家の主婦だ。二人は店の外で立ち話をしていて、虚無僧が通るのを見たという。

「七月十八日でした」と自信をもって語ったのは、土産物屋のおばさんの場合と同様、源頼家の命日だったからである。その二人のうち商店の店員は、午後三時過ぎに、虚無僧がその道から現われるところも目撃していた。

「えっ、虚無僧は戻って来たのですか?」

浅見は驚いて、報告してくれた大仁署の刑事に訊き返した。

「間違いないのでしょうか?」

「間違いないかどうか知りませんが、とにかく、目撃者はそう言っておりますよ」

大仁署の刑事は、仏頂面《ぶっちょうづら》で答えた。浅見の素性を上司から聞かされていないので、警察の人間でもないトーシロに、なぜそうまで協力しなければならないのか、納得いかない顔である。

浅見はソアラに青梅署の二人を乗せて、すぐに現地へ行ってみた。

源頼家の墓の手前で左折する道は、一車線半程度の細い道だ。道の脇を溝《どぶ》のような小川がチョロチョロと流れている。左右は傾斜の急な斜面を覆《おお》い尽くすように鬱蒼《うっそう》と繁る杉林である。

地図で見ると、頼家の墓の脇を抜けて、背後の尾根へ登ってゆき、尾根を越えて旭滝に通じる道であった。ところが、その道を三〇〇メートルほど入ったところで、道の正面に立ちはだかるように左右に高い塀を従えた、豪勢な冠木《かぶき》門にぶつかった。もちろん道は行き止まりで、門の前のいくぶん広くなっているところで、Uターンするしかしようがない。

門の奥には竹林が繁り、その向こうに宏壮《こうそう》な和風建築の邸宅が見える。

三人は車を降りた。「誰の家ですかね？」と、谷沢がおそるおそる表札を見に行った。

表札はかなり遠くからも読める。白木の分厚い板に、墨痕《ぼっこん》あざやかに「尾加倉」と書いてあった。たぶん「オカクラ」と読むのだろうが、珍しい名前だ。

「何者ですかねえ?」

谷沢に訊かれたが、浅見にも知識はなかった。ただ、「尾加倉」の名前は最近、どこかで見たような気がした。いつどこで見たのか、思い出そうとしても、出てこない。こういう経験はよくある。大抵の場合、思い出すのを諦《あきら》めていると、ヒョンなきっかけで、ポンと記憶が飛び出すものだ。

「訪問しませんか」

浅見が言うと、二人の刑事は顔を見合わせた。

「浅見さんは、顔に似合わず、いい度胸《どきょう》をしていますなあ」

谷沢は感心したのか、からかっているのか、分からないような口調で言った。

「そんなことはありませんが、しかし、ともかく、虚無僧のことを訊いてみなければならないでしょう?」

「もちろんそのとおりです。しかし、大仁署の連中だって、虚無僧がこの道に入って行って、出てきたことを聞き込んでいるのですよ。それなのに、なぜこの屋敷の話をしなかったのか、気になりませんか?」

「なるほど……」

浅見はあらためて、そそり立つような門構えを仰《あお》ぎ見た。地元署なら当然、この屋敷の主に関するデータはあるはずだ。それで手をつけなかったとすれば、何かそれなりの理由があるということだろう。

「それにしたって、治外法権があるわけじゃないでしょう。世界に誇《ほこ》る日本警察の刑事さんが、尻込《しりご》みする理由だってありませんよ」

「ははは、まったくですなあ。浅見さんにあっちゃ、敵《かな》いません」

谷沢は苦笑しながらも、職業意識に目覚めたように、門に歩み寄った。しかし、谷沢がチャイムボタンに指を向けるより早く、門脇の木戸が開いて、白いスポーツシャツにブルーのジーパン、白いスニーカーという、見るからに屈強で俊敏《しゅんびん》そうな男が現われた。

「何か用ですか?」

三十七、八歳だろうか。年齢のわりには甲高《かんだか》い声であった。背丈は一七八センチの浅見より少し低い程度だが、筋肉質の腕のあたりに、スポーツか、それとも何かの武道で鍛《きた》え抜いたものを感じさせる。額《ひたい》にハラリと落ちかかる髪の毛、太い眉毛《まゆげ》、贅肉《ぜいにく》を全部削《そ》ぎ落としたような顎《あご》、意志の強そうな口元——と、キリリと引き締まったいい顔立ちをしているにもかかわらず、その男と面と向かっていると、好感を抱くどころか、吐き気を催《もよお》すような邪悪な気配を感じる。それは彼の眼に原因がありそうだ。他人を絶対に信じることのない猜疑《さいぎ》心と、人を人とも思わない傲岸《ごうがん》さと、そして凍《こお》りつくような冷酷さに満ちた、まるで魔性の者の眼だ。

「警察の者ですが」

谷沢は型通りに手帳を示した。男は「それはどうもご苦労さまです」と、唇《くちびる》の端で言った。

「失礼ですが、お名前は？」

「吉原《よしはら》です、吉原清治《せいじ》」

「清《きよ》いに治《おさ》めるでいいのですね？」

谷沢は手帳に書き込んで、「じつは、ある事件のことで聞き込み捜査を行なっているのですが」と、穏《おだ》やかな口調で、七月十八日の虚無僧の話をした。

「虚無僧ですか？　いや、知りませんよ。ぜんぜん見ていません」

吉原は無表情に言った。

「しかし、表通りの店の人が、この道に虚無僧が入って行ったことを確認しているのですがねえ」

「ここにですか？　しようがねえなあ、困るんですよねえ。この道は私道ですからね、外部の人間が入り込むのは迷惑なんです」

「えっ、この道が私道ですか？」

谷沢ばかりでなく、浅見も川村刑事も驚いて、いま来た方角を見返った。

「そうですよ、私道です。あそこの入口のところから、尾根にかかる手前まで、うちの地所になってます。ときどき、観光客が迷い込んだりするので、柵でも設けようかと思うのだが、それもなんだかいやみったらしいもんで、やめてますがね。その、虚無僧でしたか、その人も間違って入り込んだクチじゃないですか。入り込んだ人間は、みんなここで引き返しますけどね」

「しかし」と、浅見が谷沢の背後から口を出した。

「地図によると、この道はずっと尾根まで続いているようですが」

「ああ、以前はね、以前はそうでしたが、もともと、この土地は私有地で、もちろん道も私道だったのですよ。両側がご覧のように、谷みたいに傾斜のきつい森なもんで、利用価値がないものだから、ふつうの道のように使われていたのだが、うちの社長が譲《ゆず》ってもらってから、少し手を加えて、別荘を建てたのです。もっとも、その後も道は通っていましたが、二年前に別荘の規模を現在のように大きくして、道は通れなくなりました」

「ほう、それじゃ、失われた道ですか」

浅見が何気なく言った言葉に、吉原はキッと警戒の色を示した。この男がはじめて見せた、人間らしい反応といってよかった。

「まあ、それはたしかに道はなくなりましたが、しかし元来、うちの庭の中を通っている道のようなものでしたからね」

なくそうがどうしようが、こっちの勝手だろう――と言いたげだ。

「社長さん――尾加倉さんとおっしゃる方は、何をなさっていらっしゃるのですか？」

「だから、会社社長ですよ。何をやっているのかなど、おたくたちに話す義務はないと思いますが」

「それはそうですが――ところで、あなたはこちらとはどういうご関係ですか？」

「使用人です。留守居役と思っていただけばいいでしょう」

吉原はそう言うと、「ほかになければ、これで」と礼をして、さっさと門の中に引っ込んだ。

「いやな野郎ですなあ」

門から五〇メートルほど離れると、谷沢はがまんならない――とばかりに言った。

「しかし、収穫はあったじゃありませんか」

「収穫？　何がです？」

「虚無僧など知らないと、明らかに嘘をつきましたよ。見え透《す》いた嘘をつかなければならないのですから、何か後ろ暗いことがあるのを自供したようなものです」

「うーん……そうはいっても、それを証明する方法がないですからなあ」

「そんなものは、いずれ分かってくるものです。いまはとにかく、何があったのか、おぼろげながら全体像が見えてきたことで、充分、満足できますよ」

「はあ、そういうもんですかねえ」

谷沢は楽しげにさえ見える浅見の横顔を見つめた。

大仁署に戻ると、情報がいくつか追加されていた。聞き込み捜査の結果、虚無僧が目撃されたのは、例の尾加倉家へ曲がる道から東──つまり桂川の下流方向に限っている。その道は、大仁方向から来た国道一三六号線が修善寺の温泉街に入る手前で左に折れ、桂川を渡ったところに合流するのだが、虚無僧はその方角から来て尾加倉家への横道に入り、何時間か後にふたたび現われて、もと来た方角へ歩いて行ったというものだ。

そして、一三六号線はそこからすぐにトンネルを潜《くぐ》り、証言したおばさんのいる土産物屋の前を通って行くわけだが、尾加倉家の横道から現われた時刻と、おばさんに目撃された時刻との差は、およそ三十分前後で、虚無僧の動きは時間的にはだいたい符合することも分かった。

それらの情報を総合すると、
○「虚無僧」は正午少し前に桂川南岸の下流方面から修善寺温泉にやって来て、

〇尾加倉家への横道に入り、
〇そのおよそ三時間後にふたたび横道から現われ、
〇もと来た桂川下流方向へ向かい、
〇国道一三六号に出て、右折――湯ケ島方面へ向かい、
〇土産物屋のおばさんに目撃され、
〇さらにガソリンスタンドの二人の青年に目撃され、
〇大平の集落で右折、
〇滝源寺か旭滝方向へ行くのを、近所の主婦に目撃された。
以上のようになる。何の気なしに眺めたかぎりでは、虚無僧の動きには方向性もあって、それほど不自然とは思えない。
ところが、虚無僧の行動には三つの部分で謎《なぞ》が残った。
第一に、最初に目撃された修善寺の温泉街の東端にやって来る前、虚無僧はどこにいたのか。どういうルートでやって来たのか？
第二に、尾加倉家への横道に入ってから出てくるまでのおよそ三時間のあいだ、虚無僧はどこで何をしていたのか？
第三に、滝源寺あるいは旭滝以降、虚無僧はどこへ行ってしまったのか？

とくに第二の「空白の三時間」が問題だ。尾加倉家の吉原が「知らない」と言っているのを、明らかな嘘と決めつけるわけにはいかないけれど、それではいったい、あの袋《ふくろ》小路《こうじ》の横道で、虚無僧は三時間をどうやって過ごしていたのか？——という疑惑が解決されないままになる。

尾加倉家の主は「尾加倉大永《たいえい》」という人物であった。留守居役の吉原は「社長」と呼んでいたが、「大永企画」という名のその会社は、東京の赤坂《あかさか》に本社があることになってはいるものの、マンションの一室に電話があるだけの、ほとんど実体のないものだという。尾加倉大永が表立って大きな事業に顔を出すことは、まったくといっていいほどない。ところが、金融界を揺るがすような黒い事件が発生するたびに、その陰に尾加倉の存在が見え隠れする。いわゆるフィクサーとして、指折りの大物であるらしい。

虚無僧があの横道に入ったことをキャッチしていながら、大仁署の刑事は尾加倉家に対する聞き込みを怠《おこた》った。そういう「遠慮」が生じる背景には、尾加倉大永の隠然たる政治力がものをいっているにちがいない。結果的には浅見たちがそうであったように、何の収穫も上がらないとしても、型通りの聞き込みさえ行なわなかった怠慢に、浅見は不愉快なものを感じた。

「まあ、仕方がないですよ」

谷沢は警察の一員として、同情的な立場を取らざるを得ないのだろう。しかし、そういう馴《な》れ合いが日本の警察をスポイルし、市民の警察に対する信頼を損《そこ》なっているのだ。たとえば、警察官と暴力団員の癒着《ゆちやく》の事例は枚挙《まいきよ》にいとまがない。表向き「暴力追放」を口にしているけれど、警察に本気で暴力団撲滅《ぼくめつ》を実行するつもりがあることなど、国民の大半が信じてもいなければ、期待してもいない。もし本当にやる気があるのなら、葬儀や襲名披露《ひろう》に群《むら》がる黒服の大軍団の存在など、許しておくはずがないのだ。もっとも、それは警察というより政治の責任というべきかもしれない。政治家の中には黒いヒモのついた金に操られ、あるいはスキャンダルの尻尾《しつぽ》を握《にぎ》られるなどして、非合法的な存在である彼らに正義の刃《やいば》を振り下ろすどころか、保身に汲々《きゆうきゆう》としている者が少なくない。そんな政治家連中に、効果的な立法措置が講じられる道理はないのだ。

尾加倉大永がどのような政治力と結びついているのかは、浅見には窺《うかが》い知ることもできない。あの尾加倉の別荘が、まるで治外法権で守られているような状況を、どうすれば破ることができるのか――を考えると、絶望的な気分になる。

(警察、恃《たの》むに足らず――)

浅見は不遜《ふそん》にも、そう思った。それと同時に、刑事局長である兄・陽一郎の苦悩にも想いは飛んだ。

その夜、浅見は宿から東京の自宅に電話をかけた。

「あ、坊っちゃま――」

電話に出た須美子は、涙声のような、つまった声を出した。

「たったいま、お電話がありました」

「電話？　どこから？」

「羽田さんとおっしゃる、女の方です」

「ああ、彼女か。で、何だって？」

「ご用件はおっしゃいませんでした。坊っちゃまに、大至急、電話してくださるようにとのことです」

「分かった。兄さんはいるかい？」

「はい、旦那《だんな》様もいましがたお帰りになりました。お繋ぎしましょうか？」

「うん、そうしてくれ」

陽一郎は「何だね？」と、この男にしては珍しく、不機嫌そうな声を出した。

「いま、忙しいですか？」

浅見はその気配を察して、訊いた。

「ん？　ああ、ちょっと調べ物があってね。しかしきみのほうも急用なのだろう。用件を言いたまえ」

「尾加倉大永という人物を知ってますか?」

「尾加倉? むろん知っているが。尾加倉がどうした?」

「尾加倉の別荘が修善寺にあります。その別荘を家宅捜索するように計らってもらえませんか?」

「尾加倉を家宅捜索?――」

陽一郎は驚いた反応を示してから、「ククク――」と、喉《のど》の奥で笑った。

「無理なことは、僕にだって分かりますよ。だからこうして兄さんに――」

「あ、いや、そのことを笑ったわけじゃないよ」

「じゃあ、何なんですか?」

「ん? まあ、それはあとで話す。とにかくきみの話を聞こう」

「七月十九日に、青梅で虚無僧姿の老人が他殺死体で発見された事件がありますが、兄さんは知ってますか?」

「ああ、その話はおふくろさんから聞いているよ。警視庁の警部まで挨拶《あいさつ》に来たとか言っていた。どうやら、かなり深く関わっているらしいね」

「えっ、そうなんですか、母さんは話していたんですか。参ったな――」

「いいから、どういうことなのか、話を聞かせてもらおう」

浅見はこれまでの経緯を、かいつまんで話した。陽一郎は「うん、うん」と相槌《あいづち》を打ちながら、ときどき質問を挟んで、熱心に聞いてくれた。

「なるほど、それで、尾加倉の別荘を家宅捜索することで、事件の突破口を開こうというわけだね。きわめてよく分かったよ」

「じゃあ、了解してくれるんですか?」

「いや、話のほうは理解したが、家宅捜索は実現不可能だな。検事も裁判所もその必要を認めるに足る、正当な理由がない」

陽一郎はニベもなく言った。

「虚無僧が尾加倉家を訪れたとする根拠が薄弱であること。そして、きみが言うように、第一の虚無僧と第二の虚無僧は別人であることが立証できない以上、家宅捜索は捜査権の濫用《らんよう》でしかないだろう」

「ですから、立証できないから、屋敷内に虚無僧がいた痕跡がないかどうか、あるいは犯行の痕跡がないか、調べてもらいたいと言っているんじゃないですか」

「ははは、それは順序が逆というものだろう。犯行の痕跡が発見できてしまえば、虚無僧が二人だったことなど、立証する必要もないわけだからね」

「そうですよ、それでいいじゃないですか」

「無茶を言うな」

「無茶でもなんでも、正義を行なうのだから、許されるでしょう」

「おい、やけに焦《あせ》っているね」

「焦ってる？　どうしてですか？」

「きみらしくもないことを言うからさ。正義は相対的なものだというのが、きみの持論のはずじゃなかったかな」

「…………」

「正義を行なうのであれば、戦争も許されるということか」

「分かりました、いまの言葉は撤回します。しかし兄さん――」

浅見は、目の前に兄がいたら、殴《なぐ》りかかってしまうかもしれない衝動に駆られながら言った。

「――兄さん、この事件では、すでに二人が殺されたんだ。いや、十三年前に死んだ者の行方《ゆくえ》は、いまだに分かっていない。それに、この後もまだ消される人間が出てくるかもしれない。そのことを、そのことだけは憶《おぼ》えておいてください。では、お休みなさい」

「まあ待て」と陽一郎は鋭《するど》く言った。

浅見は受話器を耳に押し当てたまま、黙って待った。宿の中は静まり返り、網戸の向こうの瀬音が、単調に聞こえていた。

長い沈黙が流れた。浅見の中の激したものが、ゆっくりと鎮《しず》まっていった。

「光彦、そこにいるのか？」

「ええ」

「方法はある」

「は？」

「別件でやろう」

「別件ですか――」

「なんだ、気に入らないみたいだな」

「ええ、あれは卑怯《ひきょう》ですから」

「ふん、うるさいやつだな。しかし、私が言っているのは、殺人事件の別件としてではない。こっちが追っている本筋の事件の別件という意味だよ」

「は？　何のことですか、本筋の事件というのは？」

「いずれ分かるよ。二、三日――いや、早ければ明日中にも行動を起こすだろう」

陽一郎は「じゃあな」と電話を切りかけて、「そうだ、さっき笑った理由を言っておこう」と言った。

「じつは、いま私のところでは、巨額不正融資事件の中心人物として、尾加倉大永を追っているところだ。三千二百億円にのぼる融資金の行方が解明されずにいる。その幾許《いくばく》かが修善寺の再開発に流れた可能性がある。その容疑でなら、即刻、家宅捜索の令状は出るだろう。きみは情報提供者として捜査員に同行すればいい。あとは、きみが何を発見しようと、ひょっとして正義を行なおうと、警察は邪魔《じゃま》はしないよ」

「兄さん——」

「ん？」

「いえ、何でもありません」

浅見はそっと受話器を置いた。

3

時刻はすでに十時を過ぎていた。浅見は躊躇《ちゅうちょ》したが、記子が急いでいた様子だということだったので、ともかく電話してみた。

電話の前で待っていた——と思わせる早さで、「はい、羽田です」と、若いぶっきらぼうな記子の声が飛び出した。

「あ、浅見さん――」

ほっとしたように、吐息とともに言った。

「電話くれたそうですね」

「ええ、一刻も早く相談したかったんです。祖父の書類の中に、妙なものを発見したもんだから」

「妙なもの？――何ですか、それは？」

「封筒の表書きに『盟約』って書いてあって、中を見たら、古びた便箋《びんせん》に『失はれし道』って書いてあるんです」

「えっ、失われし道？――ただそれだけですか、書いてあるのは？」

「いいえ、書いてあるのは次の三行です。

――相集《つど》ふ二六五〇
――失はれし道を拓《ひら》き
――悠久の大義に尽くさむ
そして、左下に『古賀正八《こがしょうはち》』って署名があります。三行の文章は旧かな遣《づか》いっていう、『集ふ』とか『失はれし』とかいうふうに書かれていますから、相当古いものであることは確かです」

「古賀という人は誰なのですか?」

「知りません。祖父の知り合いだと思いますけど。祖母に聞いたところによれば、正八っていう名前からすると、たぶん大正八年の生まれじゃないかって。いま生きていれば七十一、二歳かしら」

「それじゃ、お祖父さんが昔伊豆にいらっしゃったころのお仲間かもしれませんね」

「ええ、そうだと思います。でも、祖母はぜんぜん心当たりがないって言ってますから、祖母と結婚する前——太平洋戦争が終わる前の知り合いだろうって」

「太平洋戦争が終わる前というと、四十六、七年前ですか——」

記子にはもちろん、浅見にとっても、気の遠くなるような昔だ。日露《にちろ》戦争や日清《にっしん》戦争——オーバーにいえば、大坂《おおさか》夏の陣や応仁《おうにん》の乱と大した差はない。

「それはともかくとして、ついに『失われた道』が出てきたわけですね」

「ええ、それでびっくりして、一刻も早く浅見さんに知らせたかったんです。それに、明日になると、この資料を会社の人が取りに来てしまうし」

「えっ、取りに来るんですか?」

「ええ、祖母が、会社の人に勧《すす》められて、そうすることにしたって言うんです。私信類はいいんだけど、仕事上の書類なんかだと、祖母が見ても意味が分からないんだそうです。だから、私信類を除《のぞ》いて、全部、先方に任《まか》せるって」

「それ、まずいですね。何か事件の手掛かりがあるかもしれないのに」

「私もそう思うんですけど、坂崎社長が任せなさいって言うのだそうです」

「なんとか止められませんか」

「無理ですよ、それは。祖母はもう約束しちゃったって言ってますし。それでもだめだとは言えませんもの」

「そうですか――分かりました、何か方法を考えてみます」

「方法って、何かあるんですか？」

「いや、そういうわけじゃないが、とにかく考えてみます」

電話を切って、浅見は記子に聞いた三行の文章のメモを眺めた。

――相集ふ二六五〇
――失はれし道を拓き
――悠久の大義に尽くさむ
最初の『相集ふ二六五〇』の二六五〇とは何を意味するのか――。それからして、もう分からない。二六五〇というのは、人数なのだろうか？

たとえば、戦争当時、伊豆の金山で働いていた労働者の数なのだろうか？

浅見はもういちど受話器を握って、兄の直通電話にダイヤルした。緊急時以外には使用してはならないホットラインだが、母親の耳に触れるのを恐れて、そうした。

部屋に戻ると、谷沢と川村はテレビのニュースワイド番組を見ていた。このところ社会を騒がせつづけている、金融関係の不正事件をえんえんと報じている。Kという、坊主頭の人気キャスターが新聞社の論説委員を相手に、「日本はどうなってしまうのでしょうね？」と嘆《なげ》いていた。「あの勤勉で、慎《つつ》ましい日本人は、いったいどこへ行ってしまったのでしょう」とも言った。

「GNP世界第一位だとか第二位だとか、そんなことで浮かれて、足元を見つめる姿勢をなくした日本と日本人を、世界の人々はどう見ているか、私どもも含めて、反省しなければならないときでしょうね」

丸顔の論説委員は、口元をすぼめるようにして、朴訥《ぼくとつ》な口調でまとめを語った。

「そんなこと言うけどさ」と、谷沢が吐き捨てるように言った。

「国民を浮かれさせてるのは、おまえたちマスコミじゃねえかよ」

それに合わせるように、テレビはCMを始めた。「L」という旅行代理店のCMで、二人の若い女性が派手な服装にトンボ眼鏡をつけて、ふんぞり返るようにして海外を闊歩《かっぽ》する。山のような買物を抱え、男どもを従え、シンガポールだバンコクだ――と、それこそ日本女性の慎ましさなど片鱗《へんりん》も消え失せた恰好《かっこう》だ。

つづいて「S」という二日酔いの薬のCMであった。これまた三人のOLらしき女性が、ハレンチな恰好でディスコやバーを飲み歩き、「オエッ、オエッ」と歌う。

「恥曝《さら》しな！――」

谷沢は苦々《にがにが》しげに呟《つぶや》いた。

「こんなのは、ごく一部ですよ」

川村が取りなすように言った。

「そんなこと言ったって、げんにこうして、テレビに出てくるのは、みんなこんな連中じゃねえか。ドラマのOLだってそうだ。大した仕事もしてねえ女が、おれんちの倍ぐらいはありそうな、二LDKのマンションに一人で住んでやがる。しかも都心の一等地だぞ。そんなばかな――と思うが、しかし、テレビを見ているほうは、それが本当だと錯覚するじゃねえか。そういう暮らしをさせてくれねえ男なんかとじゃ、結婚する気にならねえとくる。きみの彼女はそうじゃないだろうけどな」

川村は黙った。反論できない事情があるのかもしれない。谷沢は（しまった、悪いことを言ったかな――）という顔で、浅見のほうに視線を向けた。

「そんなふうに言われると、僕なんか、絶望的ですよ」

浅見は、川村のために、わざとすねたような言い方をした。

「このごろの、不正融資事件なんかで何百億ものカネを動かしている連中は、三十五歳だとか、ほとんど同じような年代でしょう。そんなのと比較されたんじゃ、たまったものじゃない。僕なんか、何百万どころか、何万円単位のカネしか見たことがないですよ。ソアラのローンはあと一年残っているし、当分居候《いそうろう》暮らしから足を抜けそうにありません」

「そうだよねえ、それがふつうの男の実態というもんですよ。それでだめな女なんか、くそ食らえだ」

谷沢はそう言って、「な、そうだろ」と川村の背中を叩《たた》いた。川村は「はあ」と、浮かぬ顔で言って、コップの底に残ったビールを、不味《まず》そうにあおった。

翌朝、大仁署からの連絡もなく、情勢は動く気配もなかった。予定では、ひとまず谷沢と川村は青梅に引き揚げるつもりでいたのだが、十時過ぎに青梅署の捜査本部から、「もう一日、現場にて待機せよ」という連絡が入った。

「何か進展があるのかな?」

谷沢は首をひねっている。詳細は教えてくれなかったそうだ。

兄の工作は難航しているのだろうか？——と、浅見は少し気がかりであった。

つづいて羽田記子から電話がきた。いきなり「いま、警察が来ました」と、心細い声で言った。

「それで、祖父の書類を調べたいから、一時警察で保管させてくれって、洗い浚《ざら》い運んで行ってしまったんです」

「ほう、それはよかったじゃないですか」

「でも、警察は前にも調べて、べつに何も参考になるようなものはないからって、それっきりだったんですよ」

「警察だって、気が変わることもあるんじゃないかな。しかし、会社のほうは面白くないでしょうね」

「ええ、電話で知らせたら、坂崎社長は不機嫌そうでした」

「ははは、それは愉快だ」

「愉快——浅見さん、何か知ってるんじゃないですか？」

「知ってるって、この僕が何を知ってるっていうんですか？」

「分からないけど、何だか変な感じ」

「変ですか？　そうかなあ——」

浅見は記子の勘《かん》のよさに感心した。

「どっちにしても、ひとまず会社に持って行かれずにすんだのだから、よかったじゃありませんか」

「それはそうですけど――」

まだ得心がいかない様子で、記子は電話を切った。

そのあと、浅見は井野を訪ねることにした。このぶんだと、夕刻ごろまでは動きようがなさそうだ。

昨日まで真夏の陽射《ひざ》しだったのに、今日は薄雲が広がって、気温もあまり上がらない。天気予報では九月中旬の気候だとか言っていた。世界的な天候異変で、今年の夏は日照不足と低温が心配なのだそうだ。巷《ちまた》ではおかしな新興宗教やら占い師やらが次々に現われ、世紀末だとかノストラダムスだとか、人々を脅《おど》かしている。谷沢の言いぐさではないけれど、テレビや新聞、週刊誌までがそのお先棒《さきぼう》を担《かつ》いで、迷信を広めるキャンペーンに躍起《やっき》となっている。臨死体験だとか幽体離脱だとかを、科学者や医者までもがありがたがって、まことしやかに触れ回って――いったい何を考えていることか。

――などと、トレンディな話題に背を向けっぱなしでいるかぎり、浅見はフリーライターとして失格なのかもしれない。悪魔に魂《たましい》を売り飛ばし、世の風潮に乗って稼《かせ》ぎまくるのでなければ、少なくとも若い女性を魅《ひ》きつけることは諦《あきら》めたほうがよさそうだ。

井野は庭に出て、草むしりをしていた。垣根越しに挨拶すると、真っ黒に日焼けした浅見を見て、冷やかすように言った。

「ゴルフですか？　それとも、ヨットかな。若い人はいいですなあ」

「いえ……」

浅見は苦笑して、力なく首を横に振った。

「土肥や修善寺を動き回っていたのです」

「土肥？……」

井野は驚いた。

「というと、佐瀬さんの、あれで行っていたのですか？」

「はあ、まあ」

「そうでしたか、それは失礼なことを言いました。私もお通夜には行ったが……いったい誰が……何があったのですかなあ。恐ろしいことだ」

「井野さんには、心当たりはありませんか？」

「うーん、警察にも事情聴取をされましたがね、心当たりなどはありませんなあ」

「佐瀬さんは金山の二十八番坑口近くで殺されていたのですが、二十八番坑に何か特別な意味はないのでしょうか？」

「は？　特別な意味といいますと？」

「たとえば、そこに埋蔵金が隠されているとかです」

「埋蔵金？……」

井野はびっくりした目で浅見を見つめていたが、「ははは、それはまた、面白い話ですなあ」と、泥のついた手の甲《こう》で汗を拭《ぬぐ》いながら、笑った。

「まあ、お入りください」

井野が開けてくれた木戸から、浅見は庭に入り、縁側に井野と並んで腰掛けた。

声を聞きつけて、夫人が麦茶を運んで来た。じつに気分のいい、息の合った仲睦《むつ》まじい夫婦だ。

「それにしても、いったい、佐瀬さんはどうして殺されなければならなかったものですかなあ……」

ふたたびそこに戻ってゆく。話が途切れたのを見て、浅見は本論を持ち出した。

「ところで、井野さんは古賀という人をご存じありませんか？」

「古賀さん？　そりゃ、いないわけでもないですが、古賀、誰さんですか？」

「古賀正八さんという人です」

「古賀正八さん……」

井野は幽霊の声を聞いたように、顔色が変わった。

「……知ってますが、私の知っている古賀さんかどうか」

「たぶんご存じだと思います。なぜかというと、亡《な》くなられた羽田さんの遺品の中に、古賀さんが署名したものがあったからです。古賀正八さんの正八は、正しいに八と書きますから、たぶん大正八年の生まれではないかと思います。いま生きていれば、七十一か二か……」

「もし私が知っている古賀正八さんなら、その人は亡くなりましたよ」

「亡くなった——」

「そう、ずっと昔にね。いまからもう四十何年も昔です。古賀さんが二十五、六のころじゃなかったですかな」

「というと、太平洋戦争のころですか？」

「敗戦の四日後でした」

「死因は何ですか？」

浅見はズバリ、切り込むように訊いた。

「死因は……」

井野はためらいながら、「殺されたのですよ」と言った。

「犯人は誰ですか?」

「はっきりしていません。警察が捜査したのだが、結論を出すところまでいかなかったのだと思います。何しろ、当時は敗戦ショックで法秩序も何も、混乱状態でしたからねえ。とくに、朝鮮や中国から強制動員で連れてこられた労働者の権利回復によって、それまでの立場が完全に逆転して、いばりくさっていた日本人の労務管理者は、彼らの仕返しに戦々恐々《せんせんきようきよう》のありさまでした。噂《うわさ》では、古賀さんもそういう労働者の仕返しに遭《あ》ったのだと言われてましたが、それを調べようにも、労働者はそれぞれの国へ帰還するために散り散りばらばら。警察だって、強引に捜査をすれば何が起こるか分からないような、いやもう、何もかも目茶苦茶でした」

「というと、古賀さんは労務管理をしていたのですか?」

「そうです、羽田君と同様、軍需省から派遣された監督官でした。しかし、羽田君もそうだったが、古賀さんは仕事にはきびしくても、いばりくさるような人ではありませんでしたよ。だから、古賀さんが仕返しで殺されたと聞いたときには、何かの間違いだろうと思いました」

井野は眉をひそめ、庭先の名もない草花を見つめていた。終戦のドサクサの中で、あたら若い命を散らした仲間のことを想っているのかもしれない。

「そうそう」と井野は視線を浅見に向けた。

「浅見さん、その古賀さんの書いたものというのは、何が書いてあったのですか？　まさか署名だけしてあったわけではないのでしょう？」

「ええ」

浅見はほんの一瞬、逡巡《しゅんじゅん》して、すぐにメモを書きつけた紙片を出した。

「こう書いてあったのです」

井野は小さく呟くように読んだ。

　相集ふ二六五〇
　失はれし道を拓き
　悠久の大義に尽くさむ
「封筒には『盟約』という表書きがあったそうです。どういう意味か、お分かりになりますか？」

「いいや……というより、ここに書いてあるとおりの意味しか思い浮かびませんな」

「えっ、意味が分かるのですか？」

「分かるも何も、読んだとおりではいけないのですかな？」

「はあ……それじゃ、たとえば『二六五〇』という数字はどういう意味ですか？　僕はひょっとすると、伊豆の金山で働いていた労働者の数かと思ったのですが」

「え？　いや、それは違うでしょう。二六五〇は去年のことですよ、たぶん」

「は？……」

浅見は井野が何を言っているのか、不覚にも理解できなかった。

「ああ、浅見さんのような若い方にはピンときませんか。二六五〇は皇紀《こうき》二六五〇年のことだと思いますよ。神国・大日本帝国では、キリスト暦である西暦などは使わなかった。昭和十五年に『紀元は二千六百年』という歌を歌ったものです。去年がまさにその紀元二六五〇年ですな。古賀さんは、いのちを永《なが》らえたら、紀元二六五〇年に再会しようと書いたのでしょう。そう、『悠久の大義』のために、ですな」

「では、『失はれし道』とは？」

「あのとき……」と、井野は絶句して、両眼を閉じた。

「……あのとき、われわれ日本国民は、行くべき道を失ったのですよ。いままで信じていたものすべてに裏切られて、どんな顔で、どっちへ行けばいいのか、分からなくなった。しかし、紀元二六五〇年ごろには、日本国民は新しい道を切り拓いて、歩んでいるかもしれない。古賀さんとしては、せめてそれを見届けたかったのでしょうね」

井野は浅見をまともに見た。

「なぜそう思うのかというと、じつは去年の夏、羽田君がふいに訪ねて来たのです。そして、そこの縁側に腰掛けて、『日本はどうなるのかねえ』と、しみじみと言っていました。そのときは、とつぜん何のことかと思いましたが、古賀さんのこういう遺書めいたものがあったとなると、納得できます。それにしても、まったく、このところのおかしな風潮を見るにつけ、日本が正しい方向へ歩んでいるとは思えませんなあ。日本中がカネの亡者に成り果ててしまったようなありさまです。日本を代表するような大銀行から、何千億だかのカネが、どこへ消えたか分からないなどという、そんなばかなことがあっていいものですか。政界や財界のほんのひと握りのワルどもが、狂奔《きょうほん》し煽動《せんどう》し、それをまたマスコミまでがはやし立て、何がなんだか分からないことになった。挙《あ》げ句の果ては、バブルがはじけたとかで、上から下までオロオロ、オタオタ、大騒ぎをしている。こんな愚かしい日本人の姿を見ると、かつて一命を捨てても守り抜こうとした悠久の大義とは、あれはいったい何だったのか……嘆《なげ》かわしいことです」

喋り疲れたのか、井野は大きな吐息をついて、まるで、そのまま眠ってしまうのではないか――と思わせるように、ゆっくりと目を閉じた。

4

その一時間後、浅見のソアラは土肥を走っている。修善寺から国道一三六号線で船原トンネルを抜け、大きく右へ左へと曲がる坂道を下りきって、土肥の市街地に入る手前で左折する。そこから五〇〇メートルあまりで横瀬の集落である。

佐瀬信夫が殺された日の夜、横瀬の主婦三人が、虚無僧の姿を目撃した。その事実をキャッチしていながら、警察は信じられないほど、この虚無僧の存在を軽視している。

もっとも、浅見のほうが「虚無僧アレルギー」のように、いささか神経質すぎるのかもしれない。虚無僧に対しては興味以上のものを持っている谷沢や川村ですら、浅見のしつこさに呆れていた。

たしかに、事件があった夜に虚無僧が歩いていたからといって、何でもかでも事件に結びつけるほうがどうかしていると言われれば、それまでだ。第一、その夜、虚無僧が目撃されたのは、佐瀬が殺された現場とは山一つ隔《へだ》てた、まるで方角違いの場所である。さすがの浅見もついに沈黙せざるを得なかった。

浅見にしたって、確信があってのことではない。ただ、虚無僧への思い入れを、どうしても捨てきれないのだ。そんなふうに、いくら対象に背を向けようとしても、気持ちが傾斜してゆくのはなぜなのか、その理由を説明できないもどかしさが、浅見を駆り立てたといってもいいかもしれない。

横瀬から道は二股《ふたまた》に分かれ、左折すると天金の集落へ行く。浅見は川沿いの道を直進した。こっちのほうには、川岸に三、四軒の民家や小屋のような建物があるだけで、道はすぐに山林の中に入り込んでゆく。

道はやがて、谷から尾根へ登る急な坂になる。一応、舗装されているのだが、ボロボロに風化して、ところどころ陥没《かんぼつ》したような穴があいている。左右は針葉樹と闊葉《かつよう》樹が混じり合った植生で、日当たりのいい斜面には照葉樹が生《お》い茂《しげ》っている。

車にも人にも、まったく擦《す》れ違うことはないまま、山頂を通過した。地図によると、標高は三五七メートル。大した山ではないのだが、海から立ち上がったような、伊豆半島特有の地形なだけに、ときどき樹間を透《す》かして見える駿河湾や土肥の街の風景は、なかなかみごとだ。

山頂東側の直下を巻いて、さらに尾根伝いにしばらく行くと、道はとつぜん途切れた。プツンと、素っ気ない感じで、その先は濃密な森林が立ちふさがっている。

（何のための道なのだろう？――）

浅見は苦労してソアラの向きを変えながら思った。

やはり金山のための、いわば坑口への取付き道路として建設されたのかもしれない。舗装の風化の状態からみて、放置されるようになって、かなりの年月を経過していることは確かだ。だとすると、道路のどこかに、坑口への通路も残っているはずである。

浅見は来た道をゆっくり走り、左右の林の奥を窺った。

山頂の脇を通り過ぎ、東へ西へ――と等高線を斜めにすべるように高度を下げる。屈曲する道がもっとも西側にフレた場所に、外側に向けて、車一台が駐車できる程度にふくらんだ舗装部分があった。登って来るときには気づかなかったが、そこから林の奥へ向かって、ごく細い道が入り込んでいる。

（似ている――）と、浅見は直観的に思った。二十八番坑への道と、である。考えてみると、坑口への通路なのだから、似たり寄ったりのものであって当然かもしれない。だが、それにもかかわらず、その瞬間、浅見の脳裏に閃光《せんこう》が走った。

浅見は地図を出して広げた。

二十八番坑は土肥港に面した側から、小さな沢沿いに山懐《やまふところ》に入り込んだところにある。いま浅見がいる場所と、二十八番坑とのちょうど中間に標高三二三メートルの山が、壁のように聳《そび》えている。つまり、山を挟んで、この場所と二十八番坑とは、対称軸上にあ

ると いっていい。

浅見は車を出て、林に入ってみた。簡易舗装の道は風化がひどく、ところどころでは、ほとんど砂利道のように崩れて、そこから雑草が生え出している。左右からは灌木《かんぼく》の若木がはびこって、払い除《の》けながら進まなければならない。クモの巣はもちろん、ムカデや毛虫が、木の幹や地上を這《は》い回っている姿もときどき見かけた。

浅見は臆病《おくびょう》だから、独《ひと》りでこういうところに入り込むのは、相当な度胸を要した。何度も引き返そうと思ったが、そのつど、好奇心のほうが勝利を得て、浅見を進撃させた。

およそ五〇メートルで、二十八番坑と同じような木柵《もくさく》にぶつかった。「危険につき立入り禁止　中央電子化学工業所有」と書いた札が打ちつけてある。しかし、鍵は掛かっていなかった。もともとないのか、それとも壊されてしまったのかは分からない。

試しに押してみると、木戸は蝶番《ちょうつがい》を軋《きし》ませながら、ゆっくりと開いた。坑口まではほんの数メートルである。柵から坑口の中の二、三メートルまでは登り坂になっているが、それは雨水の流入を防ぐ目的と考えられる。その先は急な下り勾配《こうばい》に落ち込んでいるらしかった。

いずれにしても、外光が届くのはほんのわずかで、奥のほうは完全な闇だ。浅見はさすがに、それ以上は進む勇気がなかった。

車が見えるところまで引き返して来ると、浅見のソアラの向こう側に、白いベンツが停《と》まっていて、男がソアラの中を覗《のぞ》き込んでいた。浅見の足音を聞いて振り返った顔に、見覚えがあった。先方もこっちの顔を見て、驚いた。

「やあ、あんたか」

男は尾加倉の別荘の留守居役だとかいう、吉原であった。浅見は「どうも」と、曖昧な挨拶を返した。

「こんなところで、何をしてる？」

「べつに何というわけではないのですが、ここに細い道があったもので、その先に何があるのか、覗いてみたのです」

「で、何があった？」

「鉱山の跡のような洞窟《どうくつ》がありましたが、あれは金山の跡でしょうか？」

「知らんよ、そんなことは。しかし、ここでウロウロされては困るのだがね」

「は？　なぜですか？　まさか、ここもまた私有地だなんていうのじゃないでしょうね」

「ところが、そのまさかなのだ。この山も尾加倉のものだ」

「しかし、立て札には『中央電子化学工業』と書いてありましたが」

「いままではそうだが、ほとんど尾加倉の支配下に入りつつある。この付近を中心に、ゴルフ場を開発する予定になっている。そういうわけだからして、すぐに立ち去ってもらいたい」

はったりとは思うが、反論する根拠もない。

「分かりました」

浅見はおとなしくソアラに乗った。吉原のベンツは大型のやつだから、浅見の車が動かなければUターンができない。吉原はベンツの後ろに突っ立って、浅見が走りだすのをじっと見つめていた。

浅見は山を下りると、土肥金山公園の事務所を訪れた。金山公園は事件後も平常通り営業していて、お客はそれ以前よりも賑《にぎ》やかだが、事務所の職員はさすがに沈鬱《ちんうつ》な表情をしている。

浅見のことを警察の人間だと思い込んでいるのか、応対はやけに丁重だった。

浅見は横瀬から入る山の坑口のことを訊いた。

「ああ、あれはとっくに廃坑になったところですね」

佐瀬亡きあと、支配人代理を務めている水口《みずぐち》という職員が、坑道の図面を持ってきてくれた。図面によると、「第三十一番坑」というのがそれに該当するらしい。

「三十一番というと、そこが土肥金山の最後の坑口ということになりますね」

水口は、そのことをはじめて知ったらしく、興味深そうに図面を見ながら言った。

「記録によると、坑口から一六〇〇尺――ということは、約五〇〇メートルばかり掘ったところで落盤事故があり、掘進を中止したのだそうです。掘ってはみたものの、金も銀も銅も出ない段階で諦《あきら》めたようですね。その経緯は二十八番坑のケースとよく似ています。二十八番坑の場合は坑口から三〇〇メートルで落盤したために廃坑となりました」

「それらの坑道は、いつごろ掘ったものですか？」

「二十八番坑以降の坑道は掘進開始が昭和十九年七月七日、廃坑決定が昭和二十年八月十九日ですから、太平洋戦争のころですねえ。土肥金山は戦後は新坑の掘削《くっさく》はまったくやっていないのです。これは噂で、はっきりした記録があるわけではないのですが、その当時は伊豆半島を要塞化《ようさいか》するとかで、そのためのトンネルを掘ったという話が伝わっています。ひょっとすると、二十八番坑も三十一番坑もそれだったのかもしれません」

職員はまだ五十歳には間がありそうな年代だ。噂程度には知っていても、事実かどうかとなると、はっきりしない。

「亡くなった佐瀬支配人は、そういったことに詳《くわ》しかったですがねえ」

いかにも残念そうに首を振った。

「お見かけした感じでは、水口さんも佐瀬さんと、それほど年齢差はないみたいですが」

「ええ、二つしか違いませんよ。しかし、あの人は勉強家で、熱心にいろいろ調べていましたからねえ。それに、その当時のことに詳しい人との付き合いもあったし」

「当時のことに詳しいというと、たとえば、持越精錬所の工場長さんだった、井野さんなどですか？」

「そうです、そうです。やっぱり警察はさすがですねえ。ちゃんと調べがついているのですか」

水口はソツなく、感心してくれた。

礼を述べて、事務所を出かかったところで、浅見はふと気になった。ドアのところまで送ってくれた水口を振り返って、訊いた。

「いまの図面の記録ですが、たしか、三十一番坑の長さを一六〇〇尺とおっしゃいましたね？」

「ええ、そう書いてあります。ほら、その当時は英語は敵性語だから、使ってはいけないことになっていたのでしょう。野球でも、ストライクは『よし一本』とか言ったそうじゃないですか」

「なるほど」

さり気なく頷《うなず》きながら、浅見は心臓を流れる、トクトクという血液の音が聞こえるほどの緊張感に襲われた。

「その記録を書いた人はどなたですか？」

「は？……」

水口は目を丸くした。妙なことを訊く男だ——と思ったにちがいない。

「ひょっとして、古賀という人じゃないかと思ったのですが、すみませんが、調べていただけませんか？」

「はあ、ちょっと待ってください」

水口は煽《あお》られたようにデスクに戻って、資料を開いた。

「あ、ほんとだ……いやあ驚きましたねえ、刑事さんの言われたとおり、古賀正八という名前が書いてあります」

指の先に、変色したインク文字の「古賀正八」の名前と、まるで血判《けっぱん》のようにも見える朱《しゅ》色の認印があった。

「どうしてご存じなのですか？」

「ははは、警察はいろいろと調べるものなのです」

笑ってごまかそうとしたが、表情が引きつるのを隠すことはできなかった。怪訝《けげん》そうに見つめる水口に、あらためて「どうも」と会釈《えしゃく》して、浅見はそそくさと土肥金山公園をあとにした。

ソアラを走らせながら、浅見は寒けを感じた。半世紀近い昔の出来事が、幽霊のようにぼんやりと、頭の中のスクリーンに浮かび上がってくる。

終戦のとき、朝鮮人労働者の仕返しを恐れて、監督官の多くが逃亡した中で、古賀正八と羽田栄三が「敗戦処理」を命じられ、土肥金山に残された。年齢からいって、古賀のほうが羽田よりも責任ある立場であったと考えられる。

古賀が（生前）最後にした作業は、第三十一番坑を廃坑にすることであった。

――千六百尺ヲ掘進セシトコロデ落盤事故発生。タメニ以《モッ》テ第三十一番坑ヲ廃坑ス。

そして古賀は、それとほぼ時を前後して、羽田栄三に「盟約」と書いた封書を渡した。

おそらく、古賀と羽田は「盟約」を交《か》わすに足るだけの信頼関係で結ばれていたにちがいない。終戦当時、古賀は二十五、六歳。羽田は二十一、二歳。ともに若く、熱血と正義感にあふれた青年だ。「悠久の大義」という美化された言葉であっても、それだけにいっそう、日本の将来を憂《うれ》う気持ちは純粋だったことだろう。時期が来たら、ふたたび相見《あいまみ》え、ともに戦おう――の気概が「盟約」からは感じ取れる。

しかし、「盟約」に書かれている言葉は、もし、単にそれだけの意味でしかないのであれば、仰々《ぎょうぎょう》しく封書に仕立てることもなかったろう。あの詩のような三行の言葉には、別の意味が込められていなければならない――と浅見は思った。

相集ふ二六五〇
失はれし道を拓き
悠久の大義に尽くさむ

これは「盟約」であると同時に「暗号」でもあるにちがいない。

井野から「盟約」の文章の意味を聞いたとき、浅見はかすかな疑念を抱いた。それは「二六五〇」の解釈についてである。「二六五〇」が皇紀二六五〇年を意味しているのだとしたら、なぜ「二六五〇年」と書かなかったのか、奇異に感じた。そのほうがはるかに語呂《ご ろ》がいいし、単に「二六五〇」と数字を並べたよりは、文字の配列も坐《すわ》りがいい。

「二六五〇」は距離だ――と漠然と考えたのは、第二十八番坑口と横瀬の山中にあった第三十一番坑口との距離を、地図の上で見たときである。だが、二ヵ所を結ぶ直線距離はおよそ一二〇〇メートル。多少、屈曲《くっきょく》はあったにしても、二六五〇メートルでは、長すぎる感じだ。

とはいえ、要塞化を進めていたことを考えると、土肥の海岸線から山中まで、脱出や移動用のトンネルを掘削するのはあり得ることだ。

そして金山公園の水口が図面の説明をしてくれたとき、何気なく聞いた「二六〇〇尺」

という言葉がヒントになった。二六五〇尺はおよそ八〇〇メートル弱。古賀の書いた記録によれば、三十一番坑は坑口から一六〇〇尺――およそ五〇〇メートルまで掘り進んだところで落盤事故が発生したため、廃坑にしたとある。その「落盤」が人工的に発生したものであったとしたらどうだろう。そして、二十八番坑口から三〇〇メートルの地点でも、同様の「落盤」があって、廃坑になっている。もしそれもまた人工的な「落盤」だとしたら、実際には二つの坑口は一本のトンネルによって繋がっていたのかもしれない。

もしこの仮説が当たっているならば、二つの廃坑――二十八番坑口と三十一番坑口とを結ぶ直線距離、およそ一二〇〇メートルを、それぞれの口から三〇〇メートルと五〇〇メートル進んだ中間に、四〇〇メートルほどのトンネルが眠っていることになる。

まさに「失われた道」である。

古賀が書き遺《のこ》した「二六五〇」の八〇〇メートルは、三十一番坑口から測ると、そのトンネルを三〇〇メートル入った地点だ。そこに「悠久の大義」に尽くすための膨大《ぼうだい》な埋蔵金が隠されたと考えれば、あの「盟約」が持つ暗号の意味がはっきりする。

トンネル掘削事業の現場管理と破壊は、おそらく古賀の手によってなされたにちがいない。昭和二十年八月十九日には、すでに鉱山管理の上司連中は土肥を脱出した後だ。「失われた道」の中に何があるかを知る者も、古賀以外には誰もいない。わずかに、同僚の羽田に「盟約」のかたちで、事実上の暗号を残したのは、古賀にも生命の危険を予測させるような、周囲の状況があったということかもしれない。

暗号を託された羽田栄三は、その謎を解くことができなかったのか、あるいは解く気持ちが最初からなかったのか、いずれにしてもそのままの状態で「盟約」を所持してきた。そして、皇紀二六五〇年に、とにもかくにも修善寺を訪れた。もしかすると、「復活」のような奇跡が起きることを期待したのかもしれない。しかし、当然のことながら、何事も起きなかった。その時点であらためて、「失われた道」とは何のことだったのかを考えはじめた可能性もある。凡庸《ぼんよう》というよりは、真面目《まじめ》な性格と思うべきだろう。

源頼家忌が近づいたある日、羽田はそのことからふと、鎌倉街道を連想し、その連想からさらに「失われた道」に想到したという。羽田がはたして、本当にあのトンネルの謎に気づいたのかどうか、気づいたのだとすれば、その思考経路がどのようなものだったのかは、想像するほかはない。鎌倉街道は「いざ鎌倉」の際に、武士団が鎌倉に馳《は》せ参じるための道であったそうだが、鎌倉幕府崩壊とともに、その役目を終え、しだいに荒廃し、ほとんどが草に埋まった。それは、土肥の金山を利用して掘った戦略用のトンネルが、終戦と同時に役目を失い、そのときに廃坑となった事情と似ていないこともない。そのことからの連想だったのかもしれない。

浅見の脳裏《のうり》には、つぎつぎに勝手気儘《きまま》な空想が浮かび、まるで既成の事実のように整理・蓄積されていった。そのことに気がついて、浅見は独り、苦笑した。

大仁署に戻ると、捜査本部は緊張に包まれていた。谷沢と川村も中にいて、浅見の顔を見ると寄ってきた。

「夕刻に、例の尾加倉の別荘を家宅捜索することになった模様です。私は何も進言したわけじゃないのですがね、ここの刑事課長は、東京からの指令でそうすると言ってました。いったい何があったのですかなあ?」

疑わしい目つきで浅見を見ながら、そう言った。浅見はニヤリと笑ったきりで、何も答えなかった。

「あ、それとですね、さっき分かったばかりなのだが、あそこの私有地ですが、尾加倉が手に入れる前の所有者が誰なのか、判明しましたよ。直前の持ち主の名義はなんと、西戸という名前なのです」

「西戸……あの、持越の工場の行方不明者ですか?」

「そのとおりです。しかも、名義移動は十三年前——つまり、昭和五十三年三月十日付で行なわれているのです。伊豆大島近海地震の年のことですよ」

どうだ、驚いたか——と言いたげに、谷沢は小気味よさそうにそっくり返った。

第七章　鎮魂の道

1

尾加倉の別荘に対する家宅捜索は、正面と背後、両面から同時に行なわれた。これは単純な家宅捜索というより、容疑者の逃亡を阻止する構えといっていい布陣だ。実際、警察には証拠物件を運び出されることを警戒する意図があった。

浅見と谷沢、川村の東京組は浅見の希望で別荘の裏手から入ることになった。

大平の集落から旭滝の上へ登って行く道は、旭滝のちょうど真裏にあたる付近までは舗装道路である。そこから先はやや細くなって、さらに尾根伝いに直進し、ゴルフ場の背後を迂回《うかい》するように、ゴルフ場の正面まで通じている。

集落から登りにかかるあたりから、道の両側はかなり濃密な森林である。そのところどころには、伊豆名産のシイタケを栽培するホダ木がズラッと並んでいる。

旭滝の真裏付近から右折し、修善寺温泉方面へ下りてゆく道がある。道といっても、もともと森の中の小道で、尾加倉別荘が通行を遮断するかたちで建てられてからは、事実上、行き交う人もなく、荒れるに任せた状態だから、草がぼうぼうに生い茂っている。先頭を行く者は何度も交代し、鎌を揮《ふる》って進路を切り拓《ひら》くありさまだ。

午後四時ちょうど、無線で示し合わせて、捜査員は表と裏、両側から尾加倉の別荘を訪問した。尾加倉家の裏口は高い塀をめぐらせて、小さな木戸が唯一の開口部になっている。

裏口に現われたのは老人であった。少しボケがきているような、頼りない応対だが、警察と聞いて、反射的に木戸を開けたところを見ると、権力に弱い性格らしい。

木戸と建物とのあいだには裏庭が造られている。前庭とは比較しようもないほど小さいが、それでも、都会では考えられない、たっぷりした広さがあった。

「浅見さん、シャクナゲだ！」

谷沢が興奮した声で言った。指さす方角に、たしかにシャクナゲの群生があった。二、三十株はあるだろうか。箱根のホテルの庭でもこれと同じ程度のシャクナゲの群生を見たことがあるけれど、一個人の別荘にこんな大規模な群生があるとは驚くほかはない。しかも、どうやらここのシャクナゲは自生しているものを、そのまたくみに造園に取り入れたらしい。

「みごとなもんですね。花の時季はとっくに過ぎたのでしょうけど、いっせいに花をつけたときに、ぜひ見てみたいですねえ」

「浅見さん、そんな呑気《のんき》なことを言っている場合じゃないでしょう。ここですよ、羽田さんが殺されたのは、まちがいなくこの場所です。足跡が残っていればいいのだが……」

谷沢は大仁署の連中に、この付近でも鑑識作業を行なってくれるよう依頼した。鑑識作業は屋内隈《くま》なく行なわれることにはなっていた。経済事犯の家宅捜索なのに、建物内部のドアや柱、壁、窓にいたるまで、指紋採取を行なう。こんなことは異例だが、その指示は県警本部の特命として出されている。特命の発信源は警察庁の浅見刑事局長であることはいうまでもない。

尾加倉の別荘には、留守居役の吉原のほかに裏木戸を開けた老人がいるだけであった。吉原は家宅捜索に立ち会ったが、最初の段階で抗議したほかは、ほとんど抵抗しなかった。観念したというより、いくら調べたところで、大したものは出ない確信があったのだろう。吉原は警察の狙《ねら》いが経済事犯関連の証拠品にあるものとばかり思っている。よもや、一方で殺人事件の証拠集めが進行しているとは考えてもいない。

別荘の建物は外観以上に凝《こ》った内装だった。一見した感じでは木造と思えるのだが、部分的に鉄筋コンクリートを使い、まるで要塞のように、外部からの侵入を阻止する堅牢《けんろう》さを備えている。大きな部屋もあるが、客用の小部屋がいくつもあった。総建坪は六〇〇平《へい》米《べい》は下るまい。まるでホテルなみだ。

屋外は日暮れまで、屋内は午後八時までで捜索を終了した。

谷沢と川村はひと足先に引き揚げ、シャクナゲの葉を持って東京へ向かった。青梅の現場で羽田が握っていたシャクナゲと同種かどうか、鑑定してもらうのだと、オジンの谷沢が若者のように勇《いさ》みたって言っていた。

浅見が宿に戻ったのは午後十時である。全身が地面に沈み込むような疲労感であった。風呂《ふろ》に入って、床《とこ》につくと、すぐに泥のように眠りに落ちた。

明《あ》くる日、午前中は何事も起きないまま経過した。警察では昨日の成果をまとめる作業がつづいているのだろう。浅見は十時に起床して、頭がぼんやりした状態だったから、気抜けしたような時間が救いではあった。

昼少し前、谷沢から連絡があった。例のシャクナゲは、やはり同一品種であることが判明したという。

「正式な学術上の名前はキョウマルシャクナゲというのですが、通称アマギシャクナゲといいましてね、天城山のアマギです。静岡県の伊豆半島山間部から長野県南部にだけ自生するシャクナゲなのだそうです」

「しかし、シャクナゲが同一品種であったからといって、羽田さんを殺害した現場が尾加倉別荘であったことを立証することはできないのではないでしょうか」

浅見がそう言うと、谷沢は憤然として、「そんなことは分かっています」と怒鳴った。

「それはたしかに立証はできませんがね、二つの場所を関連づけるためには、必要な条件です。少なくとも、真相解明への突破口になることは間違いないのです」

「あ、それはもちろんです。僕は何もケチをつけるつもりで言ったわけじゃないのですから、気を悪くしないでください」

浅見は謝った。谷沢の気持ちを傷つけたことに悔《く》いを感じた。谷沢たちにしてみれば、浅見のような青年が、刑事局長の弟だからというだけで、特権を駆使したり、ベテラン刑事に講釈めいたことを言うのが快《こころよ》いはずはないのだ。それだけに、必要以上に気を使うべきであった。

しかし、谷沢の意気込みとは裏腹に、全般的状況はあまり芳《かんば》しくなかった。午後に入り、刻々と捜索のデータがまとまってきたが、尾加倉別荘が羽田栄三殺害の現場であるかどうかはもちろん、羽田がはたしてあの別荘に入ったかどうかの痕跡さえ、発見できないまま終わりそうだ。

谷沢はもちろん、浅見がもっとも期待したのは、裏庭から羽田栄三の足跡が採取されることか、あるいは建物内部から羽田の指紋が採取されることであった。だが、結果はゼロ

――。無数の指紋は採取できたものの、羽田のものと見られる指紋は一個も出てこない。ほかの指紋が誰のものであるのかを特定するのはかなり長い時間がかかるし、中には特定できないものもありそうだ。

朝刊には、このところ連日のように報じられる銀行の不正融資事件が大きく取り上げられているが、その中心人物と目される尾加倉大永に対する捜査当局の動きとして、修善寺の別荘を家宅捜索した記事が載《の》っていた。それと呼応するように、尾加倉大永が警察当局に対して、抗議声明を出したことを伝える記事もあった。新聞によっては、捜査当局の焦りからくる勇み足を懸念《けねん》する論調もあった。このまま、大山鳴動《たいざんめいどう》してネズミ一匹も出ないようなことにでもなると、強引な捜査を指示した浅見刑事局長の立場は微妙なことになりかねない。

浅見はその間ずっと、狩野川べりの宿で瀬音を聞きながら、事態の定まるのをひっそりと待ちつづけていた。

午後三時過ぎ、陽一郎から浅見に直接、電話が入った。第一声、「難しい状況になっている」と沈痛な口調で言った。

「国会の法務委員会の代議士さんから、ちょっとした圧力もあってね」

冗談めかしながら、この男にしては珍しく、愚痴をこぼしている。

「そんなのは、逆に脅《おど》かしてやればいいのです」

浅見は谷沢の苛立《いらだ》ちが感染したように、きつい口調で言った。

「ほうっ……」と、兄は笑いを含んだ声で驚いてみせた。

「どうしろというんだい？」

「尾加倉の別荘から、沢山《たくさん》の指紋を採取しましたが、その中にきわめて興味深いものもあります——ぐらいなことを言えば、少しはおとなしくなりますよ」

「ははは……」

刑事局長は笑って、しばらく押し黙ってから、「うん、それもいいかもしれないな」と、真面目くさって言った。

「ありがとう。しかし、きみもなかなかに海千山千《うみせんやません》になってきたものだ」

「それは褒《ほ》めたんですか？」

「もちろんさ、見直したよ。ただし、あまり危ないことはするな。おふくろさんが心配するからな」

最後のひと言に兄貴風を吹かせて、「じゃあな」と電話を切ろうとした。

「あ、兄さん、ちょっと待って」

「ん？」

「尾加倉という人物ですが、どういう経歴の持ち主ですか？」

「う―ん、それは難しい質問だね。じつをいうと、警察も尾加倉の経歴を完全に把握しているわけではないのだ。戸籍を遡《さかのぼ》ると、終戦当時、朝鮮にいて、身内は全員死亡したことになっているが、それがはたして事実かどうかとなると、証明する根拠は必ずしも明確ではない。当時は各地の役所が空襲で焼けて、戸籍の記録なども焼失したケースが多いのだ。それ以前のことは、まったく闇の中だ。現在、七十一歳ということだが、それすらもはっきりしない。一説によると、戦時中、強制動員されてきた朝鮮人ではないかともいわれている。とにかく、謎の多い人物だよ。いわゆる裏金融の世界に登場したのは、二十年ばかり前からで、バブル経済に乗じて、巨大な資金を動かすようになった。最近問題になっている都市銀行を巻き込んだ大型不正融資の多くが、尾加倉の演出によるものだと思っていいだろう。このところのバブル崩壊で、尾加倉自身もかなり膨大な損失を出しているはずだが、当人はいたって平然としているのが不可解なところだ。追い詰められると何をやるか分からない男として、恐れられているそうだから、きみはそっちのほうの事件には首を突っ込まないほうがいいぞ」

「ええ、それは分かってます。それともう一つ、中央電子化学工業と尾加倉の関係はどうなのでしょう？」

「中央電子化学工業？　きみはどうしてそれを？」

「じつは、尾加倉の別荘にいる吉原という男と、土肥の金山跡付近で会ったんです。本来、そこは中央電子化学工業の所有であるはずなのに、そいつが言うには、その一帯を尾加倉が支配して、ゴルフ場にする計画だそうです。つまり、中央電子化学工業に対する尾加倉の発言力が、きわめて強いことを物語っているというわけですが、これが事実かどうか」

「事実と考えていいだろうね」

陽一郎は驚きを示す口調で言った。

「中央電子化学工業はこのところ、ジェット機の空対地ミサイルの部品を戦争当事国に不法に輸出したことで、通産省と警察で内偵を進めているところだが、じつは、その陰で尾加倉が暗躍しているという情報がある。尾加倉は不正輸出をキャッチして、それを脅しの材料に、中央電子化学工業が望んでもいない融資話を強引に持ち込んだのだ。それが三年前で、当時、専務だった坂崎氏が社長に昇格したのも、じつは尾加倉のバックアップがあったためだといわれている。もともと尾加倉と坂崎はグルだったという噂もあって、これはかなり信憑《しんぴょう》性が高いらしい。武器不正輸出のお膳立てをしたのは坂崎で、それを尾加倉にリークしたのも坂崎――つまり、とんだ茶番劇ではないのか、という説もある。また、このところ、社内外での坂崎社長に対する風当たりが強くなってきていて、とくにメインバンクである丸友《まるとも》銀行などは、露骨に退陣要求を突きつけているのだが、坂崎社長の側も防戦に必死でね、ノンバンクを通じて大量の資金を導入、自社株を集めまくって、保身に躍起《やっき》となっているということだ。その融資が過剰融資もいいところで、情報によると、担保にしている伊豆方面のゴルフ場やリゾート開発計画なるものに実体がないらしい。しかも、その開発予定地のほとんどに、尾加倉名義の土地が引っ掛かっていて、開発が少しも進捗《しんちょく》しないにもかかわらず、資金だけがどんどん流れ込んでいる状況なのだ。担保についてはもう一つ、芙蓉《ふよう》銀行赤坂支店の預金証書が偽造されたものである可能性もある。現在、そこの融資課長を内偵しているところだが、これまでに分かっただけでも、三千億からの不正融資が浮かび上がっている」

「呆れましたねえ。で、尾加倉と坂崎社長のそもそもの結びつきは何なのですか？」

「これがまた分からない。坂崎社長というのは、通産省のエリートでね、二十年前に中央電子化学工業に天下《あまくだ》った。尾加倉とは、年齢が近い以外、特別な接点があるとは、とても思えないのだが……」

「二十年前というと、尾加倉が頭角《とうかく》を現わした時期と符合しますね」

「ああ、それはそのとおりだが、しかし、それは偶然にすぎないだろう。まあ、偶然でも何でも、運命的出会いというのはあるかもしれないがね」

「運命的出会いですか……」

浅見は、兄にしては、珍しく感傷的なことを言うものだ――と思った。

「坂崎社長は通産省に入る前は何をしていたか、分かりませんか？」

「ん？ 通産省以前？ それは気がつかなかったが……なるほど、最初から通産省に入局したわけじゃないね。坂崎氏が学校を出たころは、まだ通産省そのものがなかったはずだからな。たぶん軍隊上がりだとは思うが……よし、すぐに調べてみよう」

陽一郎は気負って言ってから、

「それはそれとして、ところで、どうなんだ、きみの事件のほうは？」

「なんとか、おぼろげながら輪郭《りんかく》が見えてきたところです。二、三日中にははっきりすると思うけど」

「ほう、強気なことを……しかし、現場の連中にはあまり大きなことを言わないほうがいいね。警察の捜査は地道なものだ」

「分かってますよ」

そのことは、谷沢のきびしい言葉で肝《きも》に銘じたばかりだ。

それからおよそ三時間後、陽一郎からの電話があった。

「坂崎氏は軍需省にいたそうだ。私もあまり詳しくなかったのだが、軍需省は戦時における通産省的な役割を持っていたと考えていいだろう。戦後、解体して、そのスタッフの多くが、経済安定本部や通産省にスライドしたらしいね」

新知識を得たせいか、あの冷徹そのもののような陽一郎が、興奮ぎみであった。

電話を切って、浅見はふたたび受話器を握った。

羽田記子は自宅にいた。

「まだ修善寺にいるんですか？」

驚いた声には、「祖父の事件のことで」という感謝の響きが込められていた。

「きみに頼みたいことがあるのです」

「何ですか？」

「明日、お祖父さんの尺八《しやくはち》を持ってきてくれませんか」

「えっ、祖父の……何をするのですか？」

「それは、会ったときに話します」

「分かりました」

記子はそれ以上は何も訊かなかった。

のだろう。

2

朝から雨であった。気温もいっこうに上がらない。今年の夏はいったいどうなっている

記子は新幹線の三島駅を出て、浅見のソアラを発見すると、嬉しそうに手を上げ、少女のように飛び跳ねてきた。それでなくても可愛《かわい》い女性である。周囲の人々がいっせいに振り返り、彼女の行く手にいる果報者に、羨望《せんぼう》と憎悪《ぞうお》の視線を突き刺した。

浅見は記子が近づく前に、亀《かめ》の子のように車にもぐり込んだ。

「サンドイッチ、作ってきました」

助手席に坐るなり、記子は挨拶代わりのように、言った。

「旅館暮らしじゃ、きっと食事も偏《かたよ》ってるでしょ、そう思って。そしたら、父がね、どこへ行くんだって、誰と行くのかって、うるさいんです。だから、野球を観《み》に行くんだって言ったんです。野球っていいですね、健康的なイメージで」

「嘘なんかついて、いいんですか？」

「いいんですよ、嘘も方便っていうでしょ。伊豆へ行くなんて言ったら、父は絶対にだめ

だって言うわ、きっと。父が伊豆を敬遠する理由、分かったんです。子供のころにいやなことがあったみたい」

「いやなことって？」

「祖父のことをね、悪く言う人がいたんですって。戦争のころ、鉱山で働いていて、祖父に殴《なぐ》られたって、そう言われたんですって」

「ひどいことを」

「あら、だって、そのころは仕方がなかったんじゃないかしら」

「いや、そうじゃなくて、そんなことを子供に言うべきじゃないという意味です」

「ああ……そうですよね、子供のせいじゃないのにねえ」

「しかし、親というものは、子供に対して一生、責任を負っていかなきゃならないものなのかなあ……そう考えると、ますます結婚に消極的になりますね。僕なんかきっと、相当にだめな親父《おやじ》でしょうから」

「あら、そんなことないと思う。浅見さんてすてきなパパになりますよ」

「あははは、よしてくださいよ」

浅見は「パパ」という単語に照れて、真っ赤になった。

車は下田街道の真っ直ぐな道に入った。行く手に、重く雲が垂《た》れ込めた天城の山々が見えてきた。

「それはそうと、浅見さん、この尺八、どうするんですか？」

記子はバッグから金襴《きんらん》の袋に入った尺八を取り出して、訊いた。

「井野さんに吹いてもらおうと思うんです。できれば滝落之曲をね」

「ふーん、滝落をですか……それはいいけれど。でも、井野さんは吹けないって言ってませんでした？」

「一応、頼むだけ頼んでみましょう」

「ええ、それはいいですけど……だけど、どういうことなんですか？　急にそんなことを思いついたのは、何かそれなりの理由があるんでしょ？」

「まあね……そうそう、その尺八、きれいに汚れを落としておいてくれませんか。手垢《てあか》ひとつ残っていないように」

「手垢なんかついてませんよ。でも、いいですよ、そうします」

記子は口を尖《とが》らせながら、それでも、尺八を袋から出して、柔らかい布で丁寧《ていねい》に磨《みが》きはじめた。

井野は若い二人の到来を、目を丸くして迎えた。

「たびたびお邪魔して、申し訳ありません」

浅見が言うと、「なんの、なんの」と手を横に振った。

「今年のお盆は、息子たちが帰ってこないというんで、家内と二人、寂しがっていたところです。できれば泊まっていっていただきたいぐらいなものですなあ」

井野の言葉は本音らしく、井野夫人も「ゆっくりなさってくださいね。お昼にお素麺《そうめん》を茹《ゆ》でますから、召し上がってください」と楽しげに勧める。

井野は二人の客を二階の書斎に案内してくれた。北向きの部屋で、窓の向こうは鬱蒼《うっそう》と繁る松林で、松葉の先に光る雨の露《つゆ》が見えるほどに迫っている。

「ここがいちばん涼しくて、家内からの距離が遠いのです」

冗談めかして言ったが、書斎を選んだ理由は、浅見と記子の様子に、どことなく緊張した気配を感じ取ったためかもしれない。

その証拠に、夫人が冷たい麦茶を運んできて、しばらく会話の仲間に入りたそうな素振《そぶ》りを見せるのに、「さあさあ、ばあさんは引っ込んだ」と追いやると、夫人の足音が遠ざかるのを待って、静かに襖《ふすま》を閉めた。

「お二人お揃《そろ》いで来られたとなると、何か重要なお話がありそうですな」

座布団《ざぶとん》の上で居住まいを正して、言った。

「じつは、今日は、折り入ってお願いがあって参りました」

浅見のほうも井野に合わせて、正座に坐り直して、言った。浅見が言うのとタイミングを合わせて、記子は金襴の袋の口をずり下げて、抜き身のようにした尺八を、うやうやしく井野に渡した。

「これ、祖父の尺八ですけど」

「ほう、羽田君の……」

井野は手にした尺八の重さに耐えかねるような、沈痛な顔をした。

「その尺八で、井野さんにぜひ、滝落之曲を演奏していただきたいんです」

記子に合わせて、浅見も頭を下げた。

「私が滝落を?……」

井野は尺八を取り落としそうに驚いた。

「それはだめですな、無理ですな。技術がとてもとても……」

「そんなことおっしゃらないで、どういう曲なのかだけでも」

「いやいや、こればっかりはいけません。年寄りに恥をかかせないでくださいや」

井野は尺八を捧《ささ》げ持つようにして、記子に差し出した。記子は当惑して、浅見を振り返った。

「あまりご無理をお願いしては……」

浅見は苦笑して、小さく頷いた。記子は残念そうに、しかし素直に尺八を受け取り、そっと袋に戻した。

「では、今回はわざわざそのことで修善寺に来られたのかな?」

井野は気の毒そうに言った。

「いえ、僕が頼家の墓にご案内しようと思って、誘ったのです。頼家の墓は、記子さんのお祖父《じい》さんにとっても忘れられないところでしょうからね」

「そう……ですな、たしかに」

井野は複雑な目の動きをした。

「祖父の遺《のこ》した日記で見たんですけど」と、記子は言った。

「頼家忌には、祖父は必ず頼家の墓に詣《もう》でて、そのあと、旭滝でみなさんとご一緒に尺八を合奏したのですってね」

「そうでした。羽田君が伊豆におられるころは、毎年の行事でしたなあ」

「それは、西戸さんが亡くなられるまで——といったほうがいいのではありませんか?」

浅見は訂正を求めるように、言った。

「伊豆大島近海地震があった年の九月までは、羽田さんは湯ケ島に住んでおられたのに、その年の頼家忌には、尺八の会は開かれなかったのですから」

「なるほど、まあ、そういうことになりますかなあ」

「あら、そうだったんですか？」

記子は意外そうに言った。

「えっ、あなたはそのこと、知らなかったんですか？　僕はまた、お祖父さんの遺品を見てるのだから、知っているものとばかり思っていたけど」

「だって、祖父の日記は伊豆の地震のあと、途切れているんですもの。だけど、変だわ。西戸さんて祖父の尺八の愛弟子《まな》だったのでしょう？　その方が亡くなったのなら、かえって追悼《ついとう》の会を催しそうなものなのに」

「お祖父さんにしてみれば、西戸さんのことを思い出すのが、辛《つら》かったのかもしれませんね」

浅見はそう言って、井野に「そうなのでしょうね？」と訊いた。

「は？　ああ、そうかもしれませんな」

井野自身、そのことに触れるのが、いかにも辛い――というように頷いたが、その顔のまま怪訝そうに、「それにしても、羽田君が九月に転勤されたとか、その年は尺八の会を開かなかったとか、浅見さんはどうしてご存じなのですかな？」と訊いた。

「僕の親しくしている刑事さんから聞きました」

「刑事……刑事がそんなことを調べているのですか?」

「ええ、そう言ってましたよ。警察っていうところは、被害者の過去のことなら何でもかでも、洗い浚《ざら》い調べなければ、気がすまないみたいですね」

「いやだなあ」

記子は眉をひそめた。

「そんなに何もかも……私たち家族の者さえ知らないようなことまで調べるなんて」

「そのほかに、どんなことを調べているものでしょうかな?」

井野は浅見の顔を覗き込むようにして、訊いた。

「たとえばですね。羽田栄三さんが、今年の頼家忌に、じつは修善寺に来ていたとか、そんなことも言ってました」

「えっ、頼家忌って……だってそれ、祖父の事件があった日でしょう? じゃあ、その日、祖父は修善寺に来たんですか?」

叫んだのは記子だが、井野も口を半開きにして、彼女と同じ程度に驚いている。

「警察はそう言っています。なぜかというと、羽田栄三さんが亡くなったときに、拳《こぶし》の中に植物の葉っぱを握っていたのですが、それはアマギシャクナゲという、伊豆地方にしか自生しない品種のシャクナゲだった。したがって、羽田さんは伊豆で殺害されて、東京の青梅に運ばれた疑いがあるというのです。しかも、警察はすでに、その場所もほぼ特定できたとか言ってました」

「それ、どこなんですか？」

「ははは、いくら親しくしていても、警察はそこまでは教えてくれませんよ」

浅見は笑いながら言ったが、記子は表情を強張《こわば》らせている。

「でも、どうして……祖父の死体を、どうして青梅まで運ぶ必要があったのかしら？」

「それはもちろん、伊豆で殺されたことが分かっては、犯人側に都合が悪かったからでしょうね。たとえば、アリバイの問題があるし、もしかすると、犯行の動機も分かってしまうのかもしれませんよ」

「じゃあ、ひょっとすると、あそこのお土産屋さんのおばさんが見た虚無僧って、祖父だったのですか？」

「いや、あの虚無僧は別人です。おばさんが虚無僧を見たのは、お祖父さんの死亡推定時刻よりあとのことですからね。あれは、その時刻に虚無僧が生きていたことを示唆《しさ》する、犯人側の演出——と警察は考えているみたいですね」

「でも、なぜそんな演出をしなきゃならなかったんですか？」

「それはもちろん、虚無僧姿のお祖父さんが、修善寺で町の人たちに目撃されているからですよ。虚無僧なんて、そうざらにいるもんじゃないでしょう。青梅で虚無僧が殺されていたという事件があって、修善寺で虚無僧が目撃されていたという事実があれば、誰だって結びつけて考えますよ。警察でなくたって、本当の殺害現場は修善寺付近ではないか――と疑うに決まってます。だから、犯人としては、犯行時刻以降も、修善寺のほうの虚無僧はずっと生きていたことを証明しておく必要があったというわけです」

「そっかー……なるほどねえ、よく考えてるもんなのねえ……」

記子は、自分の祖父が被害者であることも忘れたように、溜《た》め息まじりに感嘆の声を洩《も》らしてから、「えっ」と気がついた。

「じゃあ、その、お土産屋のおばさんが見た虚無僧は、犯人だったんですか?」

「そう、少なくとも犯人の一味ということにはなるでしょう」

「そうなんですか……だけど、犯人はどうして、青梅なんかを、その、死体遺棄の場所に選んだのかしら? ほかにも、いくらだって捨て場所はあると思うけど」

「そう、そのことがもっとも不可解だったのだが、犯人としては、それなりの理由がちゃんとあったのです。たしかに、あの場所は車で通行できること、それに、他のどこよりも人通りがなくて、安心して作業ができるという点で、何よりも死体遺棄には適していいます。しかしそれだけの理由なら、箱根の山中でも駿河湾でも構わないわけですよね。なのに、なぜか青梅でなければならなかった——といっても、青梅そのものには何の意味もありません。じつは、あそこが、鎌倉街道だったことに重要な意味があったのですよ。東京近辺に鎌倉街道といわれる場所がいくつかある中から、あの梅ケ谷峠を選んだのは、いま言ったような、死体遺棄に適しているという理由のほかに、犯人がたまたまそこが鎌倉街道であると知っていたことも挙げられるでしょうね」

「でも、なぜ鎌倉街道なんですか？　祖父が祖母に鎌倉街道の話をしていたことと、関係があるのかしら？」

「そのとおりですよ」

浅見は大きく頷いた。

「お祖父さんが夜中に突然、お祖母《ばあ》さんに鎌倉街道の話をしたっていう、そのことが重大なヒントだったのです」

「えっ、えっ、なぜなんですか？　どういう意味なんですか？」

「人間は誰だって……」と、浅見は尊大な科学者のように、昂然《こうぜん》と背を反《そ》らせるようにして、言った。

「思いがけないほど大きな発見をしたり、アイデアが閃《ひらめ》いたりしたら、誰かに話したい衝動に駆られるものです。それがタブーであっても……いや、タブーであればあるほど、誰かに打ち明けたい気持ちは強いでしょうね。たとえば、王様はハダカである——とか、それでも地球は動く——とか」

「浅見さん、祖父は何を発見したっていうんですか？」

記子は浅見の饒舌《じようぜつ》に焦《じ》れて、身もだえするようにして迫った。

「失われた道の意味を発見したのですよ」

「失われた道……」

「羽田栄三さんは、古賀さんが残したメモにある『失はれし道』という言葉が、何を意味するのか、終戦のときから四十何年間ずっと、気にかかっていたのです。こんな言い方は失礼かもしれないけれど、あなたのお祖父さんはきわめて真面目な方だったのでしょうね。だから、僕のようなチャランポランな人間と違って、とんでもない発想が浮かぶことは、ごく稀《まれ》なのです。井野さんが、失われた道の意味を、日本が歩む道——というふうに解釈されましたが、羽田さんもそれと同じようなことを考えておられたのかもしれません。ところがある夜、頼家忌のことから鎌倉街道のことを連想していて、ふいに閃いたのです。『そうか、あれが失われた道だったのか！』とね。たしかに、無数といっていいほどあった鎌倉街道は、そのほとんどが野に埋もれ、『失われた道』となってしまった。道というのは、そうやって長い歳月の中で消えてゆくものもあれば、突然の変動で一瞬のうちに消滅するものもあるのですね。こんどの伊豆の旅の中でも、僕はいくつもの失われた道に出合いましたよ。たとえば、地震で消滅したという、湯ケ島から持越へ通じる道路。船原トンネルの開通によって寂《さび》れ、やがては使われなくなってゆくであろう峠道。そして、かつては羽田栄三さんと西戸さんが散策した、頼家の墓の脇から旭滝へと通じる道……」

そのとき、井野は不思議そうな目を浅見に向けた。何か言いたげでもあったが、浅見は構わず、話の先をつづけた。

「……ほんの短い旅のあいだでも、こんなにいろいろの『失われた道』を発見できて、僕はその中のどれかが、古賀さんの遺した失われた道の正体ではないか——とも思いましたが、しかし、古賀さんが亡くなったのは昭和二十年、古賀さんに予知能力でもないかぎり、どれも該当しません。それにしても、古賀さんが生きていた時代はあまりにも遠い。いったいどんな道が失われたのか——僕にはまったく分かりませんでした」

「でした——って、じゃあ、浅見さんは、いまは分かってるんですか？」

記子は食いつきそうな目をしている。

「ええ、たぶん分かったつもりです。しかし、いまはともかく、あなたのお祖父さんの話をしましょう」

「ええ」

「そういうわけで、あなたのお祖父さんは、発見の喜びに駆られるあまり、夜中だというのにお祖母さんに話さないではいられなかったのです。『鎌倉街道から、失われた道の意味を思いついた』とね。さらに、『人間の脳のメカニズムは、いったいどうなっているのか』などと、とても嬉しそうで、おそらく自慢そうな口調だったことでしょう。そういう思いがけない着想は、誰だって、自慢したいものです。お祖父さんだって、子供みたいに吹聴《ふいちょう》したかったはずです」

「でも、そんな話、祖母以外の家族の者は誰も聞いてませんけど」

「そうらしいですね。いや、お祖母さんにも、着想の詳しい内容については話されなかったのです。嬉しさのあまり、つい口走りかけたが、そこまでで思い止《とど》まった。これはとても不可解なことです。不可解であると同時に、着想の内容について、重大な事実を示唆していると僕は思いました」

「何なのですか、その重大な事実って？」

「さあ……それは分かりませんね。たとえ分かったとしても、お祖父さんご自身がお話しにならなかったことを、憶測で言うのは遠慮すべきでしょう。ただ、いずれにしても、話したくなかった――あるいは、話してはいけない、いわば秘密といってもいいようなことだったと考えていいと思います。人間には——ことに男には、墓の中まで抱いて行かなければならない秘密があるものですよ」

「じゃあ、すごく悪いこと、ですか？　祖父は悪人だったのですか？」

「そうではない、むしろその逆でしょう。お祖父さんはきわめて真面目な、正義感の強い方だったと思います。悪人なら悩まないで済むことを、正義感が強いだけに、悩み、苦しんだのではないでしょうか。虚無僧姿で出歩かれたのも、ただ尺八が趣味だったというだけではなく、何かしら……そう、供養《くよう》するような想いが込められていたような気がしてならないのですよね。だからこそ、ご家族にも目的や行く先を告げなかったのじゃないでしょうか」

浅見は「贖罪《しょくざい》」と言いかけて、「供養」に言い換えた。

「供養——というと、誰か、亡くなった方がいるんですか？」

「ええ、たとえば、古賀さんだとか、西戸さんだとか……それに、あの戦争で強制連行され、鉱山で働かされた朝鮮の人たちへの想いがあったかもしれない」

「そう……だったのですか……」

記子は井野の横顔に視線を向けた。井野は瞑目《めいもく》して、記子の問い掛けをかわした。

「じゃあ、祖父の抱いていた『秘密』とは、そういうことに関係があるんですか？」

「だと思います。だからお祖父さんは、『鎌倉街道』の着想を、その当時からの仲間だけに話しているのですよ」

「その当時の仲間っていうと?」

「たとえば、坂崎社長」

「社長さん?」

「羽田さんと坂崎社長との関係は、単に会社での繋がりというだけではなく、戦時中からの長いお付き合いなんですよ。終戦のときまで、坂崎社長は軍需省から土肥金山に派遣された監督官として、お祖父さんの上司だったのです」

「えーっ、ほんとですかァ?」

記子は井野に向けて、訊いた。井野は当惑げに、小さく頷いた。

「そうだったんですか、ぜんぜん知らなかった。祖母からも、一度も聞いたことがありませんよ」

「お祖母さんはご存じないのです。坂崎氏が土肥金山にいたのは、お祖父さんとご結婚される前のことだし、それから二十五、六年も経って、坂崎氏は通産省から中央電子化学に天下って、ふたたびお祖父さんとの交流が生じたのですからね。それはともかくとして、羽田さんはあの日、何人かの人に、『鎌倉街道から失われた道の正体を思いついた』という話をしたのです」

「あの日――って」と、記子は敏感にその言葉をキャッチした。

「それは、祖父が殺された日のことなんですか？」

「そう、言い換えれば、羽田さんが伊豆に来られた日――ですね。もちろん、羽田さんはその人たちを親しい仲間と信じて、何も疑うことなく、ご自分のすばらしい着想を披瀝《ひれき》したつもりだったのです」

「でも、それが……つまり、鎌倉街道から失われた道を思いついたからって、どうしてすばらしい着想になったりするんですか？　いったい、失われた道にはどんな秘密があるんですか？」

「うーん……そのことはあとで話すことにして、いまはとにかく、その人たちにとってはたいへん重大な――羽田さんが考えていたよりも、はるかに重大な情報であったとだけ記憶しておいてください。そして、羽田さんにとって不運だったのは、その情報を必ずしも、諸手《もろて》を上げて喜んでばかりいられない人物が一人、その人たちの中にいたということなのです」

「誰、ですか、その人って？……」

記子は不安そうに言って、井野の顔にゆっくり視線を向けた。

井野はずっと黙ったまま、俯《うつむ》きかげんに目を閉じ、浅見の話を聞いている。

3

「その人の名を言う前に、お祖父さんがなぜ鎌倉街道に運ばれたか、その理由を整理しておきましょう」

浅見はタネ明かしを惜しむ手品師のように、少しもったいぶって言った。

「羽田さんはおそらく、お仲間だけに『鎌倉街道』のことを話したのですが、彼らにしてみれば、それまでに羽田さんはもっと大勢の人たちに喋ったと考えたはずです。そう思いたくなるほど、羽田さんは自慢げに喋ったのでしょうし、現に、お祖母さんには話しているのですから、そう思うのも無理がありません。もしそうだとすると、『鎌倉街道から失われた道を思いついた』という、その話を謎のまま残しておくことは、彼らにとって都合が悪いと考えたのです。そこで、羽田さんの遺体を鎌倉街道に運ぶことにした。つまり、鎌倉街道で死んでいたことによって、羽田さんが言っていた『失われた道』というのは鎌倉街道のことだったのか——という結論で、謎に終止符を打てると考えたのでしょうね。つまり、青梅の梅ケ谷峠・鎌倉街道が死体遺棄の場所に選ばれたのには、そういう、一石《いっせき》二鳥《にちょう》の狙《ねら》いがあったのです」

浅見はいったん言葉を止め、氷が融《と》けて、すっかりぬるくなってしまった麦茶で、喉《のど》を潤《うるお》した。ほかの二人は聴き手に徹するつもりなのか、浅見のそういう動作を、じっと見つめている。

「羽田さんの『鎌倉街道』の話を聞いた人が何人かいると言いましたけど、その中には直接羽田さんの口から聞いたのではない人もいたのです。たとえば坂崎社長も、もしかすると電話で聞いたクチかもしれない。しかも、羽田さんではない人からのまた聞きだったとも考えられます。少なくとも、坂崎社長が電話で『鎌倉街道』の話をしていたことは間違いありません。なぜそれが分かるかというと、坂崎社長が電話で喋っているのを、たまま立ち聞きした人物がいたからです。何も予備知識がないその人にとっては、おそらく、その話の内容は奇妙な――というか、異様なものであったのでしょう。たとえば、坂崎社長はこんなふうに話していたことが想像できますね。『なに？　鎌倉街道から失われた道を思いついたっていうのか？』といった具合です。あるいは逆に、電話の相手に『鎌倉街道から失われた道を思いついたと言ってます』と報告していたのかもしれない。いずれにしても、立ち聞きした人は、いったい何のことか？――と、ずいぶん奇妙に思ったことでしょう。実際、その人が僕にその話をしてくれたときも、不思議そうな顔をしていましたよ」

「えっ……」と、記子は思わず声を発した。

「その人、浅見さんにその話をしたって……誰なんですか？　その人って？」

「佐瀬という人です。先日、殺された、土肥金山公園の支配人ですよ」

「えーっ！……」

記子は悲鳴を上げて、両腕で自分を抱くように、身をすくめた。井野は天を仰いで目を閉じた。

「じゃあ、祖父を殺したのは、坂崎社長なんですか？」

「まあまあ、そんなふうに短絡的に結論を出さないでくれませんか」

浅見は苦笑して、窘《たしな》めるように言った。

「いま話していることは、すべてが事実というわけでなく、かなりの部分、僕の推理でしかないのですからね。あの日、坂崎社長が伊豆にいたことは事実ですし、しかも、土肥の金山公園で佐瀬さんと会ったことも確かではあるけれど、それだけでは、いくら強引な警察でも、坂崎社長が犯人――という結論は出せませんよ」

「だけど、その人――佐瀬さんが殺されたのも、『鎌倉街道』の電話を立ち聞きしたことと関係があるのでしょう？」

「それは間違いなく関係があると思います。佐瀬さんは、羽田さんのお祖父さんの死体が発見された場所が鎌倉街道であると知って、そういえば、あのとき坂崎社長が『鎌倉街道』と喋っていたな——と連想を働かせたにちがいない。そうすれば、おぼろげながら、事件の真相が見えてきて不思議はないし、そのことを誰かに話したくなって当然です。一人でこんな恐ろしい秘密を抱えているのは、耐えがたいものですからね。現に佐瀬さんは、僕に電話してきて、ぜひ会いたいと言っていたのです。その矢先、残念ながら……」

浅見は痛恨の想いを込めて、瞑目した。

「ということは、佐瀬さんは浅見さんではない誰かに、その話をして、それが原因で殺されちゃったんですか?」

記子は心細い声を出した。

「そう思っていいでしょう」

「でも、どうして……話を聞いた人が裏切って、告げ口をしたのかしら?」

「裏切ったか、あるいは、話した相手そのものが犯人であった可能性もあります」

「あっ……」

記子は、お喋りの自分を戒《いまし》めるように、両方の掌で口を覆った。

浅見はゆっくり井野に向きを変えた。

「どうでしょうか井野さん、警察の調べたことや、僕が勝手に並べたてた推理に、少しは当たっている部分があるでしょうか？」

「いやいや……」

井野は物憂《ものう》げに首を振った。

「私には何もかも、ただ驚くほかはありませんなあ。浅見さんがなぜそんなにいろいろと知っているのか、どうすれば、そういう発想が浮かぶものなのか、それをお聞きしたいくらいなものです」

「ほんと」と、記子も目の中に畏《おそ》れの色さえ見せて、言った。

「こんなの、誰だってびっくりしちゃいますよ。浅見さんて、警察なんかより、ずっと頭がいいんじゃないかしら」

「ははは、そんな言い方をすると、警察が怒って逮捕しに来るかもしれない。それに、まだ事件を解決したわけじゃないんだし」

「そうだわ、失われた道が何のことだったのか、犯人は誰なのか……肝心《かんじん》なことを教えてもらってませんよ」

「それはいまは言えません」

浅見は表情から完全に笑いをひそめて、言った。きびしいというのではなく、どことなく寂しさを感じさせる顔である。目の前にいる記子でさえ、まるで疎外感という名のバリアーに包まれた人間に対しているように、距離を置いた目で浅見を眺めた。

昼までにまだ少し間があった。「お素麺を召し上がって」と、井野夫人はしきりに勧めてくれたのだが、浅見と記子は固辞して井野家を後にした。夫人は残念そうだったが、井野は引き止めることをしなかった。

「とても変な感じ……」

車が走りだすと、記子は前を向いたまま、突慳貪《つっけんどん》な口調で言った。

「変て、何がですか?」

「あんなふうな話になるなんて、前もって教えてくれればいいのに、浅見さんはおくびにも出さないんですもの」

「ああ、たしかにびっくりしたでしょうね。しかし、前もって打ち合わせておいたりしたら、狂言《きょうげん》みたいで、なんだか不自然な感じになりますよ。僕は芝居が下手だから、そういうの、あまり好きじゃないんです」

「それはそうかもしれないけど……だけど、それにしたって浅見さん、あれなんでしょう? 浅見さんは井野さんを疑っているわけでしょう? この尺八だって、最初から吹いてくれないことを承知の上で、要するに、井野さんの指紋を取る目的で、私に持って来させたのでしょう？」

「ほうっ、鋭い！」

「煽《おだ》てたってだめですよ。そんなことぐらい、誰にだって分かりますよ。ひどいわ、私まで騙《だま》して、小道具の用意をさせるなんて。それより何より、井野さんを疑うなんて、よくそんな気になれるもんですね。私にはとても……井野さんが犯人だなんて、想像することさえできないわ」

「それじゃ、僕が犯人であることはどうですか？」

「えっ、浅見さんが？……まさか、そんなこと、分かりきったことじゃないですか」

「となると、ほかには……たとえば松永和尚は？」

「ばかげてますよ」

「お父さんは？」

「やめてくれませんか」

「ははは、怒っちゃいけないなあ。僕が言いたいのは、それじゃ、どういう人物なら犯人たる資格を持っているというのか、それを聞かせてくださいということなのです。殺人事件が発生した瞬間は、赤ん坊を除く人類すべてに犯人の可能性があると考えるべきですよ。まずそこからスタートして、さまざまな条件をあてはめ、容疑対象を絞り込んでゆく。たとえばアリバイですね。犯行時刻に日本に存在し得なかった——というだけの理由で、なんと、世界中の数十億という人間のアリバイがいっぺんに成立して、容疑対象からはずされます。これはすごいことで……」

「浅見さん、真面目にやってくれませんか」

浅見を睨んだ記子の目が、涙で潤《うる》んでいるのを見て、浅見は慌てて謝った。

「失礼、いや、当人はそんなにふざけているつもりはないのですが」

しばらくのあいだ、気まずい沈黙が訪れた。

車は修善寺温泉の街を通過して、国道一三六号線にぶつかったところで、右折した。下田方面へ向かう道である。大仁警察署へ行くものとばかり思っていた記子は驚いた。

「あら？　警察に寄るんじゃなかったんですか？」

「え？　どうして？」

「だって、これ……」

記子は尺八の入った金襴の袋を、両手で捧げ持った。

「警察で指紋の鑑定をしてもらわなくていいんですか？」

「ああ、その必要はありませんよ」

「えーっ？　うそ……」

記子は信じられない——という目で、浅見のすました横顔を睨んだ。

「うそじゃないですよ。指紋を取ったことだけで、もう充分なのです」

「そんな……どういうこと？　わざわざこんなものを持ってきて、それじゃ、私がまるっきりばかみたいじゃないですか」

「そんなことはない。あなたのおかげで、じつにスマートに指紋を取ることができました」

「取ることができたって、鑑定してもらわなきゃ、何の意味もないでしょう？」

「いや、意味はありますよ。井野さんに、指紋を取られたと思わせましたからね」

「そんなこと、井野さんが気がついたかどうか、分からないわ」

「ははは、あなたが気づいて、井野さんが気づかないと思うのは、井野さんに対して、かなり失礼ですよ」

「……………」

記子は言い負けた恰好で、黙った。

「井野さんの指紋を、あえて照合する必要はないのです」

浅見は記子を慰《なぐさ》めるように、言った。

「その場所から採取された沢山の指紋の中に、井野さんの指紋と一致するものがあることは、誰よりも井野さん自身が知っていることですからね」

「その場所って、どこなんですか？」

「あなたのお祖父さんが殺された場所です」

「えっ……」

記子が小さく叫んだ。

「じゃあ、祖父は……井野さんは……嘘でしょう？　浅見さんは本気で、井野さんが祖父を殺した犯人だなんて……」

「直接、手を下した犯人だとは思いませんが、しかし、共犯者の一人であることは疑いようがありません。さっき、僕が、あることないことを交《まじ》えながら、勝手気儘《きまま》に事件の構図を喋りまくっているときの、井野さんの表情の変化を見たでしょう」

「それは、たしかに……えっ？　あることないことって、浅見さんが話したこと、あれは全部が事実じゃなかったんですか？」

「もちろん違いますよ。かなりの部分、僕の推理ですと言ったじゃないですか。といっても、ほとんどは事実か、あるいは事実と信じていることを言いましたけどね。しかし、たとえば佐瀬さんが僕に鎌倉街道のことを話したというのは嘘です。本当は、僕が鎌倉街道の話をしたとき、異常な反応を見せただけなのです。それなのに、僕は早くクーラーの効いたところに行きたくて、上《うわ》の空だった……」

浅見はそのことにいつまでも悔いが残っている。

「もしあのとき、それから、電話をかけてくれたとき、僕がもっと真面目に佐瀬さんの話を聞いていれば、井野さんだって罪を犯さずにすんだかもしれないのに……」

「それはでも、結果論ですよ」

記子は慰めを言って、「だけど、あの井野さんが、祖父を殺した人たちの仲間だなんて、とても信じられない。いったい井野さんは何をしたんですか？」

「まず、殺人者を知っていながら庇《かば》っているという、いわば消極的な意味での共犯関係がありますね。それから、アリバイ工作に加担しています。ほら、土産物屋のおばさんに目撃された、偽装工作の虚無僧、あれが井野さんですよ」

車はまさにその土産物屋の前にさしかかっていた。浅見はソアラの鼻先を店の前の駐車場に突っ込んだ。

「あら、このあいだの」と、おばさんは二人の顔を憶えていた。

「その節はどうも」と礼を言って、浅見は土産にわさび漬を買った。

「そうそう、お祖父さんは見つかったのですか？」

おばさんは記子に訊いた。

「ええ、なんとか……」

記子は返答に窮《きゆう》して、語尾を濁《にご》した。

「そうだ」と、浅見は彼女を救うように言った。

「おばさんが井野さんに虚無僧の話をしたのは、虚無僧を見た次の日ですか?」

「はい、そうでしたよ。井野さんが、珍しく車でお寄りになって、お客さんに持たせるお土産を買ってくださって、そのとき、『何か変わったことはないかね』っておっしゃったんです。それで、そう言えばって、虚無僧さんの話をしました」

おばさんはそう言って、虚無僧が通って行った方角に視線を送った。

「あの日も雨だったわねえ。びしょ濡《ぬ》れで、かわいそうみたいでしたよ」

記子はつられて、まるで亡霊を見るような目で、おばさんの視線の先を追った。霧雨《きりさめ》がカーテンのように、流れていった。

「やっぱり、井野さんは、虚無僧が目撃されたかどうかを確認していたんですね」

車に戻って、浅見は言った。

「それほど多いわけでもない目撃者の話を、井野さんが早い段階で知っているのは、おかしいと思っていたのですよ」

「ああ……」と、記子は溜《た》め息をついた。

「浅見さんが味方でよかった。なんだか、井野さんがかわいそうみたい」

「そんなふうに言わないでください」

浅見は苦笑した。

「井野さんだって、最初から犯意があったわけではないけれど、いろいろな事情があって犯罪に引き込まれてしまったのでしょう。せめてそう思いたいな。それと、もう一つ、こっちのほうがより罪が重いのですが、『鎌倉街道』のことで佐瀬さんに相談を受けて、それを殺人者に伝えてしまったことがあります。井野さんにその意志はなくても、結果的には佐瀬さんの信頼を裏切り、密告したかたちになったのですからね」

「ああ、なんてこと……」

記子は頭をかかえて、シートに深く身を沈めてしまった。

車は大平の集落に入った。浅見は例のガソリンスタンドに寄って、ついでに自動販売機で温かいコーヒーを仕込んだ。

旭滝の前の広場は、雨のせいか、人っ子ひとりいなかった。二人は大平神社の広縁《ひろえん》に坐って、ピクニックのようにサンドイッチの包みを広げた。

「でも、いくら考えても分からない」

記子はピクルスを口に放り込んで、言った。

「どうしてなのかしら？　祖父が何をしたっていうのかしら？　鎌倉街道だとか、失われた道だとか言っただけで、なぜ殺されなければならなかったのかしら？　それに、井野さんがどうして……」

飲み込んだピクルスの代わりのように、いくつもの疑問を、ポンポンと放り出した。

「お祖父さんの存在が、犯人側にとって煙たくなったということでしょうね。過去のいろいろな秘密を知っているお祖父さんの、正義感の強さが、彼らにしてみれば脅威だったわけですよ」

浅見はコーヒーを喉に流し込んでから、静かに言った。

「この事件には、いくつもの秘密や謎が錯綜《さくそう》しているのです。まず第一の秘密は、遠い昔、太平洋戦争の終戦のときに、古賀さんが殺された事件です。犯人は朝鮮人労働者らしいと噂されたものの、敗戦のドサクサの中で迷宮入りしてしまった。第二の秘密は、その際、大量の金塊がどこかに隠匿《いんとく》されたという噂があったこと。第三の秘密は、昭和五十三年一月の伊豆大島近海地震の際、行方不明になった西戸さんのこと……こういったことが過去にあって、それが因縁話のように現在も生きていたのです。そして、現在起きている犯罪と結びついて、その両方の秘密の狭間《はざま》にいた羽田さんが殺された。過去と現在を結ぶ絆《きずな》を断ち切るように——です」

「それで、犯人は……井野さんや坂崎社長ではない、いちばん悪い、本当の犯人は誰なんですか?」

「尾加倉大永という人物です。尻尾《しっぽ》の尾に加えるに倉庫の倉と書きます」

「尾加倉大永……どこかで聞いたことがある名前だわ」

「そう、僕もね、はじめて聞いた瞬間、そう思って、しかしあまり詳しくは知らなかったのだが、いまはかなり有名ですよ。このところ、その名前は新聞にちょくちょく出るようになりましたからね」

「あ、そうだ、不正融資の事件に関係があるんじゃなかったかしら?」

「そのとおりですよ」

「じゃあ、そいつが犯人?」

「といっても、自分が手を下したわけじゃないでしょう。やったのはそいつの部下だと思いますよ」

「動機は?」

記子はいっぱしの捜査員のように、意気込んで訊いた。いつのまにか、彼女の事件に対する姿勢は、肉親を殺された恨《うら》みから離れ、知的好奇心に変質しつつある。

「動機はたぶん、沢山あるのでしょう。しかし、差し迫った動機はカネですよ、きっと。バブル経済の崩壊で、いま尾加倉は追い詰められていますからね。尾加倉ばかりでなく、彼を取り巻く連中はパニック状態なのです。たとえば坂崎社長もそうだし、銀行の融資担当者なども戦々恐々の毎日ですよ。いまの彼らはカネの亡者のように、カネが手に入りさえすれば何でも……たとえ殺人でも、平気でやってのけるにちがいない」

「でも、それと祖父と、どういう関係があるんですか？」

「羽田さんが、埋蔵金の在《あ》りかを知っていると信じていたのでしょうね」

「埋蔵金？……」

「敗戦のとき、土肥の金山に巨額の金が隠匿されたというのは、かなり信憑性《しんぴょうせい》の高い話です。当時の軍需省の監督官として、最後まで金山に残ったのは、古賀という人と羽田さんでした。実際に金の所在を知っていて、隠匿作業をしたのは古賀さんだけれど、羽田さんだって知らないはずはない――と、彼らは思い込んでいたのです」

「でも、そんな埋蔵金なんて、祖父が知ってるはずがないじゃないですか。知っていれば、とっくに掘り出してますよ。三十何年も伊豆にいたんですもの」

「ところが、羽田さん自身は金の隠匿に携《たずさ》わっていなかった。金があるらしいことはうすうす知っていても、どこにあるのかは知らなかったのです。それに、何といっても、あなたのお祖父さんは欲のない人なんですよ。勤続三十年以上だというのに、副工場長までしか出世しない職場に満足していたのですからね」

「あら、でも、祖父は最後には取締役になりましたよ」

「そう、井野工場長を飛び越してね。しかも地震災害で工場が壊滅したというのにです。なんとも奇妙な人事だとは思いませんか。それがこの事件の性格をもっとも特徴的に表わしているのですよ」

浅見は神のように宣言した。

4

「坂崎社長が通産省から中央電子化学工業に天下ったのは、二十年ばかり前のことだったそうです。その当時、持越の工場は天城鉱業の精錬所として稼働していました。しかし、土肥金山をはじめとする伊豆の鉱山はあいついで閉山しつつあって、持越精錬所も身売り話が出ていたのですね。そしてまもなく、持越精錬所は中央電子化学工業に買収されるわけです。羽田さんが坂崎氏と再会したのは、じつはその合併間際のときだったのです。それを転機に、羽田さんは遅まきながら運に恵まれました。まず、いままで主任でしかなかった肩書が副工場長になったのです。しかも、その直後、運命の大地震が起きて、一挙に取締役に抜擢《ばってき》されました」

記子は固唾《かたず》を飲んで、浅見のよく動く口元を見つめている。

「地震災害の中で、なぜ羽田さんだけが幸運を掴んだのか――たとえば井野さんなどは、逆に引退を余儀なくされているというのにです。ここに、こんどの事件の謎を解く鍵がある、と僕は思ったのです。その日、持越の工場には、当時まだ専務だった坂崎氏と羽田さんと西戸さん、それに尾加倉氏と彼の部下がいたはずです。いや、それ以外にも、坂崎氏の運転手と、地震で亡くなったポンプ小屋の従業員がいましたが、この二人は、直接事件には関係ありません。

ところで、尾加倉氏がなぜそこにいたのか――というと、彼はかなり以前から、坂崎氏のコネで、西戸さんの土地を譲り受ける交渉をしていたのです。西戸さんの土地とは、つまり、修善寺温泉の市街地から旭滝へ抜ける、あの道路周辺の一帯で、修善寺温泉を見下ろす広大な丘陵地帯への玄関口といってもいいような場所です。そこを支配下に置けば、やがて始まる丘陵全域の開発に対して、キャスティングボートを握ることになる。尾加倉氏は坂崎氏や、西戸さんの上司であり尺八仲間でもある羽田さんを通じて、拒否しつづける西戸さんを口説きにかかった。ときには、かなり強引なやり口で脅したりすかしたりということもあったようです。西戸さんが羽田さんに向けて憤懣《ふんまん》をぶつけていたのは、そのためなのでしょう。そして運命のその日、尾加倉氏自《みずか》ら持越の工場に現われ、西戸さんを呼び出して最後の交渉を始めた。しかし西戸さんはがんとして『ノー』と言いつづけた。おそらく、最後には相当はげしいやりあいになったにちがいありません。まさにそのとき、地震が発生して、鉱滓《こうさい》池の土石流が工場を襲った。ポンプ小屋を直撃した土石流によって、従業員が流され、道路は崩壊、通信は途絶、持越工場は孤立状態になりました。その混乱の中で、西戸さんは殺害されたのです」

記子は「ひっ……」というような、奇妙な声を発して、息を吸い込んだ。

「じゃあ、祖父はそのとき……」

「いや、羽田さんは殺害そのものには関知しなかったと思いますよ」

浅見は彼女の恐怖を宥《なだ》めてやった。

「羽田さんは、他の連中の言葉を信じて、西戸さんは土石流に巻き込まれたものと考えていたにちがいありません」

事実はどうなのか、浅見は知らない。というより、羽田もその場に居合わせた可能性があると思わないわけにはいかない。しかし、それはどちらでもいいことだ。すでに羽田栄三は死んだのである。

「しかし、彼らにしてみれば、羽田さんの証言いかんによって、事故死と殺人事件との岐《わか》れ路《みち》が決定するわけです。羽田さんはそのことで、彼らに潜在的な恩を売り、しかも、埋蔵金の秘密を知る人間として、一躍、彼らにとって無視できない存在になったのです」

「でも、祖父は埋蔵金のことなんか知らなかったのに」

記子はオズオズと言った。

「いや、それはさっき言ったように、まったく知らなかったわけではないと思いますよ。終戦のとき、古賀さんが何かを隠匿したらしいことは、うすうす知っていたけれど、それがどれほどのものか、どこに隠したのか——といったことまでは知らなかったのかもしれない。少なくとも尾加倉は、羽田さんが知っていると信じたのでしょうね。羽田さんが知らないと言っても、隠していると思ったにちがいない。とにかく猜疑《さいぎ》心の強い人間らしいですからね。とはいえ、それほどまで思い込みが強かったのには、理由があるはずです」

「理由って、何ですか？」

「尾加倉は終戦当時のドサクサのとき、土肥の金山で最後の処理に当たっていた二人の監督官のことをよく知っていた男ではないかと思うのですよ。そして、三十何年かぶりに持越工場で出会った羽田さんが、その監督官の一人だと気づいたのです。あのときの監督官なら、当然、金の行方を知っているはずだ——と、そう思っても不思議はありません」

「じゃあ、尾加倉も戦争のとき、土肥にいたんですか」

「そう、そして、古賀監督官を殺して逃走した男こそが尾加倉ですよ、きっと」

「えーっ……」

記子はこれでもう何度めか数えきれない、驚きの悲鳴を上げた。

「どうして……浅見さんはどうして……ほんとにそうなんですか？　ずいぶんいろんなことが……どうしてそんなことが分かるんですか？」

支離滅裂《しりめつれつ》のような質問を発した。

「分かるのですよ、不思議に」

浅見は当惑したときにこの男が見せる、曖昧な笑みを浮かべて、言った。

「どうしてか——と追及されると、完全には説明できないかもしれないけれど、たとえばいまの、尾加倉が古賀監督官を殺害した犯人にちがいないといったことは、ほとんど直観的に言えちゃいますね。尾加倉の素性を少し調べたし、それに、あの男があれほどまでに埋蔵金に固執するのは、よほどの確信がなければならない。それは終戦時の最後のギリギリまで土肥にいて、監督官の動向を見定めた人間であることの証明です。たぶん、古賀監督官を脅し、金の在りかを吐かせようとして失敗したあげくの凶行だったと思います。それ以外のもろもろなんかは、これまでに集めたデータや、勘、それにちょっとした推理を働かせれば、だいたいのストーリーは思い描けるでしょう。これであと、報告書を完成させるには、井野さんや坂崎社長、そして尾加倉とその部下の吉原の供述を得れば、それですべてが終了しますよ」

「信じられない……」

記子は浅見の、いかにも育ちのいい坊っちゃん——という感じしかしない顔を眺め、諦めたように首を振って、溜め息をついた。

「浅見さんて、天才……というより、神か悪魔か、どっちかみたい」

「あははは、それ、褒《ほ》めたんですか？」

「もちろんですよ、そんなふうに褒めるしか、言いようがないんですもの」

「しかし、警察は褒めてはくれないでしょうね、たぶん。たとえば、西戸さんの事件なんか、いまさら殺人事件だったなどと、なるべくなら認めたくないものです。それじゃいったい、西戸さんの死体はどうなったんだ——などと、まるで僕が犯人か何かのように責め立てますよ、きっと」

「あ、そうだわ、それ、私だって疑問に思いますよ。死体はどうしちゃったんですか？」

「やれやれ、あなたまでが僕を疑うわけですか」

「そんな、冗談じゃなくて、真面目に教えてください」

「ははは、それじゃ自白しましょうか。僕は二つの方法があると思ってます。一つは、あの工場に硫酸《りゅうさん》タンクのようなものがあるなら、そこで処理しますね」

「いやっ……」

記子は耳を塞《ふさ》いだ。そんなことなら訊かなければよかった――という、恐怖に引きつった顔だ。

「もう一つは、ごくふつうに、車のトランクに乗せて運び出した。ただし、道路が通れるようになってからの話です。幸い、時季が冬でしたから、しばらく置いておいても大丈夫だったでしょう」

「運ぶって、どこへ運んだんですか?」

「それは分からない……といっても、僕なりに心当たりはありますけどね」

「どこですか?」

「うーん……それは言わないほうがいいと思うなあ。もし言うとすれば、これまで話したどれよりも、はるかに大胆な仮説になりますからねえ。ひょっとすると、間違っているかもしれないし、もし当たっていれば、まるで推理小説みたいな話です」

「それでも何でもいいじゃないですか。どうせ私に聞かせたって、しようがないかもしれませんけど」

「それじゃ、間違っていても、嘘つき呼ばわりはしないでくださいよ」

浅見は少し思案して、言った。

「じつはね、このことは、お祖父さん――羽田さんが殺されたことと関係があるかもしれないのです」

「えっ……」

「羽田さんのあの日の行動は、まだよく分かっていません。ことに修善寺の町に来るまでのルートが、まったく不明なのです。いままでに分かっているのは、七月十八日の正午前ごろ、修善寺温泉街の東のはずれから、虚無僧が一人やって来て、源頼家の墓の手前の私道に入って行ったのが目撃されたことだけです。おそらく羽田さんは、誰かの車でその場所まで送ってもらい、修善寺の町はずれに降り立ったのでしょう。そのときすでに虚無僧姿だったのですから、どこかで着替えて来たことは確かです。そして羽田さんは私道の奥にある建物に入った――」

「建物？……それは何の建物ですか？」

「尾加倉の別荘ですよ」

「ああ……」

記子は軽く頷いた。もはや大抵のことには驚かないように、度胸を決めた様子だ。

「その土地が、さっき話した西戸家の所有する地所で、丘陵を越えて旭滝の上へ抜ける道があったところです。羽田さんが伊豆に住んでいたころ、毎年頼家忌には、羽田さんと西戸さんが虚無僧の恰好で尺八を吹奏しながら歩いて行った、思い出深い道でもあります。西戸さん本人は絶対に譲らないと拒否した道でしたが、西戸さんが死んだあと、家族の方々は抵抗なく、尾加倉氏に土地を譲りました。丘陵地帯の開発計画があることを知らなければ、あの土地はただの谷間の道路でしかなく、何の利用価値もありませんから、さほど惜しいとは思わなかったのかもしれません。それよりも、西戸さんが地震で亡くなって、ある意味では会社や世間に迷惑をかけたという負い目もあったでしょう。また、会社から弔《ちょう》慰《い》金をもらい、それに対する返礼の意味もあったにちがいありません。尾加倉氏への名義変更は、狩野川のシアン騒ぎが収まった、その年の三月には完了しています。それとほぼ同時に、尾加倉氏はあの土地に小屋のような別荘を建て、アマギシャクナゲを植え、その部分を塀で囲《かこ》いました。それから十三年の歳月が流れたのですが、その途中、二年前には現在の宏壮な建物を建てて、ついに道路を閉鎖。丘陵地帯の開発計画が動きだしたことによって、尾加倉氏は膨大な権益を手にすることになるのです」

「アマギシャクナゲ」の名前が出たとき、記子はギクリとしたが、口を挟まなかった。

「ところで、羽田さんがどういう心境で虚無僧の恰好をしてその道を行き、尾加倉家を訪れたのか、いまとなっては想像するしかありません。ただ、迎えた側の尾加倉家の者はショックだったでしょうね。門の前に黒衣の虚無僧が立っていたら、大抵の人間はドキッとしますよ。しかも、それが羽田さんで、この道を通って旭滝へ行きたい——などと言ったとしたら。そして、裏庭に回って、アマギシャクナゲの前に佇《たたず》んだとしたら……」

「えっ、ほんとにそんなことがあったんですか？」

記子はポカーンと口を開けて、浅見を見つめた。

「ははは、いえ、これは単なる思いつきです。それにしても、僕の話は胡散臭《うさんくさ》い思いつきで溢《あふ》れていますね。やっぱりこれ以上はやめておいたほうがよさそうだ」

「そんなのないわ」

記子は恨めしそうに言った。

「西戸さんの死体をどうしたのか、まだ言ってないじゃないですか。それから、その後、祖父はどうなったのか、それも教えてくださいよ」

「教えるなんて……はっきりしているのは、そこで羽田さんは殺されたということです。そして、アリバイを作るために、急遽《きゆうきよ》、井野さんが呼ばれ、虚無僧が生きたままで立ち去ったように演出された……あとは説明するまでもないでしょう。死者の身代わりを演じた井野さんが、旭滝からどうやって、ふたたび尾加倉家に戻ったか——といったことは、井野さん本人の口から聞くべきでしょうね」

「でも、井野さんはなぜそんな、犯人なんかのために働いたりしたんですか？」

「それは二つの理由が……いや、それも井野さんに語ってもらうべきです。僕が憶測で言ってはいけないことだ」

「じゃあ、浅見さんは井野さんを警察に訴えるんですか？」

「いや……」

浅見は首を横に振った。

「僕は井野さんを告発するようなことはしません」

「でも、それじゃ、このままでいいっていうんですか？」

浅見はしばらく沈黙してから、世にも情《なさ》けない顔をして言った。

「僕が今日、なぜあなたと一緒に井野さんのお宅に行って、あんなにペラペラ喋りまくったかを考えてくれませんか。アマギシャクナゲが伊豆地方だけの特産だとか、警察が犯行場所を特定したなんて嘘をついたり、おまけに、尺八で指紋を採取するような、詐欺同然の見え透いたことをした。要するに、僕は卑怯《ひきょう》な男なんですよ」

最後は投げ遣《や》りに言って、「さて、出掛けましょうか」と、老人のように、気《け》だるそうに腰を上げた。

雨は上がっていたが、陽《ひ》が射すところまでは、天気は回復しそうになかった。

三島までのあいだ、浅見はもちろん、記子も黙りこくることが多く、会話らしきものはほとんど交わされなかった。

三島市内に入って、そろそろ駅が近くなったとき、記子は「井野さん、これから、どうなるのかしら?」と呟くように言った。

「井野さんが祖父を裏切るような気持ちになった理由は、もしかすると、十三年前に、井野さんを差し置いて、祖父だけが出世したことにあるのじゃないかしら」

「そう……」

浅見は頷きながら、記子がはじめて会ったときより、ずっと、おとなの感覚を身につけてきていることを感じた。

「それも理由の一つかもしれませんね」

「理由の一つというと、ほかにも理由があるんですか?」

「ええ……ああ、いや……」

浅見は首を振った。

車はもう、駅前のロータリーに入って行くところだった。

「警察は、どのへんまで事件の真相を解明したと思いますか?」

車が停まっても、記子はすぐには降りずに、訊いた。

「浅見さんみたいに、何もかも分かってはいないのでしょう？」

「僕だって、すべてが分かったわけではないですよ」

「でも、警察はもっと分かってませんよ、きっと。私、なんだかいっそ、このまま分からずじまいでもいいような気がしてきちゃったんです」

「それはいけない」

浅見は厳粛な顔を作って、言った。

「罪は罰せられなければいけないのです」

「それは分かってますけど……ああ、何も知らなければよかった」

記子は力なくドアを開けて、肩をすぼめるようにして外に出た。「さよなら」と手を振った顔が、やけに寂しそうだった。

5

宿に帰ると、客が待っていた。開けっぱなしの十畳間に、つくねんと狩野川のほうを向いて坐《すわ》っているのは井野だった。

「やあ、先ほどは」

振り返り、挨拶した井野の顔が、ついさっき見た記子の寂しげな顔とダブッた。

「あのお嬢さんは、帰られましたか」

「ええ、いま三島駅まで送ってきたところです。井野さんのこと、心配していました」

「ほう、そうですか、心配してねえ……」

井野は三十も老《ふ》けたように、肩を落とし、力なく俯《うつむ》いた。

「それで、どうなりましたかな、警察のほうは？」

「は？」

「警察には行かれたのでしょう？　指紋のことで」

「いえ、行きません」

「えっ？……」

井野は何か大きな思い違いをしているのではないか——と、不安そうな顔になった。

「指紋を取らせていただいたことは、申し訳ありませんでした。しかし、僕はあれを警察に持って行く気はありません」

「ではなぜ？……」

「なぜと訊かれると困るのですが……強《し》いて言えば、こうして井野さんが訪ねて来られるようなことを期待してはいました」

「そう、でしたか……」

井野はしばらく浅見の顔をじっと見つめてから、スーッと小さく萎《しぼ》むように、肩を落とした。

「いやお恥ずかしい次第だ。私はあなたのなさったことを、何て姑息《こそく》な——と、まるで蔑《さげす》むような気持ちでおりました。まさに下司《げす》の勘繰りですな。愚かなやつと笑ってやってください」

「笑うなんてとんでもない。おっしゃるとおり、僕は姑息で卑怯な男ですよ。自分の責任においては、何もできないのです」

「分かります、よく分かります。しかし、それは卑怯とはいいませんな。浅見さん、あなたは優しい人なのですよ」

「…………」

浅見は涙ぐみそうになって、言葉が出なかった。

「親バカというものでしょうかなあ」

井野は苦笑いを浮かべた顔を、窓のほうに背《そむ》けて、言った。

「いくつになっても、息子のことは気がかりなものでしてね」

「井野さんのお気持ちはよく分かりますよ。そうではないかと、僕も思っていました。たしかにいま、赤坂支店の融資課長である息子さんは窮地に立ってますね。しかし、あの不正融資事件の責任は尾加倉氏や坂崎氏にあるのです。息子さんの失敗を責めないでください」

「ほうっ……驚きましたなあ。あなたはそのこともご存じだったのですか。それでは、いまさらお話しするまでもありませんが、息子は坂崎社長のヒキであの銀行に入れていただきましてな。その後も何かと目をかけていただいて……いや、それを、後で利用するための恩着せだったと言う人もいるかもしれません。しかし、親としては愚息《ぐそく》を引き立ててくださったことに感謝する以外の気持ちはありません。息子のためなら、この身を捨ててもという、愚かな親心です」

「分かります、分かります」

浅見は何度も頷いた。

「何があったのか、浅見さんはすでに、あらかたのことはご存じかもしれませんが、あの日のことだけはお話ししておきたいと思いましてね」

井野は昔話でもするような、のんびりした口調で言った。

「あの日——七月十八日の二時ごろでしたか、突然、坂崎社長から電話がありまして、大至急、尾加倉さんの別荘へ行けというのです。虚無僧の服装一式を持って行けと言われて、車で乗りつけました。あの別荘のことは、知ってはいたが、行くのは初めてでした。門のところに吉原という男が出迎えて、裏の勝手口の土間に連れて行かれたのですが、そこになんと、羽田君の死体が横たわっていました。それも虚無僧姿なのです。私は心臓が止まるほどに驚きました。いったいどうしたのか——と、吉原に訊くと、殺してしまったというのです。顔は青ざめていましたが、存外落ち着いているので、私はたちの悪い冗談かと思ったくらいです。しかし、羽田君の死は事実でした。吉原は『危険なやつだから殺した』と言いました。『もう、秘密を聞いたから、消しても構わないのだ』とも言いました。ところで、彼の言う秘密とは何かもご存じでしょうかな?」

「ええ、土肥の金のことでしょう?」

「あ、やはり……そのとおりです。羽田君は終戦時に隠匿されたという噂のある金の在りかを知っている、唯一の人だったのです。いや、知っていると思われる——と言うべきでしょうか。本当に知っていたかどうかは、正直なところ、ひょっとすると羽田君自身にも分かっていなかったかもしれません。しかし、その何日か前、羽田君から電話があって、『金の在りかが分かったよ』と言ってきました。それから例の、浅見さんがお持ちになった、詩のような文章のことを教えてくれて、『鎌倉街道のことを考えていたら、ふいに失われた道という言葉の意味が分かったのだ』と言いました。あ、そうそう、浅見さんが来られた際、私はそれについて、妙な説明をしたのでしたな。あれは苦しい誤魔化《ごまか》しだったのだが、そんなことも浅見さんはご承知かな？」

「ええ、あれから土肥へ行ってみて、いろいろ調べているうちに、二六五〇というのは坑道の長さではないかと」

「お説のとおりです。どうも、あなたには勝てませんな。羽田君が半世紀近くかかって解いた謎を、ほんの一瞬の間に解いてしまわれた」

井野はしきりに首を振って、感嘆と嘆息を込めた長い溜め息をついた。

「それにしても、吉原が凶暴な男であることは知っていましたが、あんなにも簡単に人を殺せるとは……それも、おそらくあの男の勘違いではないかとさえ思える理由で、羽田君は殺されたのですよ。吉原の話すところによると、あの日、尾加倉氏が別荘に来るというので待機していたら、呼鈴が鳴った。出てみると、雨がそぼ降る中、門の前に虚無僧が突っ立っていた。それを見た瞬間から、吉原の神経は正常ではなくなったらしいのですな。彼は『亡霊がやって来たと思った』と言ってました。なんでそんなことを思ったのかは、あとでお話ししますが、虚無僧の正体が羽田君であると分かってからも、吉原の恐怖心は収まらなかったということです。羽田君は吉原に、『この道を通って、旭滝へ行きたい』

と言ったのだそうです。もちろん、吉原は羽田君とは顔見知りですから、門の中に入れたのですが、すると、羽田君は、西戸さんの供養をさせていただきたいと言い、家には入らず、尺八を吹きながら庭伝いに裏へ回ったのです。そのとき、吉原は発作的に羽田君を殴りつけ、倒れたところを首を絞《し》めて殺害してしまった……浅見さん、なぜそんな衝動に襲われたか、お分かりになりますかな?」

「ええ、たぶん羽田さんは、シャクナゲの前で尺八を吹いたのでしょうね。つまり、西戸さんの鎮魂《ちんこん》のために」

「うーん、そのこともご存じで……」

井野は恐ろしいものを見る目で浅見を見つめ、しばらくは言葉も出なかった。

「あなたが、あの尾加倉家への道の話をしたときに、妙な感じがしたのですが、あなたは何もかも知っておられて、あの道の話をされたのでしたか。私でさえ、そのとき吉原から聞かされるまで、そのシャクナゲの下に西戸さんの遺体が埋められていることなど、これっぽっちも知らなかったのですがねえ……。それにしても、恐ろしい。吉原が、西戸さんの亡霊を見たのはそのせいでしょうか。いや、吉原は真剣そのものの顔で、『西戸を殺したんだ。いや、やつの亡霊を殺したのだ』と主張するのです。おそらく、それは事実を言っているのだ、と私は思いましたね。吉原は凶行の後、われに返ってからも、すぐには自分が何をしたのかも理解できなかったらしい。気がついてみたら、目の前に羽田君の死体が転がっていたのだそうです」

井野は話し疲れたのか、大きく息を吸い込み、吐き出し、四度五度と繰り返してから、ふたたび言葉を繋《つな》いだ。

「まもなく坂崎社長からまた電話がきて、虚無僧姿に着替えて尾加倉家を出て、グルッとひと回りして、気づかれないように尾加倉家に戻ってくれ——と指示されました。羽田君が生きたまま尾加倉家を出たと、町の人間に認識させたいのだということでした。私ははたして、天蓋を被《かぶ》っただけで、町の人に私であることを見破られないか、ちょっと不安でしたが、なるべく繁華な場所を避けるようにして、旭滝まで歩き、そのあと、旭滝の脇をよじ登って、裏道から尾加倉家に戻りました。夜に入って、尾加倉氏と坂崎社長もやって来ました。坂崎社長の話によると、その日の朝、羽田君から電話があって、『失われた道』の話をしたのだそうです。鎌倉街道から、失われた道のことに思い当たった——という、そのことです。私は協力ついでに青梅の梅ケ谷峠が鎌倉街道であること、青梅には鈴法寺という虚無僧寺があったことを教えてやりました。考えてみると、青梅を案内してくれたのは、羽田君だったのですから、なんとも非道なことでありました」

井野は泣きそうな顔で吐息をつき、また言葉を繋いだ。

「羽田君は、会社や坂崎社長がバブルの崩壊でダメージを受け、不正融資事件が明るみに出るなど、ピンチに立たされている状態を、何とかしたいと思っていたのですな。会社から恩恵を受けるばかりで、何も貢献していないという、十三年ものあいだ積もり積もった負い目が、あの人にはあったのですよ。浅見さんが見抜かれたとおり、土肥金山で掘られた金が、終戦のドサクサの際に古賀さんの手で隠匿された。坂崎社長にしてみれば、その秘密を知っている唯一の生き証人である羽田君に、投資した程度の軽い気持ちだったかもしれません。しかし、羽田君は気の優しい、純粋な人でしたからな。自分に与えられた厚遇が、古賀さんと西戸さん、二人の友人の死にまつわる秘密を踏み台にしたものであることを苦々しく思いながら、奥さんにも誰にも言えないまま、じっと耐えてきたのでしょう。それだけに、『失われた道』の秘密に思い当たったとき、羽田君はさぞかしはればれとした気分だったでしょう。これで引退の花道が出来た――と思う反面、感慨が去来したにちがいありません。花道は同時に、鎮魂の道でもなければならなかった。羽田君が、何をおいても、まず二人の霊を慰めようと思い立った気持ちや、虚無僧姿に身をやつして、鎮魂の曲を吹奏したかった気持ちが、私にはよく分かるのですよ」

井野は言葉を止めて、空間の一点をじっと見つめてから、ふたたび口を開いた。

「羽田君から電話をもらったとき、坂崎社長は、ちょうど伊豆高原の別荘へ行く予定があったので、そのついでに一緒に土肥へ行かないかと誘い、その日、羽田君も同行することになった。そうしたところが、羽田君は社長の別荘で虚無僧姿に着替え、『源頼家の墓の近くで降ろしてください』と頼んだのですね。一時間ほど遅れて行くと言うので、坂崎社長のほうは、てっきり頼家の墓に詣でるものとばかり思ったそうです。そして羽田君を国道の分かれ道のところで降ろして、土肥の金山公園で寛《くつろ》ぎながら、尾加倉氏などと連絡を取っていた。尾加倉氏も『失われた道』の発見に喜んで、すぐに土肥へ駆けつけるという手筈《てはず》になった。ところが、そこに吉原から『悲報』が飛び込んだというわけです」

「なるほど……」

浅見は憂鬱《ゆううつ》な声で言った。

「やはり、佐瀬さんは、坂崎さんが尾加倉氏に電話している、そのときのやり取りを立ち聞きしてしまったのですね」

「ああ、おっしゃるとおり……」

井野は絶え入るような声を発し、それから気を取り直して語った。

「佐瀬さんが私に電話してきて、その話をしたとき、私は愚かにも、すぐに坂崎社長に報告してしまったのです。私としては、坂崎社長の軽率を詰《なじ》るつもりだったのだが、それに対する反応はなんとも苛烈《かれつ》でした。しかし、考えてみれば、あの人たちにとってはそうすることは、ごく当然の方法なのでしょう。それどころか、吉原はまるで何かに取り憑《つ》かれたように、人殺しを楽しんでいたとしか思えません。私のところから虚無僧の衣装を借りていって、何をする気かと思っていたら、変装の用具に使いおったのです」

井野の表情に、はげしい怒りの色が表われたのは、このときだけであった。しかし、それはすぐに、悲しみと恐怖の色に塗りつぶされた。

「それにしても、羽田君から『失われた道』の話を聞いてから、まだ十日あまりしか経っていないあの段階で、塞《ふさ》がれた二カ所の壁を掘り抜き、トンネルを貫通させていたとは驚きでした。吉原は虚無僧姿に変装して、横瀬側から三十一番坑口に入り、二十八番坑口まで一気に駆け下り、坂崎社長の電話でおびき出された佐瀬さんを殺害したのです」

狭い坑道の闇の中を、懐中電灯を翳《かざ》した虚無僧が駆け下りて行く——頭の中に、その異様な光景が思い描かれた。語る井野も聞き入る浅見も、その残像が消えるまで、じっと動かなかった。

「坂崎社長は佐瀬さんを何と言っておびき出したのですかね？」

「落とし物をしたと言ったのだそうです。視察の際に、大切なクレジット・カード類を入れた財布を二十八番坑口の近くで落としたらしい。明日の会議に必要なメモも入っているので、大至急探してくれないか——と頼んだのです。佐瀬さんは断わるわけにもいかず真っ暗な中、懐中電灯を頼りに地面ばかりを見つめていたのですから、黒い虚無僧姿の吉原にとっては、あっけないほどの作業だったでしょうね」

「一つだけ確認しておきたいのですが」と、浅見は事務的な口調で言った。

「尾加倉氏の経歴が謎めいているそうですが、終戦のとき、古賀監督官を殺したのは、やはり尾加倉氏ですか?」

「はい、そのとおりです。私は知らなかったのだが、尾加倉さんは、当時、李《り》という朝鮮名を名乗って、朝鮮人労働者の中に潜入した日本人のスパイだったのです。戦後はもちろん、どこにいたのかも知りませんし、たとえ出会っても気がつかなかったにちがいない。その事実を知ったのは、ごく最近のことです。そのときはすでに、尾加倉さんは日本の経済界の裏側で、巨額の資金を動かすほどの大物になっていました」

「しかし、坂崎さんなら、早くから尾加倉氏の正体を知っていそうなものではないでしょうか?」

「知っていたでしょうね。坂崎社長と尾加倉さんは、一つ穴のムジナのような関係でしたからね。朝鮮人労働者に脱走の動きがあれば、ただちに密告する——そういう関係です。尾加倉さん——当時の李氏は冷酷で、脱走者に対する虐待などは、目を覆いたくなるほどのものがありました。吉原はまさに父親の血を引いていますね」

「えっ、じゃあ、吉原は尾加倉氏の息子なのですか？」

井野との会話の中で、浅見が唯一、驚かされたことであった。

「そうです。もっとも、正妻の子ではなく、吉原自身はそのことを知りませんがね。私にはひと目で分かった。若いころの尾加倉さんとそっくりなところがあるのですよ。尾加倉さんは吉原を溺愛《できあい》したらしい。吉原のほうもそれを意識して、尾加倉さんが喜びそうなことなら、何でもやってしまおうとする。それが、ああいう異常性格者を作り出したのでしょうかなあ。私はごく最近、愚息の失態などで、あの人たちと付き合うようになって知ったのだが、西戸さんを殺したときも、周囲の人たちがあっという間の出来事だったそうですよ。さすがの尾加倉さんも吉原のそういう激しい気性には手を焼いて、ついにあの別荘に閉じ込める恰好になったのです」

雲が切れたのか、陽が射してきた。狩野川の瀬音が急に高くなった。井野は時計を覗き、腰を浮かせた。

「すっかり長居《ながい》をしてしまいましたな」

まるで、ひまな老人が、茶飲み話を仕舞いにするような口振りであった。

「浅見さんはこれからどうなさるおつもりかな？」

「僕は、待ちます」

「待つとは、どのように？……」

「ただ、待つだけです。卑怯者ができることは、待つことだけです」

「そうですか……しかし、そう長くは待たなくてすむかもしれません」

井野は立ち上がり、「では、これで」と頭を下げた。浅見も立って、玄関まで井野を送って出ることにした。

玄関には谷沢と川村が到着したところだった。谷沢は浅見の顔を見て、旧友に出会ったように、嬉しそうな声を上げた。

「やあ、浅見さん、ちょうどよかった。指紋の結論が出ましたよ。比較的新しいやつが七人分ありましてね、そのうちの六人までは特定できたそうです。それで……」

浅見は軽く右手を上げて、谷沢を制した。

「あ、お客さんでしたか」

谷沢は井野を見て、（どこかで見た顔だな――）というように首をかしげたが、井野が無言で会釈して玄関を出て行くなり、待ちきれないように話の先をつづけた。

「あと一人の指紋がね、どうも分からないというのです。ことによると、そいつがホシかもしれないんですがねえ」

浅見は「ほう、ほう」と相槌《あいづち》を打ちながら、遠ざかって行く井野の後ろ姿を、いつまでも見送っていた。

それから数日後の夜、土肥町の人々は不思議な山鳴りを聞いて、観光客も含め、かなりの人が深夜の路上に飛び出した。長崎県の雲仙《うんぜん》・普賢《ふげん》岳の例があって、このところ火山活動に敏感になっているから、すわっ噴火か——などと先走る者も少なくなかった。

聞いた場所によって、それぞれの表現が異なった。ある者は「ゴーッ」という音だったと言い、ある者は「ドーン」と鳴ったと言う。腹の下から突き上げるような震動だったという説。「ズズーッ」と引き込まれるような気分だったという説など、さまざまだ。

しかし、怪音はそれ一回きりで、一夜明けた土肥の山も海も、明るい夏の風景に変化が起きる気配はなかった。

東京・青梅署の捜査本部が、中央電子化学工業の坂崎社長と尾加倉大永の失踪《しっそう》を知ったのは、それから三日後のことである。捜査員が修善寺の尾加倉の別荘を訪ねたが留守居役の吉原も姿を消していた。タイのバンコクでそれらしい人物を見たという情報もあったが、確認はされなかった。

その翌日には、井野夫人から、大仁署に井野の捜索願が出されている。しかし、井野の失踪と尾加倉たちのそれとを結びつける者は、大仁署内には誰もいなかった。

エピローグ

終戦記念日の正午のサイレンを、浅見と記子は旭滝の前で、『滝落之曲』とともに聞いた。

滝を背に、松永和尚が率《ひき》いる大日本虚無僧研究会のメンバー五人が、サイレンに合わせるように『滝落之曲』を演奏した。五つの天蓋が首振り人形のように揺れ、天蓋の下から長く伸び出した尺八が、曲想に合わせるように揺れる。

黒衣に白い手甲脚絆《てっこうきやはん》。胸に「明暗」と書かれた食箱《けばこ》を垂らした姿が、それも五人も、白日の下で無念無想の極致にある光景は、とてもこの世のものとは思えない。サイレンが鳴り止んでも、尺八の物哀しい音色はいっそうボリュームを増したように、高く低く、谷間にこだました。

「事件はどうなったのかしら?」

記子は浅見の耳元に口を寄せて、囁いた。二人きりの聴衆である。浅見は唇に人差し指を押し当てて、謹聴するようにと、記子を窘《たしな》めた。しかし、それは記子の質問を封じ込めたい気持ちの表われでもあった。

警察はもちろん、地元の人々も、土肥金山の「異変」に気づいていない。これは浅見にしてみれば、大きな誤算でもあった。新聞の片隅の小さなコラムに、「こぼればなし」として載《の》った記事を見たとき、浅見ですら強いショックを受けた。にもかかわらず、土肥の夜を騒がせた「怪音」の正体を、誰ひとりとして確かめてみようとしない無関心さが、浅見には信じられなかった。

それからすでに数日を経ている。坑道を爆破して、四人が生き埋め状態になったとしたら、もはや生存の確率はゼロと考えていいだろう。井野がはたしてどのような方法で「落盤」を引き起こしたのかは分からない。坑道内の二カ所を閉鎖して、閉じ籠《こ》もってしまったのか、それともモロに「落盤」の下敷きになったのか——。

一日一日が経過するごとに、浅見の息づまる思いはつのるばかりだった。

しかし、それも今日中には変化が見られるはずであった。警察庁の通達で、全国の鉱山施設——とくに廃坑の危険防止のため、八月十五日を期して、所轄警察署と市町村役場立ち会いのもとで一斉点検を行なうことになっている。

「どういうことなのだ?」

弟の奇妙な進言を聞いて、陽一郎は怪訝な顔をした。

「先日、土肥金山跡を見て、きわめて危険であると思ったからです。あの辺には、戦時中に要塞に転用しようとした廃坑が、ゴロゴロしていると聞きました。長野県の松代《まつしろ》大本営跡でも、同様の点検が行なわれるそうではありませんか。夏休み中の子供の事故を防ぐためにも、それから、往時の苦難をしのび、併《あわ》せて平和の恩恵に想いを新たにするためにも、終戦記念日に行なうのは意義のあることだと思いますが」

浅見は真面目くさって言った。

「ふーん、きみがそんな高尚《こうしょう》で建設的な提案をするとは、とても信じられないがねえ」

陽一郎は胡散臭そうにニヤリと笑って、それでも翌日には、緊急通達の形で全国の警察に指示を出した。

浅見は尺八に耳を傾けながら、進行しつつあるはずの「点検作業」に思いを馳《は》せた。二十八番坑口か、あるいは三十一番坑口かはともかく、ごく最近発生した落盤現場を発見し、それが火薬による人為的なものであると気づいてくれることを、浅見は祈った。

記子がかなり長く黙りこくっているのに気がついて、振り返ると、記子は泣いていた。化粧気のない日焼けした頬《ほお》を、涙が伝って落ちた。その涙の理由を、浅見は訊かなかった。

自作解説

久し振りに『喪《うしな》われた道』を繙《ひもと》いてプロローグを読んで、「ああ」と思った。この情景に記憶があった。といっても、現実に見たわけではなく、創作のとき、心象風景として頭の中で体験した情景である。雨のそぼ降る伊豆修善寺《いずしゅぜんじ》の下田《しもだ》街道。小さな土産物《みやげ》店の店先で、店のおばさんとドライブ帰りらしい女性が、店の前を通ってゆく虚無僧《こむそう》を見送る風景だ。天蓋《てんがい》を傾け、濡《ぬ》れそぼった墨染《すみぞめ》の衣《ころも》の背を丸めるようにして、求道《ぐどう》の僧が行く――。

講釈師、見てきたような――というが、僕にもし創作の才能があるとすれば、おそらくこの「見てきたような」状況に自己催眠をかけられる性質を持ち合わせていることかもしれない。べつに風変わりなトリックを案出するわけでもなく、文章力もなく、そもそも小説書きの方法もよく知らない僕の、唯一、特長的な部分はそれである。『喪われた道』のプロローグを書いているときも、そういう状況下にあったにちがいない。

ワープロに向かい、愛想《あいそ》のない平べったいスクリーンを眺めていると、そのスクリーンの奥に風景が見えてくる。いや、脳の中のスクリーンというべきだろうか。脳のスクリーンに映《うつ》った風景を透《す》かしてワープロが見えると言ってもいい。

雨のそぼ降る下田街道。ちっぽけな土産物店。侘《わび》しげな虚無僧。それを見やる二人の女性。遠く雨にけぶる山。黒々とした近くの森。軒端をしたたり落ちる雨雫《しずく》。虚無僧の脚絆《きゃはん》にはねた黒い飛沫《しぶき》。わさび漬を包んだビニール袋のぬめっとした感触。おばさんのほつれ髪。客の女の赤いマニキュア……。風景のすみずみまでみんな見えている。これがその時の僕の「世界」である。その世界の中に入り込み、見たまま、活字を打ち込んで、小説になる。これが僕の小説作法である。

前述の風景はプロローグの場面にすぎないけれど、その前後はむろん、ストーリーを構築する無数の場面が、あたかも映画の長尺《ちょうしゃく》のフィルムのように、延々と連《つら》なる。眼前に見えている情景の向こうに、これから編集されるはずの無数の情景が、意識として、あるいは無意識として存在し、ひっそりと出番を待っている。そのとき、人物もまた情景の一部であり、風景はまた人物の心象を彩《いろど》り、形作る。『喪われた道』は、こういう僕の、たぶん独特な創作手法によって書かれた、典型的な作品だったと思う。

虚無僧と大久保長安《おおくぼながやす》と土肥《とい》金山……三題噺《ばなし》のようなこの三つの要素が、この作品のキーワードである。はじめに虚無僧ありき——と言ってもいいかもしれない。伊豆へ取材に出掛ける時点で、すでに、虚無僧を書いてみようという発想が、確かにあったような気がする。そうして、このアナクロニズムの象徴のような風体《ふうてい》が、全編を通じて作品に深い陰影を投げかけている。大久保長安と土肥金山はワンセットになって、三百年の過去と現在を結ぶ因縁《いんねん》のタテ糸だ。太平洋戦争、伊豆大島近海地震、狩野《かの》川シアン汚染事件……とヨコ糸を織《お》りなして、巨大なスクリーンを作り、現代の怪談を投影した。

本書『喪われた道』は平成三年秋に発表刊行した、僕の第六十六作目の長編である。前年の秋に講談社から出した『平城山《ならやま》を越えた女』につづく、新しい作風の流れをつくる第二弾に位置づけられるといっていい。講談社ではこの流れを「文芸ミステリー」と大層な美辞をもって称しているけれど、僕なりの意図もたしかにそこにあることは事実だ。タイトルに『殺人事件』がつかない作品が、このあたりから増えていることにお気づきになることだろう。このあと、『鐘（講談社）』『透明な遺書（読売新聞社）』『斎王《さいおう》の葬列（角川書店）』『箱庭（講談社）』『沃野《よくや》の伝説（朝日新聞社）』『怪談の道（角川書店）』と、その系譜はしだいに僕の創作傾向の主潮をなしつつある。その流れの方向性が、この『喪われた道』によって明確になったと考えられる。

「文芸――」と冠《かんむり》をつけようが、ミステリーはよくも悪くもエンターテイメントであり、それ以上でもそれ以下でもない。まず面白《おもしろ》くなければならないという命題を背負っている。その範疇《はんちゆう》の中で、わずかでも「文芸」の香りを放つことができれば——と思っている。

平成六年二月

内田《うちだ》康夫《やすお》

本作品は、平成三年十月に祥伝社ノン・ノベルより、平成八年二月に祥伝社文庫より、平成十二年角川文庫より、平成二十五年光文社文庫より刊行されました。

本作品はフィクションであり、実在の団体、企業、人物、事件などとはいっさい関係がありません。なお、風景や建造物など、現地の状況と多少異なる点があることをご了承ください。

——編集部

喪われた道

一〇〇字書評

切り取り線

購買動機（新聞、雑誌名を記入するか、あるいは○をつけてください）	
□（　　　　　　　　　　　　）の広告を見て	
□（　　　　　　　　　　　　）の書評を見て	
□ 知人のすすめで	□ タイトルに惹かれて
□ カバーが良かったから	□ 内容が面白そうだから
□ 好きな作家だから	□ 好きな分野の本だから

・最近、最も感銘を受けた作品名をお書き下さい

・あなたのお好きな作家名をお書き下さい

・その他、ご要望がありましたらお書き下さい

住所	〒				
氏名		職業		年齢	
Eメール	※携帯には配信できません	新刊情報等のメール配信を 希望する・しない			

この本の感想を、編集部までお寄せいただけたらありがたく存じます。今後の企画の参考にさせていただきます。Eメールでも結構です。

いただいた「一〇〇字書評」は、新聞・雑誌等に紹介させていただくことがあります。その場合はお礼として特製図書カードを差し上げます。

前ページの原稿用紙に書評をお書きの上、切り取り、左記までお送り下さい。宛先の住所は不要です。

なお、ご記入いただいたお名前、ご住所等は、書評紹介の事前了解、謝礼のお届けのためだけに利用し、そのほかの目的のために利用することはありません。

〒一〇一 - 八七〇一
祥伝社文庫編集長　坂口芳和
電話　〇三（三二六五）二〇八〇

祥伝社ホームページの「ブックレビュー」からも、書き込めます。

http://www.shodensha.co.jp/bookreview/

祥伝社文庫

喪《うしな》われた道《みち》　新装版《しんそうばん》

平成29年10月20日　初版第1刷発行

著　者　内田康夫《うちだやすお》
発行者　辻　浩明
発行所　祥伝社《しょうでんしゃ》
東京都千代田区神田神保町3-3
〒101-8701
電話　03（3265）2081（販売部）
電話　03（3265）2080（編集部）
電話　03（3265）3622（業務部）
http://www.shodensha.co.jp/

印刷所　萩原印刷
製本所　積信堂
カバーフォーマットデザイン　芥 陽子

 ISBN978-4-396-34357-6 C0193

〈祥伝社文庫　今月の新刊〉

内田康夫
喪《うしな》われた道〈新装版〉
浅見光彦、修善寺で難事件に挑む！　すべての謎は「失はれし道」に通じる？

宇佐美まこと
死はすぐそこの影の中
深い水底に沈んだはずの村から、二転三転して真実が浮かび上がる……戦慄のミステリー。

小杉健治
裁きの扉
悪徳弁護士が封印した過去――幼稚園の土地取引に端を発する社会派ミステリーの傑作。

高木敦史
のど自慢殺人事件
アイドルお披露目イベント、その参加者全員が容疑者？　雪深き村で前代未聞の大事件！

西條奈加
六花落々《りっかふるふる》
「雪の形をどうしても確かめたく――」古河藩の物書見習が、蘭学を通して見た世界とは。

岡本さとる
二度の別れ　取次屋栄三
長屋で起きた捨て子騒動をきっかけに、又平やお染たちが心に刻み、歩み出した道とは。

経塚丸雄
すっからかん　落ちぶれ若様奮闘記
改易により親戚筋に預となった若殿様。少ない銭をやりくりし、股肱の臣に頭を抱え……。

有馬美季子
源氏豆腐《げんじどうふ》　縄のれん福寿
包丁に祈りを捧げ、料理に心を籠める。客を癒すため、女将は今日も、板場に立つ。

睦月影郎
美女手形　夕立ち新九郎・日光街道艶巡り
味と匂いが濃いほど高まる男・夕立ち新九郎。日光街道は、今日も艶めく美女日和！

仁木英之
くるすの残光　最後の審判
天草四郎の力を継ぐ隠れ切支丹忍者たちの最後の戦い！　異能バトル＆長屋人情譚、完結。

藤井邦夫
冬椋鳥《ふゆむくどり》　素浪人稼業
渡り鳥は誰の許へ⁉　矢吹平八郎、健気な娘のため、父親捜しに奔走！　シリーズ第15弾。